이순신의 7년
5

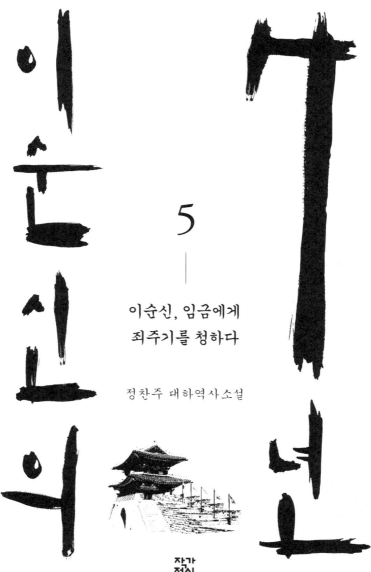

이순신의 칼

5

이순신, 임금에게
죄주기를 청하다

정찬주 대하역사소설

작가
정신

차례

사명당 의승군

강원도에서 의승군을 이끌고 순안 법흥사로 가는 사명당 유정은 평양 동북쪽 십여 리 지점에 있는 임원평에서 눈발을 맞았다. 함박눈이 펑펑 쏟아졌다. 십여 리만 더 가면 순안이었지만 벌써 날이 어둑어둑해지고 있었으므로 유정은 임원평 산자락 마을에 임시 진을 쳤다. 의승군들은 빈 마을을 찾아 들어갔다. 서산대사 청허의 격문을 받고 건봉사에서 출발할 때만 해도 백오십여 명이었는데 어느새 천 명으로 불어나 있었다. 강원도에서 오는 동안 승려와 유랑민들이 합류했기 때문이었다. 승려 중에는 절 노비인 사노寺奴가 많았다. 그러나 사노들도 승복을 입고 있었으므로 의승군으로 봐야 옳았다. 더구나 막노동을 해온 그들은 튼튼했고 못 하는 일이 없었다.

순안 법흥사에는 유정의 스승 청허가 주석해 있었고, 순안 관아에는 도체찰사 유성룡이 있었다. 함박눈은 되에 담긴 새알처럼 소담스러웠다. 유정은 다 쓰러져가는 초가 마루에 앉아서 선조가 있는 의주 쪽을 응시했다.

　유정은 자신도 모르게 고개를 절레절레 저었다. 올라오는 길에는 썩은 시신들이 널브러진 채 방치돼 있었던 것이다. 산짐승이 뜯다 만 듯 갈비뼈가 드러난 시신도 보였다. 눈과 코와 입이 사라진 해골들도 굴러다녔다. 차마 눈 뜨고 보지 못할 참상이었다. 시신들을 모아 화장하고 염불해주었지만 끝이 없었다. 유정은 눈발이 날리는 하늘에 하소연하듯 중얼거렸다.

　　추운 날 이미 이르러
　　흰 눈이 주먹만 하네.
　　왜적 무리들이 종횡으로 줄을 이어
　　살육당한 우리 백성 길가에 즐비하네.
　　통곡하고 통곡하노니
　　날은 저물고 산은 희미하네.
　　요해는 어느 곳인가
　　하늘 한편 임금님 바라보네.
　　天寒旣至
　　白雪如斗
　　赤頭綠衣兮絡繹縱橫
　　魚肉我民兮相枕道路
　　痛哭兮痛哭
　　日暮兮山蒼蒼

遼海兮何處

望美人兮天一方

　상좌 응상應祥이 낮에 만들어 남겨두었던 주먹밥을 가져왔다. 주먹밥은 얼음처럼 깨물어 먹어야 할 정도로 얼어 있었다. 그나마 낮에 챙겨두었다가 스승에게 올리는 저녁이었다. 상좌인 응상 이하 모든 의승군들은 저녁을 먹지 않았다. 군량미를 아끼기 위해 의승군 모두 오후불식午後不食을 했다. 오후불식이란 저녁 끼니는 물론 아무것도 군것질하지 않는 것을 말했다. 유정의 상좌는 응상과 계주戒珠였다. 응상의 상좌인 천오, 치언, 심인은 유정에게는 손상좌가 되었다. 계주의 상좌는 묘징 한 사람만 의승군으로 따라왔다. 상좌와 손상좌들이 의승군이 된 것은 유정을 지근거리에서 호위하기 위해서였다.

　유정은 언 주먹밥을 아직 정식 승려가 되지 못한 사미승을 불러 건네주었다. 그러자 손상좌들이 부러운 듯 사미승을 쳐다보았다. 체격이 훤칠한 사미승은 바로 먹지 않고 언 주먹밥을 들고 어디론가 사라졌다. 유정이 옆에 있던 상좌 응상에게 말했다.

　"용모가 많이 낯익데이."

　"어디서 보셨다는 것입니까?"

　"낯이 예사롭지 않구마."

　"유랑민들 중에서 힘깨나 쓸 것 같아서 뽑았습니다."

　날이 캄캄해지자 바람이 앙칼지게 불었다. 낮에 내리던 함박눈은 눈보라로 바뀌었다. 눈보라가 방문을 거칠게 잡아당겼다.

눈보라가 산자락의 숲을 거칠게 할퀴었다. 우우우우우우. 유정이 묵고 있는 초가에 세워둔 의승군 깃발이 찢어질 듯 펄럭거렸다. 취침하라는 나발 소리와 뿔피리 소리가 연달아 들려왔다.

의승군이 머문 마을은 갑자기 적막 속으로 빠져들었다. 유정은 바깥 날씨에 상관하지 않았다. 시간이 지나면 제풀에 꺾일 눈보라였다. 유정은 눈을 감고 늘 해왔던 대로 가부좌를 틀고 좌선에 들어갔다. 전시라고 해서 수행을 멈출 수는 없었다. 좌선 중에 시 한 수가 선명하게 뇌리를 스쳤다. 유정의 시는 한양의 문인들이 알아줄 정도였다. 특히 허균의 중형仲兄 허봉은 봉은사로 찾아와 시 외우기 내기를 걸곤 했다.

> 시월에 상남 건너는 의로운 승병이여
> 뿔피리 소리 깃발 그림자 강성을 뒤흔드네.
> 상자 속의 보검이 한밤중에 우나니
> 요사의 목을 베어 나라님께 보답하리.
> 十月湘南渡義兵
> 角聲旗影動江城
> 匣中寶劍中宵吼
> 願斬妖邪報聖明

'상자 속의 보검'이란 중국의 오제五帝 가운데 한 사람인 전욱顓頊이 보검을 사용하지 않고 상자 속에 넣어두었더니 용과 범이 신음하고 우는 소리가 새어 나왔다는 고사를 인용한 시구절이었다. 유정 자신이 지니고 있는 칼로 왜적을 물리치겠다는 의기를 절절하게 표현한 구절이었다.

유정은 한참 만에 가부좌를 풀고 일어서서 경직된 다리를 풀었다. 그때였다. 누군가가 방문 밖에서 서성거렸다. 방문에 달라붙는 눈보라가 아니었다. 어른거리는 것은 사람의 그림자였다. 유정은 칼을 빼어 들고 방문을 열었다. 그런데 뜻밖에도 눈보라 속에 서 있는 사람은 사미승이었다.

"사미 아이가! 와 거기 서 있노?"

"다시 가지고 왔습네다."

"무엇을 가지고 왔다카노?"

사미승이 두 손에 들고 있는 것은 삼베로 싼 주먹밥이었다.

"드시기 좋게 뜨거운 기운에 녹였습네다."

"방으로 들어오그래이."

유정은 사미승을 방으로 불러들여 앉혔다.

"니에게 준 주먹밥인데 묵지 않고 다시 가지고 온 이유가 뭣이가?"

"승병은 모두 저녁을 묵지 않기로 했습네다. 그런데 어케 지 혼자만 묵을 수 있갔습네까?"

"그래서 가져온 기가?"

"혼자 묵는다는 것은 도리가 아닙네다."

유정은 사미승의 말이 옳다고 여겼다. 그러나 사미승이 가지고 온 주먹밥을 다시 받을 생각은 없었다. 유정이 말했다.

"니는 도리를 지켰데이. 허나 대장의 명을 어겼으니 우짜면 좋겠노?”

“명을 어긴 것은 사실입네다. 벌을 주시믄 달게 받갔습네다.”

“하하하. 인자 묵어두 될 끼구마.”

그제야 사미승이 돌아앉아서 먹었다. 단정하게 먹는 것이 아니라 허둥지둥 몇 입에 삼켜버렸다. 점심도 먹지 못한 채 쫄쫄 굶고 있었던 듯했다. 사미승이므로 굶을 수도 있었다. 승려들이 주먹밥을 먼저 배식받고 난 뒤에야 사미승의 차례가 오기 때문이었다.

“몇 살이고?”

“열여섯 살입네다.”

“부모는?”

“두 분 다 왜놈덜 칼에 돌아가셨습네다.”

“고향은?”

“함경도 경성입네다. 피난 중에 승군을 만났습네다.”

사미승은 열여섯 살이라고 했지만 실제로는 열여덟 살 정도로 보였다. 누런 얼굴에는 마른버짐이 곰팡이처럼 피어 있었고 키는 또래들보다 컸다. 얼굴이 범상치는 않았다. 유정은 바로 그 자리에서 사미승에게 법명을 내렸다.

“앞으로 니를 의義 사미라 부를 끼다. 알겠느냐?”

“의로운 중이 되갔습네다.”

사미승을 보내고 난 뒤 유정은 눈을 감았다. 사미승에게서 동병상련의 정을 느꼈다. 십육 세에 조실부모한 사정이 그랬다. 유정도 십오 세 때 어머니가, 십육 세 때 아버지가 죽자 어린 시절을 보냈던 밀양을 떠나 김천 직지사로 가서 신묵信黙의 제자가 되었던 것이다. 신묵은 유정이란 법명을 내리고 『전등록』을 가르쳤다. 유정은 다른 사미승보다 가르침을 빨리 받아들였다. 한학은 이미 출가 전에 터득하였던바, 칠 세 때 조부에게 『사략』을 배웠고, 십삼 세 때는 황악산의 황여헌에게 가서 『맹자』를 익혔던 것이다.

의승군 부장이 된 응상과 계주는 의승군들이 주워 온 나뭇가지들을 아궁이에 넣고 불을 지폈다. 자신들은 부엌에서 짐승처럼 쭈그리고 하룻밤을 보낼 셈이었다. 차가운 방에서 자느니 차라리 아궁이의 벌건 숯불이 있는 부엌이 더 따뜻할 것 같아서였다. 두 사람은 스승인 사명 유정을 한없이 존경했다. 당시 십팔 세 어린 나이로 선과에 장원급제한 승려는 사명대사로 불리고 있는 유정밖에 없었기 때문이었다. 자신들은 스승의 발뒤꿈치도 따라갈 수 없었다. 유정은 선과에 장원급제한 뒤 봉은사에 머물렀는데, 이십 세가 돼서는 박순, 이산해, 고경명, 최경창, 임제, 이달 등 사대부 문인들과 시문을 주고받으며 교유하였다. 세속의 나이를 초월한 교유였던바 박순은 스무 살 연상이었고 임제는 다섯 살 연하였다.

뿐만 아니었다. 허균의 중형 허봉과 중국 한유의 글을 보고 단박에 외워내는 내기를 해서 허봉에게 책을 한 권 받았다. 그때 그들의 치기를 보고는 기대승이 '재주만 믿고 스스로 만족하면 학문에 발전이 없을 것'이라고 안타까워하자 유정은 분발했다. 재상 노수신에게 많은 책을 빌려 밤낮으로 익혔다. 『노자』, 『장자』, 『병서』 그리고 이백과 두보의 시까지 섭렵하여 문장이 일익 진취하였다.

　이후 삼십 세에 직지사 주지를 지냈으며 선조 8년(1575) 삼십이 세 때 봉은사 주지로 천거받았으나 사양했다. 유정이 무위법無爲法을 알고자 묘향산 보현사로 청허를 찾아간 것은 그 무렵이었다. 유정은 청허에게 3년 동안 가르침을 받은 끝에 깊은 선지禪旨를 맛보았다. 청허의 문하를 떠나서는 금강산 보덕암으로 들어가 다음 해에 『선가귀감』의 발문을 짓는 등 3년간 보임했다. 이어서 팔공산, 지리산, 청량산, 태백산 등을 만행했다. 사십삼 세 때 옥천산 상동암에서 제자들을 가르치고 있던 중 문득 간밤 세찬 비바람에 다 떨어진 낙화와 빈 가지를 보고 홀연히 무상의 도리를 깨달아 대오했다.

　　어제 핀 꽃 오늘은 빈 가지뿐
　　인생도 그와 같은 법,
　　삶 역시 하루살이 같은데
　　세월을 허송하는 것은 참으로 가엾은 일
　　그대들도 영성을 갖추었는데
　　어이하여 일대사를 마치지 않으며
　　부처도 내 마음속에 있거늘
　　어찌 밖으로만 내닫는가.
　　昨日開花今日空枝
　　人世變滅亦復如是

浮生若蜉蝣

而虛度光陰實爲矜悶

汝等各具靈性

盍反求之

以了一大事乎

如來在我肝裏

何必走外求

유정은 '부처는 내 안에 있는데 어찌 밖에서 구하겠는가!' 하고 제자들을 돌려보내고 혼자 방에 들어 가부좌한 채 열흘 동안 선정에 들었다. 이는 봉은사 주지를 사양하고 선법을 궁구한 지 십 년 만의 성취였다. 빛이 있으면 그림자도 있는 법이었다. 유정은 3년 뒤 오대산 영감난야에 있다가 정여립 역모에 가담했다는 모함을 받아 옥에 갇혔으나 명주(현 강릉) 유생들이 탄원하여 무죄 석방되었다.

이후 임진년 6월 사십구 세 때였다. 금강산 유점사에 왜군이 침입하여 승려들을 결박하고 군량미를 강요했다. 일부 승려들은 도망쳤으나 유정은 이 소식을 듣고 태연하게 대웅전으로 들어가 왜장 모리 요시나리森吉成와 필담을 나누었다. 왜장은 유정의 자비 법문에 감동하여 승려들을 풀어주면서 팻말에 '이 절에는 도승이 있으니 다시는 들어오지 말라'라고 적은 뒤 물러갔다. 유정은 수일 뒤 다시 왜장의 부대가 있는 고성으로 내려가 왜장에게 '인명을 해하지 말라'고 설하니 왜장이 3일 동안 유정을 예우한 뒤 전송했다. 이로써 영동의 아홉 개 군은 무사했다. 그때 청허의 격문이 유정에게 왔고 유정은 격문을 받자마자 의승군을 모아 이끌고 스승 청허가 있는 순안 법흥사로 향했다.

눈보라는 밤새 사납게 몰아쳤다. 응상과 계주가 있는 곳은 순안을 십여 리 남겨두고 있는 임원평 마을이었다. 유정의 의승군은 눈보라치고 날이 저물어 피난민들이 버리고 간 임원평의 빈 마을을 찾아들었던 것이다.

다음 날.

새벽 일찍 유정이 이끄는 의승군 천 명은 순안 법흥사로 향했다. 법흥사는 자모산성 동쪽에 있는 고찰이었다. 법흥사에는 이미 청허가 평안도와 함경도에서 모은 자모승自募僧 천오백 명과 전국에서 온 의승군 천오백 명이 주둔하고 있었다. 법흥사 경내가 비좁아 일부는 자모산성으로 올라가서 숙식을 해결했다.

눈보라는 잦아들었지만 눈발이 아주 그친 것은 아니었다. 눈송이들이 날벌레처럼 희끗희끗 날았다. 응상은 어젯밤에 비로소 법명을 받은 사미승을 불러 말했다.

"승복으로 갈아입으니 얼굴이 제법 헌걸스럽구나."

어젯밤만 해도 다 해진 누더기를 걸치고 있었으므로 남루하기 짝이 없었던 것이다. 그러나 승복을 입고 있는 모양새만으로는 출가한 지 몇 년 된 승려 같았다. 옆에 있던 계주도 한마디 했다.

"의 사미는 천상 타고난 중이다. 타고난 중은 승복을 입고 있으면 위의가 드러나기 마련이다."

"승복을 갈아입으니까네 날아갈 것 같습네다."

"오늘부터는 네가 은사님 시봉을 해야 한다. 그림자처럼 옆에 붙어서 공양 챙겨드리고 옷가지, 잠자리 수발해야 하느니라."

"예, 알갔습네다."

계주는 사미승에게 유정을 어떻게 시봉해야 하는지를 낱낱이 일러주었다. 반면에 응상은 유정의 선과 급제 사실을 말했다.

"전시이니 은사님 목숨을 잘 지켜야 한다. 은사님은 네 나이 때 벌써 선과에 장원급제하신 뛰어난 분이시다."

"아, 그렇습네까?"

"은사님께서 너를 점지하셨느니라. 천 명의 승병 중에서 오직 너에게만 주먹밥을 주셨느니라."

"영광입네다."

"한 덩이의 주먹밥이 아니니라. 네 일생 동안 먹어도 부족함이 없는 주먹밥이라 생각하거라."

응상은 유정의 수제자답게 엄하면서도 자상했다. 직지사 시절부터 계주와 함께 유정을 시봉해온 상좌로서 그도 이미 깨달음을 얻은 선승이었다. 반면에 계주는 계행이 철두철미한 율사였다. 유정은 두 바퀴가 있어야만 수레가 굴러가는 것처럼 항상 두 제자와 함께 거동했다. 의승군 부대에서도 두 사람은 좌부장, 우부장을 맡아 의승대장 유정을 보좌했다.

진시辰時(오전 7시-9시)가 되어 유정의 의승군은 법흥사 초입에 도착했다. 먼저 가 있던 척후병이 관동 의승군이라고 쓰인 깃발을 흔들었다. 허락받았으니 행군을 계속하라는 신호였다. 유정은 말고삐를 잡아당겼다. 그러자 말이 쏜살같이 찬 공기를 가르며 달렸다. 언 땅을 내딛는 말발굽 소리가 유난히 크게 들렸다. 유정의 얼굴과 수염에 눈송이들이 달라붙었다. 검은 수염이 하얗게 변했다. 하루아침에 상늙은이가 돼버린 듯했다. 그러나 유정의 나이는 아직 오십 전인 사십구 세였다. 유정은 대웅전으로 올라가 먼저 삼배한 뒤 바로 조실채로 건너갔다. 노승 청허를 경호하고 있던 의엄이 달려왔다. 의엄은 유정이 보현사를 떠난 뒤 청허의 상좌가 되었으니 사제인 셈이었다. 유정은 의엄의 손을 붙잡았다.

"사제님, 억수로 고맙데이."

"사형님, 제가 무엇을 했다고 그러십네까?"

"은사님은 물론 우리 문도가 다치지 않은 것은 모두 사제님 덕분이구마."

정여립 역모에 일부 승려들이 가담했지만 황해도 구월산에 있던 의엄은 그런 제의를 뿌리치고 오히려 재령 군수 박충간에게 고발하였기에 청허와 유정이 역모 혐의에서 벗어날 수 있었던 것이다. 유정은 조실채로 들어가 청허를 뵀다. 청허는 칠십삼 세의 고령이 믿어지지 않을 만큼 얼굴이 훤했다. 두 눈은 형형하기조차 했다.

"은사님, 그동안 강령하셨는교?"

"니 의병은 얼마나 되는가?"

"천 명입니데이."

"고생했구마. 의엄이 델꼬 온 오백 명까지 합치면 모다 오천 명은 되갔구마."

팔도에서 먼저 와서 지금 자모산성에 있는 이천오백 명의 의승군까지 합치면 총 오천 명이 된다는 서산대사 청허의 말이었다. 유정은 내심 놀랐다. 청허의 격문 한 장에 오천 명이 법흥사에 집결한 셈이었다. 청허의 법력이 아니면 불가능한 숫자였다.

"유정은 대감이 올 거이니까네 경내에 있게."

"어느 대감인교?"

"순안 관아에 겨시는 도체찰사 유성룡 대감이다. 날마다 한 번씩은 오시는구마."

유성룡이 법흥사에 오는 것은 평양성 수복 작전을 지시하기 위해서였다. 청허의 모든 의승군은 도체찰사인 유성룡의 지시를 받아 움직여야 했다. 의승군들이 명나라 원군이 오기 전에 몇 차례나 평양성을 공격하려고 했지만 그때마다 유성룡이 제지했는데, 그 이유는 조선 관군과 명나라 원군, 그리고 의승군이 합세하여 공격해야만 고니시의 평양성 부대를 섬멸할 수 있다는 판단에 따른 것이었다.

유정이 조실채를 나오자 의 사미가 벌써 달려와 두 손을 모은 자세로 토방 밑에서 기다리고 있었다. 유정은 의 사미를 데리고 다시 방으로 들어가 청허에게 인사를 시켰다.

"스님, 이번에 중이 된 사미입니데이."

"허허, 키가 훤칠하고 용모가 엄숙한 거이 니 분신 같구마."

사미를 본 청허가 덕담을 했다. 유정을 처음 봤던 때의 모습과 첫 인상도 사미승과 같았던 것이다.

"니 이름이 뭐이가?"

"의라고 하옵네다."

사미의 목소리가 풋풋하고 경쇠 소리처럼 맑았다.

"니 목소리에는 벌써 속진이 떨어져 있구마. 시절인연이 도래하면 니도 중국 땅 구승九僧의 대열에 낄 수 있을 끼구마."

구승이란 송나라 초기에 시를 잘 지었던 9인의 승려를 말했다. 즉 회남의 혜숭, 검남의 희주, 금화의 보섬, 남월의 문조, 천태의 행조, 여주의 간장, 청성의 유봉, 강동의 우소, 아미의 회고 등을 총칭해서 구승이라고 했던 것이다. 사미는 무슨 뜻인지는 몰랐지만 수염이 허연 도인이 칭찬해주었으므로 가슴이 콩닥콩닥 뛰었고 얼굴은 벌써 홍조를 띠었다. 유정은 사미가 정말로 자신의 분신일까 싶어서 다시 한번 바라보았다. 자신이 젊었을 때 사미와 같은 모습이었다니 사뭇 의아했다.

청허의 시

 법흥사에 모인 오천 명의 승려들은 서산 청허와 유정이 거느리는 두 무리로 나뉘었다. 청허가 통솔하는 이천 명의 승려들은 늙은 노승들로서 군량미를 나르는 후방 지원군이 됐고, 유정이 지휘하는 삼천 명의 승려들은 직접 전투를 하는 의승군이 되었다. 물론 의승군의 총대장은 칠십삼 세의 노승 청허였다. 유정은 청허의 지시를 받아 휘하의 의승군들을 데리고 날마다 자모산성으로 올라가 군사훈련을 했다. 벌써 두 달째였다.

 일찍이 청허가 임진왜란을 예견하고 제자 유정과 영규, 처영 등에게 병법을 가르친 일이 있었는데, 제자들은 스승의 혜안에 놀라지 않을 수 없었다. 실제로 임진년이 되자 왜적이 쳐들어와 왜장 고니시가 평양성에 들어와 있고, 가토는 함경도를 분탕질하고 있기 때문이었다.

 유정은 의승군들을 데리고 자모산성으로 가기 전에 조실채로

올라갔다. 하루 훈련 일과를 청허에게 보고하기 위해서였다. 조
실채 방에는 의엄이 먼저 와 앉아 있었다. 의엄은 청허의 지시를
받아 지원군을 맡은 의승군을 훈련시키고 있었다. 지원을 맡은
의승군은 무기를 만들거나 지게로 군량미 나르는 훈련을 했다.

"시님, 유정입니데이."

"들어오라우."

"실제 전투라 생각허고 훈련시키네?"

"예, 적과 아군으로 나누어 훈련하고 있십니더."

"자모산성을 평양성이라 생각하고 훈련하라우."

"시님, 지는 평양성이 우찌 생겼는지 모릅니데이."

"이리 가차이 와보라우. 평양성이 어드러케 생겼냐면……."

청허는 앉은뱅이책상 서랍 속에서 지도 한 장을 꺼냈다. 가는
붓으로 평양성을 그린 지도였다. 청허는 임진왜란을 대비해서
평양성을 몇 번이나 가서 보고 그린 지도라고 말했다. 평양성은
남쪽의 대동강, 서쪽의 보통강, 북쪽의 봉화산, 동북쪽의 모란봉
안에 있었다. 그리고 성에는 문들이 십여 군데 달려 있었다. 모
란봉 북쪽에 현무문, 내성 북쪽과 남쪽에 칠성문과 장경문, 내성
과 중성을 오가는 정해문, 중성 북쪽과 남쪽에 보통문과 대동문,
중성과 외성을 오가는 정양문, 외성 북쪽과 남쪽, 서쪽에 선요문
과 거피문, 다경문이 있었다. 또한 내성과 중성, 외성을 다 내려
다볼 수 있는 곳은 모란봉이었다.

"우리가 평양성을 공격하려면 모란봉을 먼저 뺏아야 유리하
지 않갔네?"

"시님 말씀대로 높은 데가 유리할 거 같십니더."

청허는 병법에도 밝았다. 출가 전에 성균관에서 미리 공부해 두었기 때문이었다. 남해안에 왜구들의 노략질이 잦아지자 제자들에게 병서를 가르치곤 했던 것이다. 그런데 유정, 처영, 영규 등 제자들에게 병서를 가르친 일이 크게 화禍가 되기도 했다. 금강산에 있던 요승 무업이 정여립 모반 사건에 연루돼 포도청으로 잡혀가 문초를 당하던 중에 청허와 유정을 끌어들였던 것이다. 무업은 청허가 금강산 향로봉에 올라 읊조린 「향로봉시香爐峰詩」를 증거로 댔다.

만국의 도성들은 개밋둑 같고
천하의 호걸들은 초파리 같네.
맑고 그윽한 달빛 베고 누우니
끝없는 솔바람은 가락을 빚어내네.
萬國都城如蟻垤
千家豪傑若醯鷄
一窓明月淸虛枕
無限松風韻不齊

세속 명리를 초탈한 이의 유유자적한 경지이건만 무업은 도성을 개밋둑이라 비하하고 천하 호걸을 초파리 같다고 조롱한 것은 평소에 역모를 꿈꾸고 있었음이 분명하다고 무고했다. 더구나 수제자인 유정에게 병서를 가르쳤다고 하니 의심할 여지가 없다고 추국관에게 고했다. 그러나 무업의 고변告變은 온갖 고문을 이기지 못하고 살아남기 위해 거짓으로 꾸며댄 것이었다. 무업의 무고는 선조가 직접 친국함으로써 곧 사실이 드러났다.

묘향산에서 붙잡혀온 청허는 의연했다. 추국관인 정철이 국문을 시작하자 「향로봉시」는 탈속한 경지를 노래한 것일 뿐이므로 무업의 고변은 사실과 다르다고 반박했다. 의금부 나졸들이 며칠 동안 주리를 틀고 곤장을 쳤지만 청허의 답변은 내내 한결같았다.

승려는 천민이라 하여 배려도 없었다. 혼절할 때까지 인정사정없이 고문했다. 청허의 승복은 날마다 피로 물들었다. 그러나 청허는 조금도 죽음을 두려워하는 기색이 없었다. 구월산의 제자 의엄이 정여립의 무리가 자신을 끌어들이려고 한 것을 즉시 고발한 사실만 봐도 자신과 유정이 역모에 가담했겠느냐며 항변했다. 제자들에게 병서를 가르쳤던 이유는 남해안에 준동하는 왜구들의 침입을 대비한 것이라고도 진술했다. 나졸들이 혼절한 청허에게 물동이를 가져와 찬물을 퍼부었다. 청허가 깨어나자 선조가 나서서 친국했다. 선조는 청허의 시들을 가져오게 하여 일별했다. 정독해보니 다른 시들도 「향로봉시」와 내용이 엇비슷했다.

　　산은 허공에 반쯤 서 있고
　　흰 구름은 있는 듯 없는 듯
　　하늘 우러러 크게 웃나니

인간사 흥망성쇠 한순간이네.

山立碧虛半

白雲能有無

仰天一大笑

萬古如須臾

　선조는 '하늘을 우러러 크게 웃나니 인간사 흥망성쇠 한순간
이네'라는 구절에서 청허가 허공에 우뚝 솟은 산처럼 느껴졌다.
무릎을 꿇고 있는 몰골은 남루하기 그지없지만 청허의 눈빛은
예사롭지 않았다. 추국관인 정철도 넌지시 청허의 시를 보고는
놀랐다. 그러나 그는 곧 표정을 바꾸어 정색을 했다. 선조는 여
전히 청허의 시에서 눈을 떼지 못했다.

　백발이어도 마음은 늙지 않는다고

　옛 사람은 이미 말했네

　지금 대낮에 닭 우는 소리 듣나니

　대장부 할 일을 다 마쳤네.

髮白非心白

古人曾漏洩

今廳一聲鷄

丈夫能事畢

　선조는 대장부 할 일이 무엇인지 묻고 싶었지만 참았다. 추국

에 참여한 대신들이 의금부 국청 주벽主壁에 앉아서 선조의 입을 주시하고 있었기 때문이었다. 선조는 주벽 한 가운데 앉아서 친국하고 있었다.

주인은 길손에게 꿈 얘기하고
길손도 주인에게 꿈 얘기하네.
지금 꿈 얘기하는 두 사람
이 또한 꿈속의 사람들이네.

主人夢說客
客夢說主人
今說二夢客
亦是夢中人

선조는 청허의 「삼몽사三夢詞」를 보는 순간 「향로봉시」가 승려라면 누구나 읊조릴 수 있는 시라는 것을 짐작했다. 더구나 국청에 나온 모든 사람들이 꿈속의 사람들 같다는 허망한 생각까지 들었다. 이윽고 선조는 친국을 파하고 승지에게 무명 바지저고리를 가져오게 했다. 그런 뒤 나졸들에게 청허의 피 묻은 승복을 벗겨내고 새 바지저고리로 갈아입히도록 명했다.

선조는 청허와 유정을 즉시 석방시켰다. 하루가 지나서는 청허의 범상치 않은 시와 왜구들의 침입을 막고자 제자들에게 병서를 가르친 충정에 감탄하여 상을 내렸다. 봉은사에서 국문으로 망가진 몸을 추스르고 있던 청허에게 친히 그린 묵죽 한 폭과

시 한 수를 지어 하사했던 것이다.

> 잎은 붓끝에서 나왔고
> 뿌리는 땅에서 난 것 아니노라.
> 달빛 비쳐도 그림자 드리우지 않고
> 바람이 흔들어도 소리 아니 들리는구나.
> 葉自毫端出
> 根非地面生
> 月來難見影
> 風動未聞聲

　선조의 시는 청허의 인품을 대나무에 비유하여 노래한바, 봉은사 승려들은 모두 감격하여 어쩔 줄 몰랐다. 청허는 자리에서 겨우 일어났다. 고문을 받은 후유증으로 온몸이 쑤셨다. 정강이 뼈가 으스러지고 엉덩이 살이 짓뭉개져 어정쩡하게 서서 붓을 들었다. 청허를 시봉하고 있는 유정이 먹을 갈았다. 유정은 스승 청허가 어떤 시를 써서 임금에게 올릴지 자못 긴장했다. 그러나 유정의 걱정은 기우에 불과했다. 청허는 자신을 국문했던 대신들을 원망하지 않았다. 선조에게 자신의 마음을 진상하는 시를 지었다. 그림 속의 대나무는 바람에 흔들리지 않지만 자신이 정성을 다해서 향을 피우자 그림 속의 대나무가 가을바람에 이파리를 서걱거린다는 시였다. 봉은사 주지가 나룻배를 타고 건너가 청허의 시를 당직 승지 편에 올렸다.

소상강변 우아한 대나무가
임금님 붓 끝에서 나와
산승의 향불 사르는 곳에서
잎마다 가을바람에 서걱거리옵니다.
瀟湘一枝竹
聖主筆頭生
山僧香燒處
葉葉帶秋聲

선조는 청허를 크게 격려하여 이번에는 태산북두처럼 높은 이름 같은 부처라고 했다. 청허는 봉은사에서 건강을 다소 되찾자마자 유정을 앞세우고 바로 금강산으로 들어갔는데, 선조는 또 한 편의 시를 지어 청허에게 보냈다. 대신들 가운데 몇몇이 선조가 늙은 중 청허에게 홀렸다고 시기하고 질투할 정도였다.

동해변 금강산에서는
얼마나 많은 인걸이 나왔던가.
태산북두처럼 높은 이름
오늘의 여래로구나.
東海有金剛
雄賢幾種胎
高名山斗仰
今世是如來

청허는 선조가 하사한 시들이 처음에는 고마웠으나 차츰 화가 미칠지 모른다는 두려운 생각이 들었다. 불가에서는 아무리 좋은 일도 나쁜 일도 집착하면 병이 된다고 경계했다. 비록 덕담이기는 하지만 선조가 청허를 부처라고 하는 것은 재앙이 될 수도 있었다. 사헌부와 사간원의 대간들이 청허가 임금을 현혹했다는 죄목으로 탄핵할 수도 있었던 것이다. 그래서 청허는 자신은 부처가 아니며 금강산 크고 작은 돌들이 여래라는 시를 지어놓고는 아무에게도 알리지 않고 금강산을 떠났다.

세상 일 잊고 실상을 바라보옵니다
허한 영靈 어찌 태胎에 들지 않겠사옵니까
금강산 돌들이야말로
모두 크고 작은 여래이옵니다.
寂照非千世
虛靈豈入胎
金剛山下石
大小自如來

청허는 묘향산 즉 서산西山으로 들어갔다. 유정에게도 행선지를 알리지 않았다. 임진왜란이 일어나기 2년 전의 일이었다. 그런데 자신이 십오륙 년 전에 예견했던 대로 왜란이 났으니 이제는 산중에 숨어만 있을 수는 없었다. 청허는 묘향산으로 제자들을 불러 모아 왜적의 무리를 물리치려고 궁리했다.

그 무렵, 선조는 북상하는 왜군을 피해 압록강 근처 의주까지 올라와 있었다. 의주 관아에 차린 행재소 신하들의 반대로 압록 강을 건너가지 못하고 의주에 머물러 있었던 것이다. 극도로 불안해진 선조는 명나라 원군이 오기를 대신들 편에 재촉하면서 한편으로는 아무런 계책을 내놓지 못하는 행재소 대신들을 원망했다. 청허는 바로 그때 선조의 머릿속에 문득 떠오른 고승이었다. 청허가 곁에 있다면 마음에 위로가 될 것 같았다.

선조는 행재소 신하들에게 청허를 찾아오라고 명했다. 청허가 의주와 지척인 묘향산에 있다는 사실을 알아낸 사람은 유성룡이었다. 유성룡이 근왕군 장수 한 명을 뽑아 청허를 데리고 오게 했다. 그러자 청허는 망설이지 않고 의주로 달려와 선조를 알현했다. 선조는 청허를 보고는 매우 놀랐다. 3년 전에 보았을 때와 달리 몹시 늙어 있었다. 쪼그라든 작은 키에 큰 두상이 겨우 얹혀 있는 것처럼 보였다.

"대사, 과인의 처지가 몹시 외롭소. 그래서 대사를 불렀소."

"전하, 빈도가 얼마나 힘이 되겠사옵네까만 목숨을 기꺼이 바치겠사옵네다."

"대사가 과인 곁에서 좋은 계책들을 내놓는다면 이 지경이 된 나라의 혼란은 곧 멈추어질 것이오."

"불가에 파사현정이란 말이 있사옵네다. 바름으로 삿됨을 물리친다는 것이옵네다. 오늘부터 빈도는 오직 호국만 염두에 두겠사옵네다."

"나라의 위급함이 이 지경에 이르렀으니 대사는 부디 나라와 백성들을 구제해주시오."

선조가 청허에게 언월도 한 자루를 하사했다. 청허가 머리를 조아리며 두 손을 내밀어 언월도를 받아 들었다.

"지난날에는 대사에게 시를 하사했건만 왜적의 무리가 쳐들어와 나라를 소란스럽게 하고 있으니 오늘은 칼을 하사하지 않을 수 없소."

청허가 엎드려 울면서 아뢨다.

"나라 안 모든 중들을 모으갔사옵네다. 늙고 병들어 싸움터에 나갈 수 없는 중들은 각자 머물고 있는 절에서 제불 보살님께 기도 염불하게 하고, 젊은 모든 중들은 빈도가 통솔하여 목탁과 요령 대신 칼과 창을 들고 왜적이 있는 곳이면 어디라도 쫓아가 섬멸하갔사옵네다. 그리하여 전하께 기쁜 승전 소식을 아뢰고 아비지옥에 빠진 백성들을 구제하갔사옵네다."

"과인은 결코 대사의 충절을 잊지 않을 것이오."

선조는 청허 앞에서 눈물을 보였다. 파천길에 오른 임금으로서 구길 대로 구겨진 체통이 그나마 청허 앞에서는 바로 서는 것 같아 위로를 받았다. 선조는 대신들과 상의하지 않고 바로 청허에게 팔도십육종도총섭八道十六宗都攝이란 직책을 내렸다. 승려로서 최고의 지위였다. 행재소 어전을 물러나온 청허는 곧 전국의 승려들에게 격문檄文을 써서 보냈다. 나라를 구하기 위해 현지에서 의승군을 조직하여 싸우거나 묘향산으로 올라올 것을 호소했다.

청허가 팔도십육종도총섭이 된 것은 중종 35년(1540)에 수

계사 일선, 증계사 석희, 전법사 영관 대사에게 수계를 받은 지 오십이 년 만의 일이었다. 명종 4년(1549)에 승과 급제한 뒤 선교양종판사가 된 때로부터는 사십여 년 만이었다. 청허가 승려가 된 지 구 년 만에 승과에 급제한 까닭은 출가 이전 이미 유학을 공부했기 때문이었다. 평안도 안주에서 태어나 조실부모하고 안주 목사 이사증李思曾을 따라 한양으로 올라와 성균관에 입학하여 유가의 학문을 밤낮으로 익혔던 것이다.

그러나 청허는 유가와는 별로 인연이 없었다. 몇 번 과거를 보았지만 낙방만 했다. 그러던 어느 날 친구들과 지리산으로 유람을 떠났다가 청허 혼자 절에 남아 영관 대사에게 설법을 듣고 여러 경전을 정독하던 중 깨달은 바가 있어 스스로 삭발하고 숭인장로崇仁長老를 스승으로 모시고 출가했던 것이다. 십 대 후반이었던 그때 지은 출가시出家詩가 청허로서는 일생에 처음으로 지은 시였다.

창 밖에 소쩍새 소리 홀연히 들려오고
눈에 가득한 봄산은 모두 다 고향이네.
물 길어 돌아오다 문득 머리 돌려보니
청산은 무수한 흰 구름 가운데 있구나.
忽聞杜宇啼窓外
滿眼春山盡故鄕
汲水歸來忽回首
靑山無數白雲中

청허와 유정은 차를 한 잔 마셨다. 유정은 스승이 우려 주는 차가 이 세상에서 가장 맑고 향기로운 것 같았다. 한잔의 차라기보다는 스승의 마음을 마시는 듯했다. 유정은 조실채를 나와 의승군들을 데리고 자모산성으로 가면서 문득 청허의 다시茶詩를 떠올렸다.

낮에는 차 한잔 하고
밤이 되면 잠 한숨 하고
푸른 산 흰 구름
더불어 무생사無生死를 말함이여.
晝來一椀茶
夜來一場睡
靑山與白雲
共說無生死

눈발이 희끗희끗 보였다. 유정은 좌우부장인 웅상과 계주를 가까이 불러서는 자모산성 한쪽의 봉우리를 모란봉으로 가상하여 공격과 수비 훈련을 하라고 지시했다. 웅상과 계주는 날마다 반복되는 훈련이 지루했지만 평양성 전투가 임박했음을 직감했다.

명나라 원군

얼음이 두껍게 언 압록강 너머에서 명나라 군사가 끊임없이 넘어오고 있었다. 대군이었고, 장사진 대오였다. 강바람이 살갗을 벗길 듯 매섭게 불었다. 찢어질 듯 펄럭이는 붉고 노란 깃발들이 천 리까지 뻗친 듯했다. 북소리와 징 소리가 압록강을 흔들었다. 이틀 전, 장수 전세정 휘하 남방 군사 삼천 명이 먼저 선봉대로 압록강을 건너온 뒤 계속 이어지는 명나라 원군이었다.

북소리와 징 소리가 고막을 찢을 듯했다. 타악기는 군사의 행군과 사기를 독려했다. 때 아닌 북소리를 듣고서 강변 늙은이와 아녀자들이 나루터로 몰려들었다. 압록강을 건너오는 명나라 군사를 울부짖으며 환영했다. 이조판서 이산보도 양민들 틈에 끼어 눈물을 흘렸다. 며칠 전 요동을 찾아가 명나라 병부 시랑 송응창에게 속히 진군해줄 것을 극력으로 간청했는데 이제야 오고 있었다.

명나라 군사의 총대장은 이여송 제독提督이었다. 병부 시랑 송응창의 명을 받은 이여송은 홍명교紅明轎라고 불리는 가마를 타고 있었다. 홍명교는 화려한 홍등紅燈을 네 개나 달고 있었다. 하인 출신의 가마꾼들이 힘들어했다. 그럴 때마다 호위장이 다가가 가마꾼들을 닦달했다. 가마 안에는 거구의 호랑이 한 마리가 웅크리고 있는 것 같았다. 이여송의 체구가 커 가마 안이 비좁아 보였다. 가마는 또다시 압록강 중간쯤에서 멈추었다. 명나라 군사의 더딘 진군은 이산보의 애를 타게 했다.

이여송은 붉은 비단 전포를 입고 있었다. 그는 압록강 중류쯤에 있는 강계 쪽을 바라보며 수염을 쓸어내렸다. 그러면서 흡족한 듯 고개를 끄덕끄덕했다. 어느 땐가는 보고자 했는데 이제야 뜻을 이뤘다는 표정이었다. 이여송은 사뭇 감개가 무량했다.

'바로 저기가 내 선조들이 살았던 땅이 아닐 것인가.'

이여송의 눈은 정확했다. 압록강 지류인 독로강이 흐르는 강계의 이산理山 땅은 할아버지가 살았던 곳이었다. 할아버지가 사람을 죽이고 요동 철령위로 도망쳐 왔다는 소문이 돌았지만 그것은 알 필요가 없었다. 아버지와 형제들은 이미 당당한 명나라 장수들이 되어 있었다.

이여송李如松.

그의 아버지는 요동 철령위 사람으로 광녕 총병을 지낸 이성량이었고, 할아버지는 강계 이산 사람으로 요동에 정착한 조선인이었다. 이성량은 변방에서 공을 세워 유격장군이 되었고 음

직인 지휘指揮가 되었다가 오랑캐를 쳐서 포획한 공을 세웠으므로 험산보 참장參將에 올랐다. 이후 이성량은 총병이 되어 땅을 천 리나 넓혀 다섯 개의 군사 진지인 보堡를 설치했다. 이성량의 아들과 사위들 중에도 고관이 된 이가 십여 명이나 되었다. 특히 그의 아들인 여백, 여장, 여매, 여오, 여정은 모두 벼슬이 총병에 오른 무인 가문으로 사람들의 부러움을 샀다.

강바람에 싸락눈이 희끗희끗 날렸다. 싸락눈은 모래알처럼 얼굴에 달라붙었다. 이여송은 다시 홍명교에 올라탄 뒤 손을 들어 진군을 명했다. 그 순간 강바람이 하늘로 회오리쳤다. 홍명교 뒤쪽에는 군량미 팔만 석과 화약 이만 근을 실은 수레 부대가 뒤따랐다. 총대장 이여송 바로 뒤에 있는 것은 군량미와 화약이 그만큼 중요하기 때문이었다. 군사의 수는 오만 명에 이르렀다.

선조와 행재소 대신들은 용만관에서 이여송을 기다렸다. 용만관은 지금까지 사신들을 보내고 맞아들여온, 영송迎送하는 숙소였다. 선조는 객사 호상에 앉아 있지 못하고 발을 동동 굴렀다. 한나절이 지났지만 이여송이 타고 있는 홍명교는 아직 보이지 않았다. 다행히 사납게 몰아칠 것 같던 눈보라는 슬그머니 물러갔다. 싸락눈이 자취를 감춘 뒤 강바람도 잦아들었다. 선조는 마음을 놓았다. 명나라 군사가 눈보라를 핑계로 진군을 늦출 수는 없을 것이었다. 도승지 유근이 아뢨다.

"전하, 명나라 이여송 제독은 곧 이곳에 당도할 것이옵니다. 그러니 편안하게 기다리시옵소서."

"어찌 이리 진군이 늦다는 말인가. 설번이 돌아간 지 언제이

던가.”

“설번은 고마운 은인이옵니다. 그의 노력으로 명 원군이 오고 있는 것이옵니다.”

“평양에 있는 행장(고니시 유키나가)이 독하지 않은가.”

설번이 군사 십만 명을 보내주겠다는 명나라 만력제의 칙서를 들고 왔다가 전해주고 간 지 벌써 세 달째였다. 그 동안에 명나라 사신 심유경이 평양에 들어가 왜장 고니시와 협상을 벌였지만 왜의 철군은 이뤄지지 않았고, 선조는 급히 정곤수를 북경으로 보내 원군을 간청했지만 별 다른 성과가 없었던 것이다. 물론 심유경이나 설번의 외교는 조선보다 자국인 명나라의 안위를 위한 것이었다. 설번이 명나라 황제인 만력제에게 올린 글도 그랬다. 명나라의 이익, 그 이상도 그 이하도 아니었다.

‘신이 깊이 근심하는 것은 조선이 아니라 우리 명나라의 국경이옵니다. 뿐만 아니라 더 나아가 내지(본토)가 진동할 것을 두려워함이옵니다. 이에 피치 못할 시세를 헤아려서 황제께 진술하옵니다. 무릇 요동진은 북경의 팔과 같은 곳이요, 조선은 요동진의 울타리 같은 곳이옵니다. 영평은 국도國都를 보호하는 중요한 땅이요, 천진은 또 북경의 문정門庭이옵니다. 이백 년 동안 복건성과 절강성은 항상 왜놈의 화를 입어왔으나 요양과 천진에 왜구가 없었던 것은 조선이 울타리처럼 막고 있었기 때문이옵니다. 압록강에는 비록 세 길이 있으나, 서쪽에 가까운 두 길은 물이 얕고 강이 좁아서 말이 뛰어 건널 만하고 또 한 길은 동서의 거리가 활을 두 번 쏠 거리가 채 못 되니, 어찌 거기를 거점으로

해서 적을 막고 지킬 수 있겠사옵니까? 만일 왜놈들로 하여금 조선을 점거하게 한다면 요양은 하루도 편하게 잠을 잘 수 없을 것이옵니다. 한 번 빠른 바람 편에 돛을 올리고 서쪽으로 달리면 영평과 천진이 먼저 그 화를 받고 이에 북경이 놀라 진동할 것이옵니다. 신이 사람을 평양에 보내 정탐하게 하였더니 모두 말하기를, 왜놈들이 제각기 민가 부녀자들을 빼앗아 아내로 삼고, 가옥을 수리하여 군량과 말먹이를 많이 쌓아놓는 등 오래 주둔할 계획을 할 뿐만 아니라 병기를 더 제조하여 활과 화살을 긁어모아 싸움 준비를 하고 있다고 하옵니다. 이것은 그 뜻이 작은 데 있지 않은 것이옵니다. 왜놈들이 드러내놓고 압록강에서 군사 관병식을 하겠다고 하옵니다. 조선의 신하와 백성들이 갈 바를 모르더니 다행히 심유경이 왜병의 진격을 늦추었사옵니다. 그러나 우리가 이러한 술책으로 저들을 우롱하면 저들도 또한 이러한 술책으로 우리를 우롱하지 않으리라는 것을 어찌 알 수 있겠사옵니까. 또한 십 년에 한 번 공물을 바치는 것은 일정한 기한이 있는 것이며, 입공入貢하려면 영파부를 경유하거나 귀주 땅을 거쳐와야 할 것인데 지금 조선을 점령하고 우리에게 맹약을 요구하니, 중국에 성심으로 감화해 조공을 바치러 오는 자라면 이러지 않을 것이므로 신은 이를 저어하옵니다. 속히 치게 되면 우리가 조선의 힘을 빌어서 왜병을 사로잡을 수 있을 것이요, 늦게 치게 되면 왜병이 조선 사람을 끌고 와서 우리에게 적대할 것이옵니다. 따라서 신은 군사를 보내어 토벌하는 일을 잠시라도 늦출 수는 없다고 아뢰옵나이다. 북쪽 사람은 노虜(오랑캐) 막기를 잘하고 남쪽 사람은 왜 막기를 잘하니, 만일 왜병과 더불어 전쟁하는 데 남방 군사 이만 명을 데려오지 않으면 어떻게 그들의 칼날을 꺾고 예기를 꺾겠사옵니까? 남방의 군사를 속히 파견하지 않으면 아니 되옵니다.' (하략)

명나라 유격장군 심유경이 왜군을 평양성에 묶어둔 것도 의주에 있는 선조를 위해서라기보다는 요동이 염려되어 그랬다는 것이었다. 설번의 진술은 사실이었다. 지난 9월의 일이었다. 심유경이 용만관으로 왔을 때였다. 선조는 왜장 고니시를 만나겠다는 심유경이 걱정스러워 말했다.

"천자의 위엄이 비록 엄하나 저 적장은 특별한 독종인데, 어찌 장군의 말만 듣고 조선에서 손을 떼고 스스로 물러나겠소?"

"중국은 다른 나라와 다르니 가만히 지켜보기나 하십시오. 소장이 마땅히 계교로써 왜장의 손발을 옭아매어 마침내는 두려워서 돌아가게 만들 터이니 염려하지 마십시오."

심유경은 용만관에서 하룻밤도 머무르지 않고 바로 말을 몰아 순안으로 달려갔다. 선조와 대신들은 심유경을 환대하지 못해 안타까워했다. 그러나 심유경은 이미 무관과 하인들을 데리고 순안으로 떠난 뒤였다.

심유경沈惟敬.

절강성 사람으로 그의 아비는 왜국을 다니며 장사를 하는 장사치였다. 그도 역시 아비를 따라다니며 물건을 사고팔면서 왜국의 말과 상대를 속이는 잔꾀를 익혔다. 나중에는 절강 호종헌의 막하로 들어가 있다가 병부상서 석성石星에게 글을 올렸다. 내용인즉 조선으로 들어가 왜장을 타일러 강화를 시도해보겠으니 한번 맡겨달라는 글이었다. 석성은 심유경을 기특하게 여기어 조정에 천거했다. 이윽고 심유경은 중국의 사자가 되었고 왜장을 만나 강화 회담을 유리하게 이끌라는 명을 받았다.

순안에 도착한 심유경은 평양성이 내려다보이는 건복산에 올라 왜장에게 편지를 썼다. 그리고 데리고 온 하인 심가왕에게 주어 평양성으로 보냈다. 편지의 내용은 왜가 출병한 이유를 따져 묻는 것이었다. 그러자 왜장 고니시는 포로인 절강성 사람 장대선을 건복산으로 보냈다. 장대선은 고니시의 말을 전했다.

'가정嘉靖 연간에 중국의 행인行人(외교관) 장주가 화친을 약속한 뒤 공물을 받겠다며 일본 사절을 유인하여 매복 군사를 시켜 모조리 죽인 일이 있습니다. 오늘 중국에서 온 자가 장주의 옛일과 같은 짓을 해보고자 하는 것이 아닙니까?'

이에 심유경이 고니시에게 전할 말을 장대선에게 했다.

"중국 조정에서는 너희 나라를 우리 속국으로 불쌍히 여기고 있다. 만약 너희 나라가 마음을 고쳐 군사를 풀어 돌아간다면 중국 조정에서는 너희들도 평등하게 보아 똑같이 사랑할 것이다. 어찌 속임수를 쓰겠는가!"

이윽고 심유경과 고니시가 평양성 밖 왜의 임시 진영에서 만났다. 임시 진영 밖에는 날카로운 칼과 창을 든 군사들이 삼엄하게 경계를 섰다. 임시 진영 군막 안에는 시게노부平調信, 요시토시宗義智, 겐소玄蘇 등이 고니시를 좌우에서 보좌하고 있었다. 심유경은 첫마디부터 명나라 군사를 과장해서 말했다.

"국경 밖에는 명나라 군사 백만 명이 진을 치고 있소."

"대인께서는 흰 칼날 앞에서도 얼굴빛 하나 변하지 아니하니 비록 일본 사람이라도 더할 수는 없습니다."

"그대는 일찍이 당나라 곽령공이 단기로 회홀의 만군중萬軍中에 들어가서도 두려워하지 않았다는 이야기를 듣지 못하였소? 내 어찌 그대들을 겁내겠소?"

심유경은 잠시 동쪽 자리를 바라보며 침묵했다. 그쪽에는 승려 겐소가 앉아 있었다. 그리고 왜의 임시 진영 밖 동쪽 대흥산에서는 조선 관군이 숨어서 심유경과 고니시의 만남을 지켜보고 있었다. 심유경이 겐소를 향해 꾸짖듯 말했다.

"하늘은 살리는 것을 좋아하는데 그대는 머리를 깎은 중이 되었으면서 어찌 반역하는 오랑캐를 따라서 우리의 속국을 무찌르려 하는가!"

겐소가 머리를 조아리며 말했다.

"중국에 중봉 선사 4대손 사명 선사가 계십니다. 저의 스승이 가정嘉靖 18년에 중국에 들어가 사명 선사를 뵙고 제자가 되었는데 천자께서 멀리서 온 것을 가상하게 여기시고 가사 한 벌을 하사하셔서 지금도 보존하고 있습니다. 소승은 의발을 계승하였으므로 중국을 향하여 순종하려는 마음이 왜 없겠습니까? 어찌 반역하는 일을 도와 포악한 짓을 하겠습니까? 우리나라가 오랫동안 중국과의 관계가 끊어졌으므로 조선의 길을 빌려 조공하고자 하는데, 조선이 도리어 군사를 집결해 우리의 뜻을 거절하였으므로 오늘의 사태가 있게 된 것입니다. 어찌 소승의 죄만 탓하십니까?"

"그대들이 이미 정성을 다하여 순종하였다면 어찌 중국이 조공받는 일을 마다할 것인가?"

"우리의 뜻을 알아주니 고맙습니다."

고니시 일행이 심유경에게 보검과 은으로 장식한 전포戰袍를 선물로 주었다. 심유경이 즉석에서 고니시에게 약속했다.

"내가 돌아가서 오십 일 안에 황제께 봉공하는 것을 허락받고 돌아오겠소. 그러니 그대는 성을 나와서 노략질하지 말고 내가 돌아오기를 기다리시오."

"좋습니다."

심유경과 고니시는 오십 일 휴전을 약속했다. 조건은 봉공封貢이었다. 명나라에서는 왜국에 봉작封爵을 주고, 왜국은 명나라에 조공을 바친다는 것이었다. 심유경이 다시금 고니시에게 다짐을 받았다.

"평양에서 여기까지는 십 리가 되오. 여기에 표목을 꽂을 것이니 왜인은 이 표목 밖으로 나오지 마시오. 조선 사람도 이 표목 안으로 들어가지 못하게 할 것이오."

심유경은 중국으로 돌아가면서 의주 용만관에서 선조를 만났다. 선조가 심유경에게 말했다.

"팔도 모든 장수들이 군사를 한곳에 모아 결전하려고 하는데, 시기를 놓치고 왜적을 격멸하지 못한 채 한겨울까지 지연된다면 군사들의 마음이 해이해지고 흩어져서 수습하기 어려울까 걱정이 되오."

"소장이 왜적을 옭아놓으려는 것은 귀국이 적병을 토멸하지
못할까 걱정이 돼서 한 일입니다. 만일에 귀국이 스스로 나라 안
을 평정시킬 수 있다면 소장이 무엇 때문에 적진을 출입하겠습
니까? 부디 큰일을 그르치지 마십시오."

심유경은 선조를 비웃듯 말하며 압록강을 건너가버렸다. 그
뒤 심유경이 다시 조선에 나타난 때는 11월 6일이었다. 그는 바
로 평양으로 들어가 왜장 고니시를 타일렀다.

"그대들이 진심으로 봉공하기를 원한다면 어찌 조선의 길을
반드시 빌어야 한다는 것이오? 조선의 성과 토지, 왕자와 신하들
을 돌려준 뒤라면 봉공하는 것과 조선에서 무사히 철군하는 것
을 허락할 것이오."

"대인께서 내놓은 제안은 우리 히데요시 간바쿠께서 결코 받
아들일 수 없을 것입니다."

"내 제안을 받는다면 대동강 이남을 그대 나라에게 줄 수도
있소. 만일 그렇게 하지 않으면 마땅히 백만의 군사로써 그대들
을 토벌할 것이오."

그제야 고니시는 심유경이 시간을 끌었다는 것을 알아챘다.
그럼에도 불구하고 고니시가 취할 수 있는 방법은 없었다. 더구
나 그동안의 휴전이 왜군에게 불리한 것만은 아니었다. 조선의
의병군과 의승군의 공격을 받지 않았기 때문이었다. 특히 유정
의 의승군은 몇 차례나 단독으로 평양성을 공격하려다가 도체
찰사 유성룡의 제지를 받았던 것이다. 심유경이 평양 십 리 밖에

꽂아둔 표목의 역할이 컸다.

심유경은 이여송의 환심을 사기 위해 요동으로 건너가 평양성의 왜군 숫자를 알려주기도 했지만 부총병이자 좌협 대장인 양원楊元은 심유경을 의심했다. 양원이 휘하의 왕유익과 왕유정, 참장인 이여매, 이여오 등에게 말했다.

"심유경은 왜놈과 화의를 맺고 황제의 허락 없이 대동강 이남을 떼어서 왜국에 소속시키려고 한다. 그리된다면 조선의 국왕을 어느 곳에다 두겠는가. 왜놈들은 또한 말하기를 공물을 실은 배가 절강성에 이르게 된 다음에야 군사를 철병할 것이라고 한다. 내가 얼마나 분통이 터졌으면 화포를 세 번이나 쏘았겠는가! 우리가 약속을 지키지 않으면 '설날에는 압록강으로 말을 끌고 와 물을 먹이겠다'는 둥 왜놈들이 도리에 어긋나는 오만한 말들을 많이 지껄인다고 하니 하나하나 써서 올리도록 하라. 심유경이 왜장에게서 받아온 은이 몇 냥이며, 천이 몇 필이며, 목화가 몇 근인지도 하나하나 조사해 오도록 하라. 내가 황제께 소상히 보고할 것이니라."

명나라 대군이 압록강을 다 건너오자, 군사들의 열기 때문인지 추위가 잠시 누그러졌다. 하늘이 우물처럼 퍼렇게 뻥 뚫리더니 해가 났다. 구름장을 뚫고 나온 해였다. 더욱 놀라운 광경이 하늘에서 벌어졌다. 흰 무지개가 해를 중간에 두고 반원을 그리고 있었다. 햇무리까지 출현했다. 선조는 용만관 마당으로 내려와 이여송을 맞이했다.

"과인이 나라를 잘못 지켜 황제께 염려를 끼쳐드리고, 여러 대인께서 멀리 정벌하러 오시게 하였으니 비록 심복心腹을 쪼갠들 어찌 이 하늘 같고 땅 같은 망극한 은혜를 갚을 수 있겠소?"

"황제의 하늘 같은 위엄과 이 나라 임금의 큰 복으로 마땅히 왜적은 저절로 섬멸될 것입니다. 그러니 감사할 것까지 있겠습니까?"

이여송의 태도는 심유경과 달리 공손했다. 그러나 도도한 위의가 흘러넘쳤다. 그가 걸친 붉은 비단 전포가 번들거렸다.

"우리나라 한 오라기의 명맥이 오직 대인에게 달려 있소."

"과찬입니다."

이여송이 과분하다며 손사래를 쳤다. 그러더니 우렁우렁한 목소리로 말했다.

"이미 황제의 명령을 받았으니 어찌 죽음을 사양하겠습니까? 또한 나의 선조는 본래 귀국 사람이었고, 요동에서 나올 때 나의 아버지 또한 훈계하시었는데 내 어찌 감히 귀국의 일에 힘쓰지 않겠습니까?"

"도독께서 오시니 갑자기 눈보라가 멈추고 하늘에 흰 무지개와 햇무리까지 출현하는 기적이 일어났소."

"이런 상서로운 기적을, 데리고 온 군관들과 함께 봐야 하겠습니다."

이여송의 키는 선조를 압도할 만큼 컸고 풍채가 준수했다. 또한 예절이 세련되고 말소리는 분명했다. 이여송은 용만관을 나가자마자 하늘을 우러러보았다. 두 팔을 번쩍 들더니 군관들 앞에서 호탕하게 기뻐했다.

선조는 이여송에 이어서 용만관 밖에 있는 부총병 양원, 사대수, 임자강, 장세작 등을 찾아가 감사를 표했다. 부총병들은 이여송과는 달리 선조의 말을 덤덤하게 들었다. 선조가 어떻게 예우하는지 더 지켜보겠다는 태도들이었다. 선조의 얼굴은 벌써 찬 공기에 시퍼렇게 얼어 있었다. 선조가 수염을 덜덜 떨면서 유근에게 말했다.

"이 제독 휘하의 장수들은 몇 명인가?"

"사십여 명입니다."

"고루 다 찾아보아야 하지 않겠는가?"

"전하, 허다한 장수를 어찌 다 찾아보겠사옵니까? 대장들을 만나셨으니 족하옵니다."

그러나 윤두수는 유근을 책망하듯 말했다.

"장수들을 모두 골고루 찾아보지 않는다면 도리에 어긋나는 일이옵니다."

"추워서 몸이 떨리고 피곤하여 더는 돌지 못하겠소."

"전하, 그러시다면 내일 만나시옵소서."

선조가 용만관 객사로 들어가버리자 기다리고 있던 중국의 여러 장수들이 불만을 터뜨렸다. 어떤 장수는 큰소리로 화를 냈다. 밤중에 보고를 받은 이여송도 의아해했다. 유근이 급히 이여송을 찾아가 무마했다. 내일 임금이 직접 장수들을 찾아가 위로하겠다고 말하여 겨우 진정시켰다. 그러나 이여송은 선조가 자리에서 일어나기도 전인 꼭두새벽에 대군을 평양으로 진군하도록 명했다.

그 시각에 도체찰사 유성룡은 순안 관아에 있다가 부랴부랴 안주로 향했다. 유성룡이 달려가 이여송을 영접한 곳은 안주 청천강 강변이었다. 유성룡은 이여송을 안주 동헌으로 정중하게 안내했다. 그런 뒤 소매 속에서 평양 지도를 꺼내어 성안의 형세와 군사가 공격할 수 있는 길을 자세하게 설명했다. 이여송은 유성룡이 설명하는 동안 주필朱筆로 그곳들을 표시했다. 그러면서 왜군에 대한 자신감을 보였다.

"왜군은 오직 조총만을 믿고 있지만 우리는 포탄이 오륙 리나 나가는 대포를 쓰고 있소. 그러니 적들이 어찌 우리를 당해낼 수 있겠소."

"평양성을 내려다볼 수 있는 모란봉을 먼저 점거한 뒤 대포를 쏘아대면 왜적들은 당해내지 못하고 물러날 것입니다."

이여송은 해질 무렵에야 청천강 강변 진중으로 돌아왔다. 별이 뜬 초저녁에는 자작으로 술잔을 기울이며 전투를 앞둔 긴장과 쌓인 여독을 풀었다. 문득 낮에 만났던 유성룡이 떠올라 시상을 가다듬었다. 비록 누더기가 다 된 옷차림이었지만 예절에 익숙한 태도가 범상치 않았고, 충정 어린 눈빛에다 병법의 지식도 해박했던 것이다. 이여송은 술을 한 잔 들이마신 다음 단박에 시를 한 수 지었다.

별이 뜬 밤 군사를 이끌고 강가에 와 있네.
삼한의 나라 평안하지 않다고 말하기에

명군은 날마다 원명의 첩보를 기다리고
신하는 밤 술잔을 즐기며 마음 달래네.
봄은 오는데 살기 띤 마음 오히려 강하구나.
이 걸음에 요괴한 왜놈들 뼈 이미 차리라.
담소하는 중엔들 어이 승산 아님이 있으랴.
꿈에도 항상 말안장 타는 일 생각한다오.

提兵星夜到江于

爲說三韓國未安

明主日縣旌節報

微臣夜釋盃酒歡

春來殺氣心猶壯

此去妖氣骨己寒

談笑敢言非勝筭

夢中常憶跨征鞍

　　이여송은 공격 개시 시간을 잡기 위해 여러 작전을 짰다. 부총병 사대수를 순안으로 보내 왜를 속이는 심리전을 먼저 폈다. 중국 조정이 왜와 화친하기를 허락했으며 심유경이 순안에 도착했다는 소식을 전한 것이다. 평양의 왜장 고니시는 반신반의했다. 그러나 겐소는 시를 지어 자축했다.

　　일본이 전쟁을 쉬고 중국에 복종하니
　　사해와 구주가 한 집안 같도다.

기쁜 기운은 도리어 우주의 눈을 녹이고
천지에 봄은 이른데 태평의 꽃이 피었네.
扶桑息戰服中華
四海九州同一家
喜氣還消寰外雪
乾坤春早太平花

왜의 장수인 평호관平好官 다케우치 기치베가 이십여 명의 왜병을 거느리고 심유경이 와 있다는 순안으로 달려왔다. 사대수는 그들에게 술을 주어 접대하는 척하다가 매복한 군사를 시켜 다케우치 기치베를 사로잡고 왜병을 거의 다 죽여버렸다. 겨우 도망쳐 살아남은 왜병 셋이 평양성으로 들어가 명나라 군사가 온 것을 알리니 그제야 왜군이 크게 동요했다. 이때 명나라 대군은 숙천까지 내려와 날이 저물어 진을 치고 있었다. 숙천에서 순안, 평양까지는 지척의 거리였다.

간민

옥 안은 비좁고 추웠다. 칼바람이 나졸보다 더 무섭게 통나무 사이로 들락거렸다. 살을 에는 듯 송곳처럼 파고드는 칼바람이었다. 왜적에게 부역한, 즉 순왜를 한 죄인들은 밤낮으로 쪼그려 앉아 있어야 했다. 옥 바닥은 얼음장이나 다름없었다. 이틀 걸러 한 사람씩 얼어 죽어나갔다. 만져보면 꿈쩍 않는 시신이 돼 있었다. 대역 죄인의 시신이었으므로 찾아가는 사람이 없었다. 나졸들이 질질 끌고 나가 산자락에 버렸다. 시신은 산자락에서 맹수들 먹이로 사라졌다.

옥에 갇힌 죄인들은 참수를 기다리는 왜적의 첩자들이었다. 나졸들은 나라를 팔아먹은 그들을 간악한 백성이라 하여 간민奸民이라고 불렀다. 그들 중에서도 군인으로서 첩자질을 한 사람은 김순량과 서한룡이었다. 군졸로 강등된 두 사람은 입대한 장정들을 훈련시키던 군교였다. 두 사람이 옥에 갇힌 지는 보름이다 돼갔다. 두 사람은 목이 잘릴 날만 기다리고 있었다.

　지난 12월 초이튿날이었다. 도체찰사 유성룡은 군관 성남을 불렀다. 성남은 지난 8월 1일 3차 평양성 전투에 참여했던 군관이었다. 3차 평양성 전투는 요동 부총병 조승훈의 명군 오천 명이 왜군을 얕잡아보고 처음으로 평양성을 공격했다가 실패한 뒤, 평안도 의병군이 또 나서서 진격하던 중 전멸한 것에 대한 보복전이기도 했다. 1차 평양성 전투 때 명군 대장 조승훈은 '왜적이 아직 그대로 있음은 반드시 하늘이 나로 하여금 큰 공을 세우게 함이로다!'라고 큰소리치면서 공격했다가 대패했고, 2차 평양성 전투에서는 평안도 중화군의 의병장 임중량과 윤봉, 차은진과 차은로 형제 등이 의병군을 이끌고 평양성을 탈환하려다가 왜장 고니시 기병들의 추격전으로 의병 대부분과 윤봉마저 전사했던 것이다.

　이후 순변사 이일, 조방장 김응서, 순찰사 이원익이 조선 관군 이만 명을 모아 평양성을 공격했는데, 이른바 3차 평양성 전투였다. 이일은 평양성 동쪽에서, 김응서는 서쪽에서, 이원익은 북쪽에서 공격하기로 했지만 3차 평양성 전투마저도 공격다운 공격 한번 해보지 못하고 패하고 말았다. 패인은 의욕만 앞선 장수들의 성급한 작전이었다.

　이원익 휘하의 부대가 평양성 보통문 밖에 이르자, 왜군 오십 명이 먼저 성문을 열고 나와 선공했다. 활을 들고 있던 조선 관군은 물러서지 않고 즉시 응전하여 왜군 이십여 명을 쓰러뜨렸다. 그러나 그것은 왜군의 유인작전이었다. 사기가 오른 조선 관군은 함성을 지르며 보통문을 향해 돌진했다.

때를 노리고 있던 왜군 수천 명이 성문을 열고 일시에 반격해 왔다. 왜군 기병이 성 밖을 휘젓고 다니자, 이원익이 지휘하는 조선 관군 부대의 공격 대오가 순식간에 흐트러졌다. 지휘 체계가 무너진 조선 관군은 오합지졸이나 다름없었다. 이원익은 김응서 부대가 있는 서쪽으로 후퇴를 시켰다.

그나마 재빨리 후퇴한 데다 김응서 부대가 사력을 다해 엄호했기에 전멸은 면했다. 무모한 공격으로 제대로 싸워보지도 못한 채 사상자만 칠천 명을 냈다. 불행 중 다행이라면 관군이 아직 만 삼천 명 정도 남아 있다는 것뿐이었다. 그러나 조선 관군의 사기는 땅에 떨어지고 말았다. 전투를 두려워하는 장졸들이 생겨났던 것이다.

안주와 순안 사이를 오르내리며 관군 지휘관들을 독려하던 유성룡은 불려 온 군관 성남을 힐문했다.

"김억추에게 보낸 공문을 왜 아직도 가져오지 않는가?"

"강서江西 군인 김순량이 이미 돌려드린 줄 알고 있었습네다."

"내가 6일 안으로 가져오라고 하지 않았던가?"

"김순량을 만나보구 오갔습네다."

"사정을 알아보고 다시 보고하게."

수군장 김억추에게 대동강 하구에서 대기하고 있다가 조명연합군이 공격할 때 나서도록 지시한 비밀 공문이었다. 그런데 이런 비밀 공문이 지휘 체계가 허술한 부대에서는 종종 도중에 사라져버리기도 했다. 그런 예가 빈번해지자, 장수들은 자신이 보낸 공문을 반드시 되가져오게 했다. 유성룡도 마찬가지였다.

해가 구름에 가려지고 북풍이 불자 더욱 으스스해졌다. 북풍이 따귀를 때리듯 불었다. 국문하는 유성룡은 수염을 자꾸 쓸어만졌다. 호상에 가만히 앉아 있는데도 턱이 덜덜 떨렸다. 칼을 목에 찬 김순량이 동헌 토방 밑에서 무릎을 꿇었다.

"공문이 어디 있느냐?"

"김억추 장수님께 드리고 왔시다."

"다시 가지고 오라고 하지 않았더냐?"

"그 지시까지는 듣지 못했시다."

이때 유성룡은 이여송이 청천강에 도착했다는 말을 듣고는 급히 자리에서 일어났다. 이여송의 명나라 원군이 온다고 하여 순안에서 안주로 올라와 기다리고 있는 중이었던 것이다. 성남이 유성룡을 대신해 김순량을 심문했다.

"이놈! 내가 6일 안으로 가져오라고 하지 않았네? 어서 날래 바로 불라우!"

"소인이 방금 대감님께 말씀드린 대로입네."

"니놈이 나를 속이고 무사할 줄 아네?"

"이곳이 어데라고 거짓말을 하갔습네까요."

"좋다. 며칠 만에 군중으로 소 한 마리는 어케 끌고 완? 어데서 난 소인데 군졸들과 함께 잡아묵었네?"

"원래 소인의 소입네. 친족 집에 맡겨둔 것을 도로 찾아온 것입네."

날이 저물었다. 바람 때문에 모닥불을 피울 수도 없었다. 성남은 김순량을 다시 옥에 가두었다. 그런 뒤, 이여송을 영접하러 간 유성룡이 올 때까지 안주 관아에서 발을 탕탕 구르며 기다렸다. 이경(밤 9시-11시) 무렵에야 유성룡은 청천강에서 돌아왔고, 성남은 유성룡에게 김순량이 소 한 마리를 끌고 와 군사들과 함께 잡아먹은 일을 보고했다.

"순량의 말을 들어보니 의심스럽습네다."

"무엇이 의심스럽던가?"

"어데서 소를 가져왔는지 확실하지 않습네다."

"알겠네."

유성룡은 성남을 관아에서 내보냈다. 첩자질을 한 간민들 탓에 마음 한 구석이 심란했지만 이여송의 대군을 보고 난 감격이 가시지 않았다. 명군과 조선 관군 및 승군이 평양성을 공격한다면 승산은 충분했다. 더구나 명군의 남방 부대는 대포 같은 화기로 왜군의 조총을 제압할 수 있는 포병 부대였던 것이다.

유성룡은 평양성을 수복하기만 한다면 왜군은 크게 사기가 떨어질 것으로 판단했다. 한겨울에 위세를 떨치는 동장군은 그래도 조선군 편이었다. 평양성에서 투항해 온 항왜들 말에 의하면 따뜻한 땅에서 온 왜군들은 동장군의 위력을 견디지 못했다. 전염병이 돈 것처럼 얼어 죽는 왜군이 속출했다. 유성룡은 4차 평양성 전투를 앞두고 엎치락뒤치락 잠도 자는 둥 마는 둥 했다.

김순량의 국문은 아침 일찍부터 시작했다. 김순량은 어제와 달리 검은 헝겊으로 눈을 가린 채였다. 동헌 마당 가운데는 열십자 모형의 고문 형틀도 마련돼 있었다. 유성룡은 동헌 토방 밑까지 끌려온 김순량을 심문했다.

"김억추 수군장을 만났느냐?"

"예."

"그렇다면 공문은 왜 도로 가지고 오지 않았느냐?"

"소인은 전달만 하구 그냥 돌아왔습네다."

"공문을 다시 가져오라는 말을 듣지 못했단 말이냐?"

"들었습니다만 깜박 잊어버렸습네다."

"어제는 듣지 못했다 하고, 오늘은 잊어버렸다니 네 말이 믿어지지 않는구나. 안주를 떠난 지 며칠 만에 돌아왔느냐?"

"나흘 만에 돌아왔습네다."

"왜군이 출몰하는 대동강까지 갔다가 나흘 만에 돌아올 수 있는 것이냐?"

"소인은 평안도 안주 출신입네다. 평안도 지리를 환히 꿰구 있쉐다."

"평안도 지리에 밝다는 놈이 어찌 나흘이나 걸렸느냐?"

"소를 끌고 오느라구 늦었습네다."

유성룡도 군관 성남처럼 소를 끌고 왔다는 사실이 의심스러웠다. 전시 중에 귀한 소를 끌고 왔다는 것은 누구에겐가 받았음이 분명했다. 그런 게 아니면 도둑질했다는 말밖에 되지 않았다.

"네 소라고 치자. 소를 끌고 온 이유가 무엇이냐?"

"소를 잡아 다스한 소고기국을 묵구 싶었습네다."

"사실이라면 네게 상을 줄 일이다. 하지만 지금 너는 거짓말을 하고 있다."

"아닙네다. 소인이 키우던 소를 친족 집에 맡겨두었다가 가져
왔을 뿐입네다."

"네 이놈! 네 친족 집이 어디냐? 바로 대지 못하면 살아남지
못할 것이다."

"……."

"어서 바른대로 말하지 못할까!"

그래도 김순량이 실토하지 않자, 유성룡은 그를 고문 형틀에
묶도록 명했다. 김순량의 눈을 가렸던 검은 띠가 벗겨지려 하자,
까치두루마기 차림에 깔때기 모자를 쓴 나졸 수장이 인정사정
없이 질끈 동여맸다. 그때부터 나졸 둘이 돌아가며 곤장을 쳤다.
엉덩이가 터져 핏물이 바지에 배어나올 때쯤에야 김순량이 입을
열었다.

"그만 치시라우요. 말하겠시다."

나졸들이 김순량을 고문 형틀에서 끌어내려 유성룡 앞으로
질질 끌고 가 무릎을 꿇렸다. 유성룡이 엄한 얼굴로 말했다.

"말해보아라."

"소인은 첩자질을 했습네다."

적의 첩자, 즉 적첩賊諜 노릇을 했다는 실토였다. 그제야 국문
장에 모인 장졸들이 술렁였다. 김순량을 향해 침을 뱉고 야유를
퍼부었다.

"퉤퉤! 간민 새끼 같으니라구!"

"날래 참수합쉐다!"

"저런 첩자 새끼는 디디개로 사지를 잘라 죽이라우!"

그러나 유성룡은 냉정했다. 김순량에게서 왜적의 정보를 얻고
자 목소리를 낮추어 차분하게 물었다.

"어찌해서 김억추 수군장에게 가지 않고 평양의 왜장에게 갔
는지 자세히 말해보아라."

"소인은 물욕에 미쳐서 성남 군관님에게서 받은 전령傳令과
비밀 공문을 가지구 몰래 평양으로 들어갔습네다."

"쯧쯧. 네가 그러고도 조선 관군이라 할 수 있느냐?"

"지난 평양성 전투에서 조선군이 싸우다 지는 것을 보고 크게
낙담하고 있던 차에 정신이 나가버렸습네다."

"앞으로도 우리 관군이 계속 질 줄 알았다는 것이냐?"

"소인도 언젠가는 개죽음당할 것이라는 생각만 들었습네다."

"그래서 적장에 붙어 목숨을 연명하려 했다는 것이냐?"

"소인이 미쳤쉐다. 그러지 않고서야 어케 첩자질을 하갔습네
까요?"

갑자기 김순량이 어흑어흑 울음을 터트렸다. 그러자 나졸 수
장이 다가가 발길질을 하며 꾸짖었다.

"첩자질을 하고도 뭬라고 씨부렁거리네? 이 대역 죄인 간민
새끼야, 날래 대감님께 이실직고하라우!"

유성룡이 다시 문책했다.

"적장 행장을 만난 얘기를 해보아라."

"은 갑옷을 입은 적장에게 보였더니 전령은 책상 위에 두고
비밀 공문을 보고 난 뒤 바로 찢어버렸습네다."

"그래서 비밀 공문을 가져오지 못한 것이구나. 소는 상으로 받은 것이냐?"

"예."

"너 말고도 상을 받은 사람이 또 있느냐?"

"옆에 있던 서한룡에게는 명주 다섯 필을 주었습네다."

"그것뿐이냐?"

김순량은 고문 형틀에서 벗어난 것만도 다행으로 여기는 듯 사실대로 말하기 시작했다.

"다른 비밀을 탐지하여 보름 안에 보고하기로 약속하고 나왔습네다."

"첩자질한 사람이 너와 서한룡 말고도 더 있는가?"

"순안, 강서에서 숙천, 안주, 의주에 이르기까지 사십여 명이 퍼져 있습네다."

"이름을 알 수 있느냐?"

"예."

김순량은 기억나는 대로 첩자들의 이름을 더듬더듬 외었다. 몇 사람은 생각나지 않는다며 더 이상 이름을 대지 못했다. 유성룡은 놀란 채 한동안 김순량을 국문하지 못했다. 그러더니 국문장을 일어서면서 혼잣말로 중얼거렸다.

'첩자가 이렇게 많다니, 이 역시 백성을 잘 다스리지 못한 탓이로다.'

잠시 후, 유성룡은 군관 성남에게 내일 아침에는 서한룡을 국문하겠으니 준비하라고 지시했다. 김순량에게는 더 이상 나올 정보가 없다고 판단했던 것이다. 강추위 때문에 더 이상 국문할 수도 없었다. 김순량은 물론 곤장을 쥐고 있는 나졸들까지 사시나무처럼 덜덜 떨고 있었다.

김순량은 절뚝거리며 옥으로 다시 돌아왔다. 옥에서는 첩자질을 한 또 한 사람이 얼어 죽어 물건처럼 한쪽 구석으로 치워져 있었다. 서한룡이 정신 나간 듯 코를 쿵쿵거리며 도리질을 했다. 옥이 바로 지옥이었다. 잠이 들었다가는 자신도 모르게 동사하고 말았다. 김순량은 잠을 쫓기 위해 애를 썼다. 서한룡에게 계속 말을 걸었다. 서한룡은 차라리 잠을 자다가 죽고 싶다는 듯 입을 다물곤 했다.

"이보라우. 어케 첩자질을 했네?"

"말 시키지 말라우."

"후회가 되니까 물어보구 있시다."

"……."

"말해보라우."

"3차 평양성 전투 끝나구 눈깔이 돌아버렸시다."

"미친놈이 어데 한둘이간."

강서 관군으로 3차 평양성 전투에 참전했던 김순량과 서한룡이 크게 낙담했던 것은 사실이었다. 왜군의 맹공격에 싸움 한번 제대로 해보지 못하고 도망치느라 정신이 없었던 것이다. 전투를 시작하자마자 장수부터 사라졌다. 그런 상황이 되고 나면 관군들도 뿔뿔이 흩어져 갈팡질팡하다가 후퇴했다. 그때 김순량이나 서한룡의 생각은 똑같았다. 앞으로도 조선 관군이 왜군을 이긴다는 것은 절대로 불가능할 성싶었다.

"이래 죽으나 저래 죽으나 마찬가지라는 생각이 들었시다."

"개죽음당할 거라고 생각하니 싸움이 무서워지지 않았갔어."

유성룡이 지시한 대로 또 국문이 시작됐다. 이번에는 옥에서 서한룡이 불려 나갔다. 역시 유성룡이 국문을 직접 했다. 서한룡이 동헌 마당에 꿇어앉자마자 싸락눈이 사납게 흩날렸다. 순식간에 동헌 마당은 모래를 흩뿌린 듯 하얗게 변했다.

"너는 어찌해서 왜장에게 밀보했느냐?"

"물욕에 눈이 어두워 소인이 잠깐 미쳤쉐다."

"밀보하면 왜장이 무엇을 준다고 하더냐?"

"밀보에 따라 소나 말, 명주나 베를 준다고 선동하였습네다."

"너는 무엇을 밀보했느냐?"

"소인은 강서 군사의 숫자를 알려주고 명주 다섯 필을 받았습네다."

"첩자질한 사람들의 이름을 아느냐?"

"몇 사람은 알고 있습네다."

"이름은 군관이 옥으로 갈 터이니 그때 말하라."

서한룡은 김순량과 달리 코를 킁킁거리며 선선히 말했다. 마치 남 말하듯 묻는 대로 대답했다. 얼음 창고 같은 옥에서 떠느니 한시라도 빨리 참수를 당하고 싶은 듯했다. 싸락눈이 더 거세지자 유성룡은 국문을 서둘러 파했다. 김순량에게서 많은 첩보를 얻었으므로 서한룡에게는 특별히 더 캐물을 정보가 없는 것 같았기 때문이었다.

옥으로 돌아온 서한룡은 도리질을 더 심하게 했다. 서한룡을 기다리고 있던 김순량이 말했다.

"곤장을 몇 대나 맞았네?"

"눈이 날 살려줬시다."

서한룡에 비해서 김순량은 삶에 대한 애착이 강했다. 참수당할 것을 알면서도 만신창이가 된 자신의 몸을 이리저리 돌봤다. 멍이 든 엉덩이에 침을 바르기도 했다.

"운이 좋시다. 나 좀 보라우. 피딱지가 떨어지믄 살이 찰까?"

"모르갔시다."

서한룡은 고개를 돌려버렸다. 그러나 김순량은 저고리를 뒤집어 입었다. 그러고는 옥 밖의 희미한 기름불 빛에 비추어 기어다니는 이를 잡아 죽였다. 이는 한두 마리가 아니라 개미 떼처럼 오글오글 많았다. 김순량은 이를 한 마리씩 뜯어내 손톱으로 피가 튈 때까지 꾹꾹 눌렀다. 서한룡의 저고리에 있는 이까지 잡아 죽였다.

"내 피를 빨아먹고 사는 놈들! 다 죽어!"

"그냥 놔두라우. 그놈들도 살려고 하는 놈들이니까네."

그러나 밤새도록 이를 으깨어 죽인 김순량도 다음 날 서한룡과 함께 안주성 밖으로 끌려 나가 참수형에 처해졌다. 유성룡이 내린 명이었다. 시신의 머리통은 안주성 안 간짓대 끝에 매달아졌다. 칼바람에 두 사람의 머리통이 대롱거렸다. 다른 고을에 있던 첩자들도 잡힌 즉시 참수를 당했다. 사십여 명의 평안도 첩자 대부분이 한 달 사이에 붙잡혀 죽었다. 이로써 조선 관군이나 명군의 정보가 왜장 고니시에게 흘러들어가는 일은 없어졌다.

유성룡은 이여송의 원군이 순안까지 내려왔을 때 혼잣말로 중얼거렸다.

'첩자를 잡아들인 것은 우연한 일이나 또한 하늘의 도움이 아닐 수 없다.'

평양성 공격을 앞둔 조명연합군의 동선이 하나도 탄로 나지 않고 작전대로 착착 옮겨지고 있었으므로 유성룡은 '하늘의 도움'이라고 회심의 미소를 지었던 것이다.

조명연합군

찬바람이 새벽부터 쌩쌩 불었다. 세수한 손에 문고리가 달라붙었다. 순변사 이일은 눈을 뜨자마자 유성룡이 있는 순안 관아를 찾았다. 유성룡은 도체찰사로서 총사령관이나 마찬가지였다. 순안 관아에는 몇 명의 장수가 이일보다 먼저 와 있었다. 도원수 김명원, 평안도 순찰사 이원익, 평안도 방어사 김응서, 황해도 방어사 이시언과 조방장 김경로, 군관 강덕관 그리고 의승장 청허와 유정이 와 있었다. 유성룡은 동헌방 벽을 등지고 앉았고, 장수들은 좌우로 서열에 따라 자리를 차지했다. 이일은 일전에 왜장 요시토시를 놓친 것을 몹시 아쉬워했다.

"행장을 사로잡지 못해 분합니다!"

"사대수 부총병이 성 밖의 부산원으로 유인했을 때 왜장은 소서행장이 아니라 그의 평호관이었네."

유성룡이 말해도 이일은 듣지 않았다.

"부총병이 만나자고 하는데 평호관 정도의 조무래기 장수가
나왔겠습니까?"

"행장은 의심이 많은 왜장이네. 그렇다면 행장 대신에 종의지
(소 요시토시)가 나왔을지도 모르지."

유성룡의 짐작대로였다. 고니시는 자신을 사로잡기 위한 사대
수와 심유경의 유인작전일지 모른다고 우려하여 부하 장수를 내
보냈던 것이다.

"그런데 왜 사대수 장수에게 잡혀 죽은 왜장은 종의지가 아닙
니까? 혹시 도망친 것이 아닙니까?"

"종의지가 사대수가 있는 군막에 평호관을 먼저 들여보냈는
지도 모르겠네."

"행장이나 종의지를 잡았다면 평양 전투는 식은 죽 먹기가 아
니겠습니까!"

이일은 왜장 고니시나 요시토시를 사로잡지 못한 것을 두고
분통을 터뜨렸다. 그러나 조선 관군의 장수는 사대수와 심유경
이 머문 군막 근처에 접근하지 못했다. 사대수가 누구도 왜장 말
고는 출입하지 못하게 막았기 때문이었다. 그때 이일은 부하 몇
명을 데리고 건복산과 평양성 사이의 야산에서 매복하고 있다가
도망가는 왜군을 놓치고 말았는데, 그것도 왜장인지 왜 군사인
지 알 수 없었던 것이다.

유성룡은 평양성 전투에 앞서 이시언과 김경로에게 먼저 지
시했다.

"조명연합군은 반드시 평양성을 수복할 것이니 이 방어사와

김 조방장은 후퇴하는 왜적의 퇴로를 지키고 있다가 뒤쫓아가 요격하시게."

"알겠그만요."

김경로가 우물쭈물 대답하자 유성룡은 재차 강조했다.

"그대들 양군이 길가에 복병하고 있다가 왜적이 지나갈 때 그 뒤를 추격하면 굶주리고 지친 왜적은 마지못해 도망칠 뿐 싸울 생각도 못 할 것이므로 왜적을 모조리 사살할 수 있을 것이네."

"대감 말씀대로 소장은 중화로 내려가겠습니다."

이시언은 바로 일어났지만 김경로는 여전히 무언가를 망설였다. 김경로가 나간 뒤 유성룡은 군관 강덕관을 가까이 불러 귀엣말로 말했다. 김경로에게 지금 곧 중화로 내려갈 것을 독촉하라는 지시였다. 김경로는 마지못해 자신의 부대를 이끌고 중화로 향했다.

그제야 유성룡이 여러 장수들을 보면서 말했다.

"조명연합군이 오늘 평양성을 포위할 것이오. 우리 관군은 이여송 제독의 지시에 따라 공격할 것이니 군율을 어기지 마시오."

"우리에게 작전권이 없다는 말씀인가요?"

"그렇소."

조선 관군 총대장인 도원수 김명원이 이맛살을 찌푸렸다. 이 일이나 김응서의 표정도 엇비슷했다. 조선 관군의 힘으로 평양성을 수복하고 싶은데 명나라 원군이 작전권을 갖는다고 하니 기분이 좋을 리 없었다. 이때 칠십사 세의 노승 청허가 입을 열었다.

"빈도가 한마디 해도 되갔습네까?"

"해보시오."

노장 김명원이 퉁명스럽게 말했다. 그러자 여러 장수들이 청허에게 눈길을 돌렸다. 청허가 말할 기회를 주어 고맙다는 듯 합장하며 말했다.

"작전권이 우리에게 있다믄 더 좋갔지요. 명군을 손님이라 생각하고 우리가 양보하는 것도 미덕일 것입네다. 허나 우리의 장점은 평양성의 지세를 환히 꿰뚫고 있다는 거 아닙네까? 싸움은 저절로 우리가 주도할 것입네다."

유성룡이 물었다.

"대사에게 묻겠소. 어디부터 공격해야 평양성을 쉽게 무너뜨릴 수 있다고 생각하오?"

"어데라기보다는 가장 높은 데를 먼저 차지해야 하지 않갔습네까?"

"나도 그렇게 생각하오."

"빈도의 의승군은 모란봉을 공격하는 연습만 해왔습네다. 그러니 우리를 그쪽으로 보내주시믄 좋갔습네다."

"제독께 말씀하리다."

유성룡이 또 말했다.

"이여송 제독의 작전은 이렇소. 명군의 주력부대와 포병 부대는 평양성 북쪽의 보통문과 칠성문, 현무문을 칠 것이오. 또한 명군의 다른 부대는 평양성 남쪽 대동강 쪽에서 함구문을 공격할 것이오. 우리 관군 주력은 대동강 양각도 쪽에서 명군에 편입

될 것이오."

"의승군은 모란봉 공격 부대 뒤를 따르면 되겠십니꺼?"

"청허 대사가 요청하니 그렇게 하겠소. 오유충과 사대수 부대 뒤를 따르시오."

유정의 물음에 유성룡이 대답했다. 김명원은 의승군의 가담으로 기분이 풀어졌는지 유성룡에게 말했다.

"대감, 비록 우리에게 작전권은 없다고 하지만 전투가 벌어지면 명군이 물러서더라도 우리는 후퇴하지 않고 싸우겠소이다."

"도원수 말씀이 맞소. 우리가 용맹스럽게 싸우면 명군도 감동하여 우리를 얕잡아 보지 못할 것이오."

관아 밖에는 각 진에서 차출된 팔천 명의 관군이 도열해 있었다. 김명원은 즉시 이일과 김응서의 부대를 대동강 양각도 쪽으로 이동시켰다. 함구문을 공격하는 낙상지의 명군에 합류시키기 위해서였다. 그리고 남은 관군은 이여송 명군에게 보냈다.

이여송은 명군을 삼군三軍 즉 상군, 중군, 하군으로 나누어 칠성문, 보통문, 함구문 앞으로 배치시켰다. 그리고 오유충과 사대수의 부대를 모란봉으로 들어가는 정문인 현무문 앞으로 이동시켰다. 포병 부대의 주력은 모란봉으로 올라가 진지를 구축하도록 명했다.

성 위에 표장이 그려진 붉고 흰 깃발들을 올린 왜군도 일전을 불사할 태세였다. 깃발 사이로 창과 칼이 마치 고슴도치 털처럼 날카롭게 번쩍이고 있었다. 마름쇠를 깐 성문 앞에는 목책을 둘렀고, 성안은 토굴들을 벌집처럼 파서 화포나 총통 공격에 대비했다. 흙벽을 쌓아 방어벽을 치고 구멍을 내어 총구를 걸쳐놓기도 했다. 또한 고니시는 급히 황해도 봉산에 있는 왜장 오토모 요시무네에게 지원군을 요청했다.

이윽고 이여송이 기병 백여 명을 거느리고 성 아래로 다가가 소리쳤다.

"항복하라! 백기를 올리면 살려주겠다!"

그때까지 왜군은 단 한 명도 보이지 않았다. 성안에서 방어 작전만 구사하고 있었다. 태풍 전야처럼 무거운 적막과 심장을 오그라들게 하는 긴장이 흘렀다. 그러나 적막은 잠깐일 뿐이었다. 이여송이 칼을 높이 치켜들고 본진으로 돌아오자 화포 한 발이 성을 향해 날아갔다. 총공격 신호탄이었다. 이어서 명군 화포의 포탄과 조선 관군 총통의 철환이 일제히 천둥 번개 치듯 난무했다. 성안의 참나무들이 불탔다. 불길은 바람을 타고 솔숲으로 번졌고 연기는 사방으로 흩어졌다.

사기가 오른 명군은 성 밑으로 다가가 목책을 치우고 성벽을 금방이라도 타고 넘어갈 듯했다. 그러나 왜군이 돌덩이를 굴리고 뜨거운 물을 퍼부어대자 공격이 주춤해졌다. 왜군은 총알을 아끼기 위해 조총 공격 대신에 창과 칼을 휘둘렀다. 왜군은 성벽 방어에 능했다. 할 수 없이 이여송은 명군에게 후퇴를 명했다. 한나절 내내 공격을 계속 독려했지만 군사들이 공격 대오를 유지하지 못했기 때문이었다.

다음 날도 공성전은 일진일퇴를 되풀이했다. 왜군은 성문 밖으로 나와 명군을 추격하기도 했다. 어제와 달리 왜군은 일방적으로 밀리지 않았다. 이여송은 물러서는 군사 한 명을 잡아다가 목을 베어 군중에 돌려 보이며 외쳤다.

"물러서는 자는 목을 벨 것이다! 그러나 성 위로 먼저 올라간 자에게는 은 오십 냥을 줄 것이다!"

왜군이 지키는 평양성은 쉽게 뚫리지 않았다. 퇴로가 없는 왜군은 배수의 진을 치고 있었다. 게다가 처음부터 공성전과 백병전에 능한 왜군이었던 것이다. 그날 밤 이여송은 장수들을 불러 모아 작전을 다시 짰다. 유인작전을 구사하여 왜군을 성 밖으로 끌어내고, 한편으로는 성문과 성루를 부수고 돌파하는 양동작전을 펴도록 지시했다.

"조승훈 장수는 현무문 앞에서 싸우다가 퇴각하는 척하며 왜군을 유인하시오."

"소장은 유인만 하고 맙니까?"

"그렇소."

"소장은 일찍이 기병 삼천 명으로 십만 명의 달단군韃靼軍(몽골군)을 섬멸시킨 일이 있습니다. 그러니 왜놈을 개미나 모기같이 볼 뿐입니다."

"매복군이 추격하는 왜군을 소탕할 것이니 유인만 하면 될 것이오."

"소장은 공을 언제 세웁니까?"

"그것이 공이오."

요동 부총병이었던 조승훈은 지난해 7월 사유를 선봉장 삼아 군사 오천 명을 거느리고 압록강을 건너와 평양성 칠성문 쪽으로 공격했다가 왜장 고니시에게 대패하여 무관직을 잃어버렸으므로 전공을 세우려는 욕심이 강했다. 그런데 고작 유인작전이나 하라니 실망하지 않을 수 없었다. 이여송은 조급해하는 조승훈을 거들떠보지도 않고 염주 알을 굴리고 있는 청허와 유정에게 말했다.

"현무문이 열리면 조선 승군은 모란봉 지리에 밝으니 쥐도 새도 모르게 무봉과 문봉을 점령하시오. 그런 뒤 전세정의 포병 부대에게 자리를 내주시오. 포병 부대의 화포가 내성과 중성, 외성을 공격하여 왜군들의 숨통을 끊어놓을 것이오."

"소승은 제독의 명을 따르겠십니더."

이여송의 지시에 유정이 청허를 대신해서 대답했다. 실제로 현무문을 들어서서는 무봉은 청허가, 문봉은 유정이 점령하기로 이미 약속이 돼 있었다. 두 의승장은 순안 법흥사에서 그렇게 훈련해왔던 것이다.

"양원과 장세작은 칠성문을 화포로 부순 뒤 공격해 들어갈 것이다. 이여백과 이방춘은 보통문을 치고 낙상지와 이일, 김응서는 함구문을 공격하시오. 특히 낙상지 장수에게 기대하는 바가 크오."

"제독의 기대에 부응하겠습니다."

낙상지가 이여송 앞으로 나와 머리를 조아렸다. 이여송은 친동생인 이여백보다 낙상지의 용력을 믿고 기대하는 바가 컸다. 낙상지는 오유충, 왕필적 등과 함께 남방에서 온 장수였는데 명의 어떤 장수보다 더 용감했고 싸움을 잘했다. 특히 황소처럼 힘이 셌기 때문에 장수들은 그를 '낙천근驍千斤'이라 불렀는데 그는 당나라 낙빈왕의 후손이었다. 성격이 질박하고 성실하였고 다른 명나라 장수들과 달리 우리나라 장수들을 후하게 대했다.

다음 날.

땅도 물도 얼음장이 되어 있는 이른 아침이었다. 칼바람이 나뭇가지를 후려치며 불었다. 이여송은 군사들을 배불리 먹인 뒤 각 장수들에게 어젯밤에 짠 작전대로 공격 명령을 내렸다. 조명연합군은 또다시 평양성을 빙 둘러쌌다. 특히 평양성 서북쪽에 병력을 집결했다. 조승훈이 십여 명의 기병을 데리고 모란봉의 정문인 현무문 앞까지 가서 시위를 했다. 화가 난 왜군이 현무문을 열게 하려는 작전이었다.

그때, 청허와 유정이 이끄는 삼천 명의 의승군은 집약산을 막 출발한 상황이었다. 스승과 제자의 인연으로 모인 승려들이었으므로 사기가 관군보다 더 충천해 있었다. 선봉장이 된 유정이 선두에 서고 그 뒤에 청허가 좌우부장의 호위를 받으며 진군했다. 의승군이 모란봉 근처에 다다랐을 때 현무문이 열렸다. 왜군이 조승훈의 유인작전에 말려든 것이었다. 그러자 조승훈의 기병이 도망치듯 퇴각했고, 왜군이 쫓아갔다. 바로 그때를 이용하여 의승군들이 재빠르게 현무문 안으로 들어가 몸을 숨겼다. 청허는 모란봉의 상봉인 무봉을, 유정은 문봉을 향해 올랐다.

왜군은 현무문을 지키는 주력부대가 빠져 나가버린 상태였으므로 별다르게 저항하지 못했다. 토굴에서 조총을 쏘며 방어했지만 의승군의 숫자에 압도돼 곧 조용해졌다. 청허와 유정은 궁

사들의 호위를 받으며 모란봉 산을 탔다. 의승군은 산에서만큼
은 관군보다 민첩했다. 평소에 산길을 넘나드는 데 익숙하였으
므로 비호처럼 움직였다. 나무와 바위에 몸을 은폐하면서 왜군
의 공격을 피했다. 토굴에 있는 왜군의 공격이 간간이 있었지만
소리 없이 접근하는 의승군에게 제압당하곤 했다.

"승병이 나타났다!"

왜군들이 외마디 비병을 지르며 의승군의 화살을 맞고 나뒹
굴었다.

"나무아미타불 관세음보살!"

의승군 칼에 토굴에서 나온 왜군의 목이 잘렸다. 산자락 낙엽
에 왜군의 피가 뿌려졌다. 승려들의 어쩔 수 없는 살생이었다.
의승군도 왜군의 조총 공격에 쓰러졌다. 왜군의 총알이 의승군
의 눈을 뚫고 가슴을 뚫었다.

마침내 청허가 모란봉 정상인 무봉에 올라 왜군 깃발을 뽑아
내고 용이 그려진 '조선 승병장'의 깃발을 꽂았다. 깃발을 본 김
명원이 이여송과 그의 참모 이응시를 인도해 모란봉 상봉인 무
봉에 올랐다. 무봉에서는 평양성의 내성과 중성, 외성이 한눈에
내려다보였다. 이여송이 청허에게 말했다.

"대사, 모란봉을 우리에게 내주시오. 포대 진지로 삼겠소."

"제독께 내드리갔습네다."

청허는 유정이 있는 문봉으로 내려갔다. 이여송은 즉시 이응
시를 전세정에게 보냈다.

"모란봉 기슭에 화포를 거치하라!"

무봉은 이여송의 임시 지휘소가 되었고, 모란봉 산자락은 전세정 포병 부대의 진지로 바뀌었다. 그런 뒤 포탄이 내성과 중성, 외성으로 정확하게 날았다. 또다시 치솟은 불길이 바람을 타고 번졌다. 그때를 기다리고 있던 조명연합군이 일제히 공격했다. 이여송의 지시를 받은 양원은 화포를 쏘아 을밀대로 가는 칠성문을 깨부수었다. 이여백과 이방춘은 중성의 북문인 보통문을 부수었다. 대동강 쪽의 함구문에서는 낙상지가 백병전을 치르고, 이일과 김응서의 조선 관군은 대동강 양각도 쪽에서 총통과 화살을 쏘아댔다.

낙상지는 긴 창을 들고 함구문을 기어올라간 뒤 성첩城堞을 부수었다. 그러자 낙상지의 군사들이 개미 떼처럼 외성 안으로 들어가 왜군의 깃대를 부러뜨리고 명군의 깃발을 세웠다. 명군의 깃발을 본 왜군들은 사기가 더욱 떨어져 저항하지 못했다.

그러나 왜장 고니시는 연광정練光亭 앞의 토굴을 지휘소 삼아 방어선을 몇 겹으로 친 뒤 격렬하게 응전했다. 고니시의 토굴은 화포 공격에도 무사했다. 고니시는 미친 듯 소리쳤다.

"오토모 군사는 왜 오지 않는 것인가!"

"오토모 장수는 봉산에 없습니다."

"평양으로 오고 있다는 말인가!"

"평양이 아니라 한강 쪽으로 달아났다고 합니다."

"간바쿠님에게 보고하여 반드시 내 손으로 목을 칠 것이다."

고니시는 오토모가 평양으로 오지 않고 달아났다는 보고를 듣고는 몸을 부들부들 떨며 소리쳤다. 요시토시가 급하게 보고

했다.

"장군, 막사를 지키는 군사가 모두 불에 타 죽고 있습니다."

"군사들이 맞서 싸워야지 왜 막사에 있단 말인가?"

"막사를 내주지 않으려고 싸우던 중에 불이 나자 화를 당한 것입니다."

왜장들의 보고는 고니시에게는 모두 절망 그 자체였다.

"장군, 모란봉은 이미 적에게 점령당했습니다. 칠성문, 보통문, 함구문이 뚫렸습니다."

"그래도 나는 물러설 수 없다. 총알을 아끼지 말고 조총으로 응전하라. 조총이 우리를 지켜줄 것이다."

유성룡은 전투가 이미 조명연합군의 승리로 기울었다고 판단했다. 김명원도 평양성의 외성과 모란봉이 아군의 수중에 들어왔으니 승리한 것이나 다름없다고 보고했다. 그러자 유성룡은 중화로 가 있는 황해도 방어사 이시언과 조방장 김경로에게 군관을 다시 보내 지시했다. 후퇴하는 왜적을 남김없이 사살하라는 지시였다.

그런데 돌아와 보고하는 군관은 유성룡을 실망시켰다.

"이 방어사는 중화에 복병해 있습니다. 그러나 마지못해 복병하고 있던 김경로 조방장은 딴 일을 핑계로 회피하고 있습니다."

"우리가 다 이긴 싸움인데 무엇을 두려워한다는 말인가?"

"유영경 황해 감사가 김경로를 불러 자신을 호위하게 하고 있다는 것입니다."

"이는 필시 해주에 있는 유영경이 경로가 자기를 호위해주기를 바라는 것이고, 경로는 이를 핑계로 적군과 싸우기를 피하는 것이 아니겠는가."

유성룡이 혀를 찼다. 김명원도 화를 삭이지 못했다. 그때 이여송이 들어와 말했다.

"대감, 막다른 지경에 빠진 행장이 죽기 살기로 버티고 있소. 그러니 퇴각할 길을 열어주는 것이 어떻겠소?"

"제독께서는 참으로 현명하십니다. 쥐도 몰리면 고양이를 문다고 했습니다."

"우리 군사들이 용맹스럽기는 하지만 생각보다 사상자가 많이 나고 있소."

"그건 저희도 마찬가지입니다."

김명원이 달리 말하려고 하자 유성룡이 눈짓으로 말렸다. 그러고는 이여송에게 퇴각하는 왜적을 사살하는 것이 효과적인 전투가 되지 않겠느냐고 제안했다.

"탁월하신 제독께서 이미 작전을 짜두고 계시겠지만 복병을 두어 후퇴하는 왜적을 섬멸하는 것이 어떠하겠습니까?"

"하하하. 이녕과 조승훈 등에게 이미 요로에 복병을 배치해 도망가는 적을 사살하도록 했습니다."

"저희 조선군도 복병을 배치해서 명군을 돕겠습니다."

"복병들끼리 전공 다툼을 해서는 안 됩니다. 그것만 조심하면 걱정할 것이 없습니다."

유성룡은 이미 황해도 방어사 이시언에게 지시해두었지만 나중에 이여송의 질책이 있을지도 모르므로 사전에 허락을 받아두었다. 잠시 후, 이여송의 참모장 이응시가 명군 장수 한 명을 데리고 왔다. 그는 왜군에게 항복했던 절강 사람 장대선이었는데, 명군에게 다시 붙잡혀 와 언제 죽을지 모르는 죄인이었다. 그러나 이여송이 그를 살려준다고 하였으므로 그는 무슨 명이든지 다 받들겠다고 나섰다.

"행장에게 가서 내 말을 전하라. 우리 명군은 왜군을 모조리 없애버릴 수도 있으나 사람의 목숨을 차마 그렇게 할 수 없어서 살길을 내줄 것이니 속히 물러가라고 전하라."

장대선이 연광정 토굴로 가 고니시에게 전했다. 그러자 고니시가 반색을 하며 말했다.

"반드시 물러갈 터이니 뒷길을 끊지 말라고 제독께 전하라."

퇴각과 전멸, 둘 중에 하나를 선택할 시점에서 갈등하고 있던 고니시에게는 희소식이었다. 사실, 요시토시의 보고에 의하면 왜군 사상자는 벌써 만 명이 넘었다. 명군의 포탄과 조선 관군의 화살에 맞아 죽은 군사가 대부분이었다. 고니시는, 이여송이 허락한다면 지금까지 살아남은 몇천 명의 군사라도 대동강 물이 얼어 있으므로 배를 타지 않고도 신속하게 퇴각할 수 있을 것이라고 판단했다.

이여송은 장대선을 다시 고니시에게 보냈다.

"내성의 장경문과 중성의 대동문을 열어줄 터이니 무기와 군마는 놔두고 밤중에 몸만 빠져나가라고 전하라."

"성문만 열어준다면 제독의 말을 즉시 따를 것이니라."

이여송은 약속대로 대동문과 장경문을 열어주었다. 두 문을 나서면 바로 대동강이었다. 왜군은 지옥 같은 평양성을 들짐승처럼 소리 없이 빠져나갔다. 함구문을 공격했다가 물러나와 성 밖 양각도 쪽에 진을 치고 있던 이일과 김응서가 왜군이 퇴각한 것을 이튿날 아침에야 알았을 정도였다.

그러나 후퇴하던 왜군은 명군 장수 이녕과 조승훈이 거느린 복병에게 추격당하여 삼백오십 명이나 머리를 잘렸고 두 명은 사로잡혔다. 조선 관군의 장수 이시언도 매복하고 있다가 왜군 중에서 굶주리고 병들어 낙오한 육십 명의 목을 벴다.

4차 평양성 전투는 조명연합군의 대승이었다. 포탄과 철환, 화살과 칼에 맞아 죽은 왜군의 숫자는 만 명이 넘었고, 목이 잘린 수급은 천이백여든다섯 개였으며, 노획한 말은 이천구백두 마리였고, 군기軍器는 사천오백두 기나 되었다. 뿐만 아니라 우리나라 포로 천십오 명을 무사히 구출했다.

황주 판관 정엽도 고니시를 뒤쫓아가 왜적의 머리 구십여 개를 베고 이어서 서른 개를 더 보탰다. 이여송은 평양에 주둔한 지 팔 일 만에 사대수, 장세작 등에게 명하여 왜적을 추격하게 했다. 한편, 유성룡과 접반사 이덕형을 불러 지시했다.

"급히 명군의 앞길로 나아가 군량과 말먹이를 마련하고, 강이 나타나면 부교를 만드시오."

이여송의 이 같은 지시가 떨어지자, 애유신 등 명군 장수가 횡포를 부렸다. 이여송의 지시를 받은 애유신이 검찰사檢察使 김응남과 호조 참판 민여경, 의주 목사 황진을 불러 군량미를 빨리 반입하지 않는다며 장형을 가했던 것이다. 수모를 당한 관리는 그들뿐만 아니었다. 애유신 등 명군 장수들이 지나는 곳마다 조선 관아 수장들은 두려움으로 떨었다. 울력에 동원된 백성들의 고통도 점점 더했다. 명군이 처음 압록강을 건너왔을 때는 양민들 모두가 길가로 나와 환영했지만 이제는 그들이 나타나면 산중으로 몸을 피하기에 바빴다. 명군이 지나간 마을에는 소나 돼지, 개들이 모두 사라졌다. 아녀자들은 명군 진중으로 끌려가 몸을 망치기도 했다. 명군의 노략질은 왜군과 진배없었다.

포악한 명군

명군이 평양성을 떠난 이후, 조선 관군과 의승군은 성안에 널브러져 있는 시신들을 수습했다. 머리가 잘렸거나 포탄을 맞아 참혹하게 죽은 시신들이 대부분이었다. 복장으로 보아 왜군 못지않게 조선 사람도 많았다. 왜군이 조선 포로들을 총알받이로 내몰았던 것이다. 이일이 거느리는 조선 관군은 왜군을, 유정의 의승군은 조선 사람 시신을 따로 분리해서 모았다.

그런데 바로 불태우거나 매장하지 못했다. 명나라에서 온 사신 한취선 등이 시신을 확인할 때까지 기다려야 했다. 한겨울이었으므로 시신은 며칠이 지났지만 부패되지 않았다. 딱딱한 물건처럼 차갑게 얼어 있었다. 명나라 사신이 조사하려고 하는 것은 왜군과 조선 사람의 시신 숫자였다. 망건 흔적이 있는 자는 조선 사람이고, 머리를 빡빡 민 자는 왜군이었다. 이와 같은 조사를 하게 된 까닭은 요동 출신 이여송도 만력제 주변의 가신들에게 견제를 받았기 때문이었다. 산동 도어사山東都御使 주유한 등이 만력제에게 '이여송이 평양 싸움에서 벤 머릿수의 절반은 조선 사람들이며 불에 타 죽고 물에 빠져 죽은 만여 명이 모두 조선 사람들입니다'라고 이여송을 탄핵하는 상소를 올렸던 것이다.

물론 주유한의 상소가 전혀 근거 없는 것은 아니었다. 평양성 전투가 벌어지는 동안 명군의 남병과 북병끼리 왜군의 머리를 더 많이 차지하려고 서로 다투면서 무방비 상태의 조선 포로들을 수백 명이나 희생시켰던 것이다. 북병 중에서도 난폭한 부대 군사들은 조선 사람의 머리를 자른 뒤 왜군의 것으로 위장해 전공을 취했다.

명나라 사신 한취선 등이 시신을 둘러본 뒤에야 유정은 의승군에게 조선 사람들의 시신을 장경문 밖으로 운반하도록 했다. 의승군들은 들것을 만들어 시신을 날랐다. 장경문 앞에는 대동강 강물이 얼음장 밑으로 흐르고 있었다. 의승군들은 불타다 만 나무들을 베어다가 시신 무더기 위에 쌓았다. 화포 공격에 검게 그을렸거나 부러진 나무들이었다. 아직도 성안의 산자락에는 불을 맞은 나무들이 즐비했다. 명군 포병 부대의 화포들이 무자비하게 불을 뿜었던 것이다.

삼천 명의 의승군이 동원됐지만 시신을 나르고 나무를 쌓는데 한나절이나 걸렸다. 불은 사미승 의가 유정의 지시를 받아 나뭇단에 놓았다. 화포나 불화살을 맞은 데다 바짝 마르고 언 나무들이었으므로 불은 무섭게 붙었다. 불길은 곧바로 하늘 높이 치솟았고 화기는 성난 강바람처럼 퍼졌다. 대동강 두꺼운 얼음이 녹을 정도로 화기가 훅훅 끼쳤다.

의승군들은 대동강 강가까지 물러나서 일제히 극락왕생을 외며 목탁을 쳤다. 시신의 뼈들이 타면서 대마디 터지는 소리를 냈다. 의승군 모두가 외치는 창불唱佛 소리가 장중하게 성안을 울렸다. 유정은 제명을 다하지 못하고 죽은 영혼들의 극락왕생을 위해『아미타경』을 염불했다. 염불 소리를 듣고 구천을 떠나 내생에서는 고통에서 해탈하여 복락을 누리라는 발원이었다. 유정의 염불이 끝나자 의 사미승이 다가와 전했다.

"큰스님께서 오시어 부르신다고 하십네다."

"알았다. 바로 갈 끼다."

청허가 유정을 찾고 있었다. 순안 법흥사로 갔던 청허가 다시 평양성으로 들어온 것을 보면 중요한 일이 생긴 것도 같았다. 유정의 예감대로 임시 의승청으로 사용하고 있는 건물에는 유성룡과 김명원, 이일, 이원익, 민여경, 황해 감사 유영경 등이 와 있었다. 건물 처마는 포탄이 스친 듯 허물어져 있었다. 그래도 김명원은 감개무량한 표정을 지으면서 말했다.

"평양성 탈환은 화포 공격이 주요했습니다. 조총을 쏘기 전에 적의 진지를 박살내버린 무기는 화포였습니다. 명군의 화포는 신기神器라 불릴 만했습니다."

"우리 조선군에게도 총통이 있고, 파진군破陣軍이란 화포 부대가 있지 않습니까?"

"파진군은 개전 초기에 해체돼버린 것이나 다름없습니다."

감격에 젖어 말하던 김명원이 갑자기 기어들어 가는 목소리로 대답했다. 조선 관군에게 총통으로 무장한 파진군이 있었던 것은 사실이었다. 그러나 화포를 쏘는 방포放砲 훈련이 부족했던 파진군은 왜군에게 별다른 위협이 되지 못하고 무너져버렸다. 이일이 김명원을 거들었다.

"왜군이 도망가지 못하게 성문 밖에서 이중 삼중으로 포위한 뒤 모란봉에서 쏴대는 명군의 화포는 무시무시했습니다. 행장이 고개를 들지 못하고 당했을 것입니다. 하하하."

"명군의 화포 제도를 빨리 배워야 합니다. 평양성 싸움의 일등 공신은 화포였습니다."

"나도 부인할 생각은 없소. 경이로운 화포 공격이었소."

"대감께서 경이롭다고 말씀하셨습니다만 명군의 화포들은 사백 보 이상 날아갔습니다. 멸로포滅虜砲, 호준포虎蹲砲의 위력이나 사거리는 우리 총통을 훨씬 능가했습니다."

"행재소가 있는 숙천에서도 화포의 굉음이 들렸습니다. 처음에는 마른하늘에 천둥이 치는 줄 알았습니다."

호조 참판 민여경이 행재소에서 화포 소리를 듣고 놀랐던 대로 말했다. 민여경은 명군의 장수에게 하소연하기 위해 평양성에 와 있던 참이었다. 그는 명군의 군량을 제때에 조달하지 못한다고 하여 명군 장수 애유신에게 곤장을 맞았던 일이 있었던 것이다. 오 일분의 비상식량을 가지고 압록강을 건너왔던 명군이 돌변한 것은 평양성 전투 이후였다. 평양성 전투가 끝난 이후부터는 군량과 말먹이를 명군이 이동하는 곳마다 대기시켜놓으라고 조선 관리들을 윽박지르고 협박했다. 유성룡이 청허를 보면서 말했다.

"평양성 싸움에서 화포 공격이 일등 공신이기는 하지만 의승군이 모란봉을 점령하지 못했다면 명군의 화포도 무용지물이 되었을 것이오. 청허 대사와 유정 대사가 이끄는 의승군이 모란봉을 점령한 뒤 명군 포병 부대에게 내주었기 때문에 화포 공격이 가능했던 것이지요. 그러니 평양성 탈환에는 의승군의 모란봉 점령의 공이 무엇보다 큰 것입니다."

"빈도들이 무슨 공을 세웠다고 그러십네까? 빈도들은 그것을 공이라고 생각해본 적이 없습네다."

이원익은 의승군의 활약을 높이 치하하는 유성룡이 못마땅한 듯 선조를 만나고 온 이야기로 화제를 돌렸다.

"전하께서 전란이 끝난 뒤 우선적으로 배울 것이 무엇이냐고 물으시기에 저는 명의 화포 제도를 꼽았습니다. 전하께서는 화포를 제대로 활용하지 못하고 있는 것을 조선군의 약점으로 지적하시고 군사는 싸움이 없을 때도 화포 쏘는 법을 연습해야 된다고 지시하셨습니다."

"전하의 또 다른 지시는 없었습니까?"

"화포 제도와 방포 기술을 배우라는 지시와 함께 화약으로 쓰이는 염초 굽는 방법을 명군에게서 습득하라고 하시었습니다."

실제로 선조는 평양성 전투 후 바닷물로 만드는 중국식의 염초 굽는 방법을 배워 오는 관리에게는 당상堂上의 벼슬을 제수하겠다고 약속했다. 중국 화약의 위력이 조선의 것과 차이가 크다고 판단했기 때문이었다.

그런데 명군이 군사기밀인 중국식 염초 굽는 법을 알려줄 리 만무했다. 그뿐만 아니었다. 평양성 전투에서 사용했던 화살촉에 바르는 독을 제조하는 방법도 철저하게 군사비밀로 간주하여 가르쳐주지 않았다.

시신을 태우는 노린내 때문에 모두가 코를 막았다. 강바람을 타고 임시 의승청 방 안에까지 노린내가 진동했다. 이여송의 동생 이여백이 달려온 것은 바로 그때였다. 명군 부총병이자 중협대장인 이여백은 청허를 찾았다. 무거운 갑옷 차림의 이여백이 청허 앞에서 꼿꼿하게 선 채로 말했다.

"제독께서 대사께 전하라고 해서 달려왔습니다."

"제독은 지금 어데 계십네까?"

"개성에서 다음 전투를 준비하고 계십니다."

청허는 이여송이 보낸 장지를 펴 보았다. 장지에는 이여송이 청허에게 주는 시가 한 수 적혀 있었다. 김명원과 이일이 약속이나 한 듯 동시에 정색했다. 자신들보다 청허에게 관심을 보이는 이여송을 이해할 수 없었다. 두 사람은 몸을 좌우로 흔들면서 헛기침을 했다. 이여송이나 유성룡이 평양성 탈환에 있어서 의승군을 관군보다 높이 평가하고 있기 때문이었다. 유성룡이 청허에게 물었다.

"대사, 문무가 출중하신 제독께서 무어라 하시었소?"

"제독의 진솔한 마음이 전해지는 소박한 시입네다."

"공개하시지 않겠습니까?"

"여러 장수들이 공을 세웠는데 빈도만 제독의 격려를 받아 송구할 뿐입네다."

"대사, 제가 형님을 대신해서 읊조려보겠소."

이여백이 청허에게서 장지를 건네받더니 대뜸 큰소리로 읽었다. 그 역시 의승군의 역할에 대해서 이여송 못지않게 고마움을 느끼고 있는 듯했다. 목소리가 힘차고 활기에 넘쳤다.

공명 이욕을 바라는 데는 뜻이 없고
불도를 닦는 수행에만 전념하셨으나
지금 나랏일이 위급하다고 들으시고
총섭이 되시어 산에서 내려오셨구려.
無意圖功利
專心學道禪
今聞王事急
摠攝下山巔

이여송의 시 한 수는 청허의 위상을 단박에 올려주는 듯했다. 청허를 바라보는 이원익 등의 태도가 달라졌다. 이여백은 깍듯하게 대사라고 부르며 청허를 예우하고 있었다. 아마도 이여송이 친동생인 이여백에게 마음에서 우러나는 찬탄의 말을 한 뒤 보냈음이 분명했다. 김명원이 다소 기가 죽은 목소리로 이여백에게 말했다.

"이 대장께 질문이 있소이다."

"말씀해보시오."

"사변을 겪고 있는 우리 조선의 문제점이 무엇인지 듣고 싶소이다."

"명군 총책임자이신 병부 시랑 송응창 경략經略께서 귀국의 임금에게 머잖아 전할 것이오. 이는 병부 시랑의 말씀이오. 조선 관인들이 시나 읊조리고 기생을 끼고 앉아 국사를 팽개쳐두고 있다고 비난하시었소. 시랑의 참모인 병부 원외랑 유황상은 조선은 단지 종이를 자르고 붓을 놀리는 짓만 하여 한갓 명군의 마음을 상하게 한다고 말했소. 특히 조선이 고구려 이래 강국이었음에도 선비와 백성들이 독서와 농사에만 치중하여 변란을 초래했다고 말이오. 이화룡 도찰원都察院 우첨도어사右僉都御使도 조선이 수당 이래 강국으로 불렸는데 이처럼 허약해진 이유가 무엇이냐고 반문했소. 조선은 통렬하게 반성하고 각성해야 하오. 하루빨리 문약을 버리고 무비武備를 갖춰야 할 것이오."

이여백은 송응창과 유황상, 이화룡의 말을 빌려 솔직하게 지적했다. 유성룡은 다소 민망했다. 그러나 그것이 바로 명 관리와 장수들이 조선을 바라보는 시각이었다. 즉 시부만을 숭상하고 무비를 소홀히 한 것이 임란을 맞게 된 원인으로 보았던 것이다. 무부인 김명원은 속으로 이여백의 말이 옳다고 맞장구를 쳤다. 평소에 문관을 귀하게 여기고 무부를 천시하는 고관대작들의 언행을 몹시 못마땅하게 여겨온 데다, 병법을 모르는 문신이 무장의 자리까지 꿰차고 있는 관행에 모멸감을 느낀 때가 한두 번이 아니었던 것이다.

유성룡 이하 임시 의승청에 모인 모든 장수들은 이여백의 긴 충고에 한마디 대꾸도 못했다. 틀린 말이 하나도 없는 정확한 진단이었다. 어느 자리에서나 배짱이 두둑한 이일이 질문을 하나 짧게 했을 뿐이었다.

"부총병 보시기에 조선 관군의 약점은 무엇인지 궁금하오."

"나뿐 아니라 우리 명군 장수들 모두가 이구동성으로 걱정하는 조선 관군의 약점이오."

"무엇이오이까?"

"하하하."

이여백이 큰 소리로 웃더니 대답했다.

"조선 관군의 복장을 보면 웃음밖에 나오지 않소. 어찌 넓은 소매를 펄럭거리면서 칼을 휘두를 수 있으며 갓을 쓴 채 말을 타고 빨리 달릴 수 있겠소. 전투를 잘하려면 그런 복장부터 고쳐야 할 것이오. 전투 시에는 갓이나 패랭이 대신 소모小帽나 과두裏頭를 착용하는 것이 유리하지 않겠소?"

"지금까지 착용해온 습관이 있으므로 당장에는 받아들이기 힘들 것이오. 그러나 금군 이하의 군사들에게는 소매를 좁게 하고 작은 모자를 쓰도록 임금님께 건의하겠소."

유성룡이 이일을 대신해서 대답했다. 그러자 이여백이 의아한 표정으로 말했다.

"목숨이 경각에 달려 있는데 벼슬에 따라서 시행한다는 것이 말이나 됩니까? 귀국의 임금이 명을 내려 결단해야 하오. 처벌 규정을 만들어 시행하면 백성들이 따라 하지 않겠소?"

"일거에 복식을 바꾸다 보면 조선식과 중국식이 섞이어 다소 혼잡스럽지 않겠습니까? 그렇게 되면 명군을 사칭하는 자도 생기는 부작용도 있을 것이오."

"명군을 사칭하다니 명군이 귀국에 피해를 끼치기라도 했다는 말이오?"

"……."

유성룡이 정색을 하는 이여백에게 선뜻 대꾸하지 못했다. 그러자 이여백이 표정을 부드럽게 바꾸어 말했다.

"며칠 전이오. 우리 제독 형님께서 개성부에 들어가 성안 사람들이 굶주리고 있는 것을 측은하게 여겨 은 백 냥과 쌀 백 섬을 내어 부총병 장세작을 시켜서 구제하게 하였소."

"개성 사람들뿐만 아니라 저도 제독의 은혜에 눈물을 흘리지 않을 수 없었소이다."

황해 감사 유영경이 이여백에게 머리를 숙였다. 그러자 이여백이 다시 말했다.

"우리 병부 시랑께서 하달한 군령에는 조선 백성들에게 민폐를 끼치지 말라는 조항이 세 개나 있소. 군사들은 마을을 지나면서 개와 닭이라도 놀라지 않도록 하며 조금이라도 범하지 말라. 감히 민간의 나무 한 그루, 풀 한 포기라도 함부로 건드리는 자는 목을 벤다. 조선의 부녀자를 함부로 범하는 자는 목을 벤다. 조선의 강역은 우리의 토지이며 조선 백성은 우리의 백성이니 함부로 조선 백성을 죽이거나, 투항한 자나 부역한 자라도 마음대로 죽이는 군사는 목을 벤다. 군율이 이러한데 어찌 민폐가 있을 수 있겠소."

그러나 이여백의 주장은 현실과 동떨어진 것이었다. 물론 명군의 장수에 따라 민폐의 정도는 크게 차이가 났다. 명군 장수들 가운데 오유충이나 유정 등은 휘하의 군사들에게 군율을 엄중히 지키게 하여 민폐를 끼친 일이 없었다. 그러나 명군의 군단 중에서 북병은 남병보다 민폐를 더 끼쳤다. 북병들은 대체로 성질이 포악하고 절제하는 바가 없어 조선 양민들에 대한 횡포와 약탈이 심했다. 그들이 지나치는 마을은 텅 비어버렸다. 북병 중에서도 여진족 출신의 투항자들이 모여 만든 달자韃子 부대는 악명이 높았다. 조선인을 만나면 약탈은 물론이고 목을 벤 뒤 머리털을 깎아 왜군의 것인 양 자랑할 정도였다.

명군은 평양성에서 남하하면서 술을 준비하지 않은 고을 관리들을 구타하기도 하고 납촉蠟燭이나 꿀, 돗자리 등을 요구하여 관민들이 견디지 못하고 도주하기도 했다. 또한 민가에 들어가 소나 닭, 개 등을 주인의 허락 없이 잡아먹곤 했다. 명군이 지나간 마을의 소나 닭, 개 등은 감쪽같이 없어졌다. 잡아먹은 짐승의 피 한 방울 떨어져 있지 않았다. 명군은 조선 관군과 달리 육식을 하기 때문에 하루에도 수백 마리의 소와 닭 등을 도살해야 사기를 유지할 수 있었다.

양민들이 조선 사람에게 호의적인 부총병 양원을 찾아가 하소연하기도 했지만, 양원은 정탁을 불러 주의를 주는 정도로 그쳤다. 조선을 위해 고생하는 명군이니 자신들의 사정을 이해해달라며 부하들의 민폐에 개의치 않는 태도를 보였다. 정탁 역시 양원의 비위를 거스르지 않고자 '어느 벌레 같은 백성이 감히 이런 짓을 했느냐!'며 양원의 태도에 동조하는 척만 했다. 선대가 조선 땅에서 살던 이여송마저 명군의 약탈을 보고서도 부하들의 사기를 떨어뜨리지 않기 위해 소극적으로 대응했다.

이여백은 미시未時(오후 1시-3시)에 개성으로 돌아갔다. 그러자 유영경도 해주로 내려갔고, 호조 참판 민여경은 어두운 얼굴로 행재소로 올라갔다. 떠맡은 과제를 하나도 해결하지 못했으므로 민여경의 속은 새까맣게 탈 수밖에 없었다. 명군의 군량은 물론 말먹이로 마초와 콩까지 마련해야 했기 때문이었다.

청허 역시 임시 의승청을 나서며 유정에게 지시했다.

"나는 행재소로 가 전하를 근왕하겠으니 유정은 평양에 남아 성을 지키라우."

"예, 함흥에 있는 청정이 철수하면서 평양을 습격할지 모르니 여기 남아 있겠습니다."

실제로 함흥에 주둔하고 있던 왜장 가토 기요마사는 평양의 패전 소식을 듣고는 고립될 것을 두려워하여 삼십여 진의 군사를 거두어 밤낮으로 남하하고 있는 중이었다. 이일과 김응서가 이끄는 조선 관군과 함께 유정의 의승군은 왜장 가토 부대의 습격에 대비했다. 성 주변 고을에 척후병을 내보낸 뒤, 의승군 경계병을 내세워 방비를 철저히 했다.

유서論書

굴강 밖의 파도가 수장水場을 넘어오면서 하얗게 치솟았다. 파도가 삭풍을 만나 거칠어지고 있었다. 진해루에 서 있던 송희립이 숯덩이처럼 검은 눈썹을 꿈틀거렸다. 석보창 쪽에서 누군가가 말을 타고 거침없이 달려오고 있었다. 비탈진 자드락길인데도 말발굽 소리가 자못 크게 들려왔다. 비밀 공문을 전하는 군관의 역마 같았다.

남문 앞에서 멈춘 말이 허연 입김을 흘렸다. 말은 먼 길을 달리느라고 힘들었는지 연신 머리를 크게 흔들며 진저리쳤다. 삼십 대 초반으로 보이는 사내가 남문지기에게 큰소리를 질렀다.

"성문을 열게! 수사 나리가 겨시는감?"

"누구신디 남문을 열라고 그라요?"

"난 임금님께서 보낸 선전관이다."

문지기가 머뭇거리자 진해루에 있던 송희립이 소리쳤다.

"먼 디서 온 선전관이여. 얼릉 열어줘부러라."

"군관님, 알겄그만요."

늙은 수문장 진무가 달려와 문지기를 닦달해 부리나케 남문을 열었다. 진해루에서 내려온 송희립이 선전관에게 다가와 말했다.

"본영 군관 송희립이요, 먼 디서 달려 오시느라 겁나게 수고해부렀소."

"선전관 채진이그먼유. 임금님의 유서를 가지구 왔지유."

유서論書란 임금의 지시가 담긴 공문, 즉 명령서를 뜻했다. 송희립은 유서란 말에 즉시 이순신이 공무를 보고 있는 동헌방으로 그를 안내했다. 동헌으로 오르면서 송희립이 말했다.

"말투를 봉께 아산 출신 같은디 맞아부요?"

"나는 보령 사람이유. 아산이나 보령이나 거그서 거그지유."

"수사 나리와 말투가 비슷헌께 물어본 말이요."

"수사님은 아산의 큰 인물이쥬."

"아산이 아니라 조선 팔도 인물이지라."

이는 송희립이 지어낸 말이 아니라 군사들 입에서 도는 평이었다. 바다는 이순신, 육지는 권율이 조선 팔도 최고의 장수라고들 말했다. 굳이 연전연승으로 따진다면 권율은 이순신보다 한 수 아래였지만 권율의 기세도 만만찮았다. 권율은, 배티재에서 왜군 총사령관 고바야카와의 왜군 제6군 선봉대를 물리친 뒤 왜장 우키타 히데이에 부대가 점령하고 있는 한양을 향해서 무섭게 북진 중이었다. 최근에는 고바야카와의 대부대도 한양으로 물러나 있었다.

채진 선전관은 동헌방에 들어서자마자 바로 선조의 유서를 내놓았다. 이순신은 선조를 알현하듯 유서를 정중하게 받았다. 이순신이 중얼거렸다.

"지난달 그믐께 보낸 유서구먼."

유서를 작성한 일자는 임진년 12월 28일로 돼 있었다. 그러니까 명군이 압록강을 건너오긴 했지만 조명연합군이 평양성을 수복하기 전에 보낸 유서였다. 지금이 1월 22일 오전 사시巳時 무렵이니 유서는 거의 한 달 만에 도착한 셈이었다. 이순신은 유서를 천천히 읽었다.

'명나라 대장 이여송 제독이 수십만의 정예 군사를 거느리고 이제 적을 소탕하여 평양, 황해도, 한양을 차례로 수복할 계획으로 있다. 수많은 군사들이 왜적을 무찌르면서 진군하면 남은 왜적들은 도망쳐 돌아가려고 할 것이다. 이에 왜적의 돌아갈 길을 미리 막고 있다가 모두를 죽여야 한다.

경卿은 수군을 거느리고 나가서 기회를 보아 왜적이 돌아가는 길목을 지키고 있다가 힘을 합쳐 무찔러 죽이도록 하라.'

이순신은 유서를 받은 뒤 바로 장달狀達(답장)을 썼다. 장달의 형식은 반드시 유서 내용을 먼저 똑같이 쓴 뒤 수령했다는 말을 붙이도록 돼 있었다. 이는 임금이 내린 지시를 중도에 한 자도 빠트리지 않고 그대로 전달했다는 것을 증명하기 위한 수령증 같은 공문이었다.

채진은 자신이 보고 들은 대로 이순신에게 명군이 압록강을 건너와 무엇을 하고 있는지 자세히 이야기했다. 명군이 평안도에 주둔하면서 생긴 걱정거리도 덧붙였다. 이순신은 오랜만에 듣는 고향 충청도 말이었으므로 귀를 더 기울였다.

"임금님께서 명나라 원군을 애타게 지달린 끝에 마침내 큰 나라 군사가 도착했지유. 우리나라의 운명은 인자 큰 나라 군사에게 달린 거나 다름읎지유. 그런디 임금님과 대신덜 걱정은 다르지유. 임금님은 오로지 평양과 한양을 빨리 수복해달라는 것이지유."

"임금님께서 을매나 환도해불고 잡겄소?"

"맞지유. 임금님은 고것 땜에 속이 타지유."

"근디 대신덜은 다른 걱정을 허고 있다는 말이요?"

송희립의 말에 채진이 고개를 끄덕였다.

"대놓구 말 못 헐 걱정거리쥬. 명군이 가지고 온 군량과 말먹이인 마초가 떨어지구 있으니께 그러지유. 앞으로는 대신들이 나서서 명군의 군량과 마초를 조달혀야 되니께 그래유."

"긍께 명군 작전은 속전속결이 돼야 우리를 덜 심들게 허겄소잉. 허나 싸움은 상대가 있는 것인께 맴대로 된다는 보장은 읎겄지라."

"유성룡 체찰사께서 다른 대신보다 더 속이 타구 있지유."

"군량이나 마초 말고도 속 타는 일이 있는가부요잉."

"명군이 지나는 고을마다 개, 돼지가 없어지구유, 명 장수 조승훈 부총병은 술을 내오지 않는다구 고을 수령에게 곤장을 치구, 강봉하 부총병은 의주 관아에서 술과 밥을 내오지 않는다구 행패를 부렸지유."

송희립이 미간을 찌푸리며 투덜거렸다.

"병 주고 약 주는 명군을 으째야 쓰까잉."

이순신은 할 말이 많았지만 삼켰다. 대신 술자리를 만들어 천 리를 달려온 선전관 채진의 노고를 위로했다. 그런데 채진은 기생청을 없애버린 여수 본영이 재미없는지 오후가 되자 서둘러 순천부로 가버렸다. 권준 부사가 있는 순천성에는 전시인데도 기생청에 관기들이 있었던 것이다.

3일 뒤.

바람이 자고 날씨가 다소 포근해진 날이었다. 겨울이었지만 활쏘기에 좋은 날씨였다. 모처럼 손이 곱지 않고 바람이 약해 화살이 날리지 않았다. 이순신은 종사관 정사준과 사장射場(활터)에서 활을 몇 순 쏘다가 선전관이 왔다는 전갈을 받고 급히 본영으로 돌아왔다. 이번에 온 사람은 안세걸 선전관이었다. 행재소에서 연달아 선전관을 보내는 까닭은 명나라 원군이 무언가 성과를 내고 있다는 방증이었다. 이순신은 동헌으로 오르는 길에 늙은 피난민들을 만났다.

"나리, 양식이 떨어진 지 오래됐십니데이. 늙은 지들은 눈을 감아도 여한이 없지만 알라가 또 굶었십니데이."

"돌산도루 가믄 당장 굶지는 않을 거요."

"지들보고 두산도로 들어가란 말씀입니꺼?"

"돌산도로 몬자 들어간 피난민들은 목장을 농토로 바꿔 굶지 않고 있다는 보고를 받았소."

이순신이 전라 좌수사로 막 부임해 왔을 때만 해도 두산도라고 알려졌던 섬이 이제는 돌산도로 불리고 있었다. 본영에 거주하는 피난민들은 어부와 농부들이 섞여 있었다. 어부 출신들은 목장의 땅을 일궈 농사를 지으라고 하자 돌산도로 들어가기를 꺼렸다. 그들은 농토를 일굴 의지가 없었다. 그런 까닭에 이순신은 더욱 난감하고 답답했다. 이순신이 정사준에게 물었다.

"진휼창 사정은 워떤 겨?"

"진휼창은 진작에 텅 비어부렀고 인자 각 고을의 군량도 가져올 것이 읎그만요."

"지난달에 군량을 모아 행재소로 보내지 않았어두 여유가 쬐끔 있을 턴디 큰일이구먼. 본영 피난민덜이 워치게 겨울을 날 건지 걱정이여."

본영에 거주하는 영남의 피난민들만 이백여 호나 되었다. 식량이 떨어진 어부 출신의 피난민들에게는 겨울이 큰 고통이었다. 어선도 없을 뿐더러 파도 때문에 고기를 잡지 못하니 식량을 구할 수 없었다. 어부들은 잡은 고기와 식량을 바꾸어 목숨을 연명했던 것이다. 돌산도 같은 섬으로 들어가서 화전을 일구어 자급자족하는 것이 가장 좋은 방책이었지만 어부 출신의 피난민들은 그러기를 마다했다.

이순신이 동헌에 들자, 송희립이 선전관 안세걸과 함께 다가왔다. 선전관이 또 선조의 유서를 들고 온 듯했다. 이순신은 3일 만에 또다시 선조의 유서를 받는 셈이었다. 그러나 실제로 선전관들이 행재소를 떠난 날은 크게 달랐다. 채진은 작년(임진년) 동짓달 28일에 떠났지만 안세걸은 평양성을 탈환한 뒤에 출발했으니 적어도 올해 정월 9일 이후라고 봐야 옳았다. 그렇다면 안세걸은 채진과 달리 유서를 들고 쉬지 않고 달려왔음이 분명했다. 이순신은 그런 안세걸을 3일 전에 만난 채진보다 더 각별하게 대해주었다.

"바람멩키루 달려왔구먼. 송 군관, 선전관이 본영 객사에서 푹 쉬었다 갈 수 있도록 신경 써야 혀."

"예, 수사 나리."

"전하께서는 수사 나리의 군사만 믿으십니다. 그래서 유서를 또 보내신 것입니다."

안세걸이 가지고 온 유서도 채진을 통해 받은 내용과 비슷했다. 달라진 점이 있다면 평양성을 수복했다는 문장이 첨가된 것뿐이었다.

'명나라 장수 제독부提督府 제독 이여송이 오십 명의 장령과 수십만의 정예 군사들을 거느리고 곧장 평양성을 두드려 이달 초 8일에 왜적의 소굴을 소탕하여 뒤엎고 왜장을 사로잡아 목을 베었다. 그 형세는 마치 천둥 치듯 바람 불듯 했다. 앞으로 대를 쪼개듯이 차례차례 나아가며 왜적을 토벌하려는데 왜적들의 수레바퀴가 하나라도 돌아가지 못하게 막으려고 한다.

경은 수군을 잘 정비하여 사기를 가다듬고 기회를 기다리고 있다가 왜적들이 돌아가는 길에서 모조리 무찔러 나라의 치욕을 크게 씻도록 하라.'

평양성 탈환 소식에 이순신은 눈물을 흘렸다. 잠시 후에는 정사준, 송희립, 이봉수 등도 눈시울을 붉혔다. 송희립이 동헌 마루로 나와 평양성 수복이라는 희소식을 전했다.

"왜적 놈들을 무찔러 평양성을 되찾아부렀다!"

"와아, 와아!"

"인자 한양 성도 되찾을 날이 을매 안 남았을 것이다!"

동헌에 있던 군관, 색리와 통인, 진무와 수졸들이 모두 환호성을 질렀다. 평양성을 수복했다는 낭보는 본영 군관청과 진무청, 의승청에 곧바로 퍼졌다. 본영 여기저기서 환호성이 터졌다. 다시청에 있던 승설과 청매는 소리 내어 울었다. 이순신은 모처럼 얼굴을 폈다. 피난민들을 만나고 난 뒤 우울해 있다가 다시 전의를 가다듬었다.

이순신은 전선의 총통 공격으로 소진해버린 화약부터 점검하려고 했다. 마침 이봉수가 화약의 재고 문제를 보고하기 위해 옆자리에 앉아 있었다.

"보고할 사항이 있는 겨?"

"지가 맹근 염초 천 근은 인자 남은 것이 벨로 읎습니다요."

"벌써 다 소진했다는 말여?"

"겡상도 바다로 네 번이나 출정혔고요, 전라도와 겡상도 순찰사, 심지어 의병장까정 요구혀서 나놔 줘부렀습니다요."

"염초 천 근 굽는 디 석 달 걸렸다구 혔제?"

"긍께 말입니다요, 염초를 구을라믄 시간이 많이 걸려분께 석유황을 구하믄 으쩌겄습니까요?"

석유황石硫黃이란 돌에서 구하는, 즉 유황 광산에서 캐는 유황을 뜻했다. 유황 광산은 비밀리에 병조에서 관리했다.

"선전관이 내려와 있으니 장계를 써서 청헐 겨."

"유황이 있으믄 총통의 위력이 더 세질 것입니다요."

이순신은 안세걸을 객사로 돌아가 쉬게 한 뒤, 왜군이 도망가는 길목을 차단하라는 선조의 명을 받들고자 송희립과 작전을 짰다. 작전은 지금까지 해왔던 것처럼 공격과 방비, 두 가지였다. 공격을 하려면 방비 계책을 먼저 세워야 했다. 본영과 그 주변 지역의 경계와 방어가 철저하고 튼튼해야만 경상도 바다로 나가더라도 마음 놓고 공격할 수 있기 때문이었다.

"방비는 지리에 밝은 의승병이나 의병들두 잘헐 겨."

"군량미를 아낄라고 시안(겨울)에만 잠시 돌려보냈던 중들을 다시 불러들였습니다요."

"모두 을매나 되는 겨?"

"작년 가실(가을)이나 지금이나 마찬가지로 사백 명 정도 되지라우."

"요해지로 보낼 의승장은 내가 미리 생각해두었네."

"나리께서 벌써 정해두셨그만요."

"우리 관내 방비는 진작에 의승장과 의병장에게 맡기려구 했네. 정예 수군에서 방비 군사를 차출허는 일은 읎을 것이네."

"나리께서 의병장을 말씀했습니다만, 광양 강희열이나 순천 성응지는 양민덜에게 명망이 높습니다요."

"그덜이 방비를 잘 혀야 우덜이 맴 놓구 싸울 수 있는 겨."

이순신은 종사관 정사준에게 세 통의 장계 초안을 잡도록 했다. 하나는 유황을 청하는 것이고, 또 하나는 의승장과 의병장을 요해처에 보낸다는 것이고, 마지막은 피난민들을 돌산도로 보내 농사짓도록 한다는 장계였다.

정사준은 군관청으로 돌아가 두어 식경 만에 세 통의 장계 초안을 작성했다. 장계 초안을 가지고 머뭇거릴 시간이 없었다. 내일 행재소로 올라가는 선전관 편에 전해주어야 했기 때문이었다. 이순신은 선전관과 함께 활을 몇 순 쏘고 난 뒤에야 동헌방으로 돌아와 정사준이 쓴 장계 초안들을 다듬었다. 유황을 청하는 장계부터 써 내려갔다.

'삼가 나누어 받고자 하는 일로 아뢰나이다.

본영과 각 포구에 있는 화약이 원래부터 넉넉하지 못한 것을 전선에 갈라 싣고 네 번이나 영남 바다로 출정하여 거의 다 쏘아 버렸습니다.

더구나 본도 순찰사, 방어사, 소모사召募使, 소모관召募官, 여러 의병장과 경상도 순찰사, 수사들의 요구가 많았으므로 남은 것이 심히 적은데, 옮겨 받을 데도 없고 또 보충할 길도 없어 백방으로 생각해봐도 달리 방책이 없어서 형편에 따라 구워 썼는데, 신의 군관 훈련 주부 이봉수가 그 묘법을 알아서 석 달 동안에 염초 천 근을 구워내 본영과 각 포구에 차례로 나누어 주었으나, 석유황만은 달리 나올 곳이 없으므로 감히 백여 근쯤 내려 보내주실 것을 청하나이다.'

군관 이봉수가 화약의 재료인 염초를 만들 줄 알지만 지금 바로 출진하려면 제조 시간이 부족하기 때문에 유황을 보내달라는 장계였다. 총통 공격으로 왜 전선을 먼저 제압한 뒤, 왜 수군 부대를 섬멸해버렸던 이순신으로서는 화약이 무엇보다 중요했던 것이다. 두 번째 장계는 영남에 진을 치고 있는 왜적들이 전라도를 엿보고 있으므로 본영 방비를 위해 의승장 및 의병장을 경상도와 전라도 접경 지역의 요해지인 구례의 석주와 도탄, 광양의 두치와 강탄에 보내겠다는 장계였다.

'……(상략) 중들이 소문을 듣고 즐거이 모여들어 사백 명이나 되었는데, 그중에도 용맹과 지략을 가진 자들로서 순천의 삼혜는 시호별도장, 흥양의 의능은 유격별도장, 광양의 성휘는 우돌격장, 광주의 신혜는 좌돌격장, 곡성의 지원은 양병용격장으로 정해주었습니다.'

의승장들은 전라 좌수영 관할 지역에 있는 절의 주지급이었다. 이를테면 순천 송광사 주지나 흥양 능가사 주지, 혹은 광양 송천사 주지, 구례 화엄사 주지, 곡성 태안사 주지 등이었다.

'강개하고 의기 있는 구례의 진사 방처인, 광양의 한량 강희열, 순천의 보인 성응지 등이 의병들을 일으켰으므로 방처인은 도탄으로, 강희열과 성휘는 두치로, 신해는 석주로, 지원은 운봉 팔양치(남원 인월)로 가서 요해처를 지키도록 하면서 관군과 협력하여 사변에 대비하도록 했습니다.

또한 성응지에게는 순천성 수비 책임을 맡기고, 삼혜는 순천에, 의능은 본영에 머물면서 방비하고 있다가 적의 형세에 따라 육전과 해전으로 보내려고 하였으나 바다 길목을 차단하고 도망가는 적의 큰 부대를 섬멸하려면 병력이 외롭고 약해서는 안 되겠기에 수군 전력을 넉넉히 갖추기 위해 의병장 성응지, 승장 삼혜와 의능 등에게는 전선을 나누어 주어 바다로 나가도록 엄히 지시하였습니다.'

이순신이 쓴 장계에 주지급 의승장들이 등장하는 것은 최초였는데, 그만큼 자신들의 목숨을 이순신에게 기꺼이 맡겨놓고 따른다는 증거였다. 그러니 관내 각 절의 승려들 역시 의승군에 자발적으로 모여들었다. 이순신도 승려들의 신분을 천하게 여기지 않고 그들의 지략과 용맹을 적재적소에 활용했다.

끝으로 전쟁에 관한 일은 아니었지만 관내에 있는 피난민들의 생계를 위한 장계도 쓰지 않을 수 없었다. 한겨울을 나면서 굶어 쓰러져 동사하는, 오갈 데가 마땅찮은 피난민들을 이순신은 모른 체할 수 없었던 것이다.

'삼가 상의드릴 일로 아뢰나이다.

영남의 피난민들로 본영 경내에 들어와 사는 자들이 이백여 호나 되는데, 모두 임시로 거주시키기는 했으나 겨울을 나기 어렵고 당장 이들을 구제할 물자를 구하기는 백방으로 생각해보아도 좋은 계책이 서지 않습니다. 비록 난리를 평정한 뒤에는 제 고장으로 돌려보내면 된다고 하지만 당장 눈앞에서 굶어 죽어가는 참상은 차마 눈뜨고 볼 수 없습니다.

전일 풍원 부원군 유성룡에게 보낸 편지로 인하여 비변사에서 내려온 공문 중에 "여러 섬 가운데 피난하여 머물며 농사지을 만한 땅이 있거든 피난민을 들여보내 살 수 있도록 하되, 그가부는 참작해서 시행하라"고 하였기에 신이 생각해본바 피난민이 거주할 만한 곳으로 돌산도만 한 데가 없습니다. 이 섬은 본영과 방답 사이에 있는데 겹산으로 둘러져 있어서 사방으로 도적들과는 격리되어 있으며, 지세가 넓고 편평하고 땅도 기름지므로 피난민을 타일러 차츰 들어가서 살게 하여 방금 봄갈이를 시켰습니다. (중략) 지금은 국사가 어렵고 위태로우며 백성도 살 곳이 없으니, 설사 의지가 없는 백성들을 들여보내 농사짓게 하더라도 말 기르는 데 해를 끼칠 일은 별로 없을 터이오니, 말도 먹이고 백성도 구제하여 둘 다 편안케 하기를 바라옵니다.'

비변사의 공문은 이순신더러 가부를 결정해서 시행하라고 했지만 책임은 지지 않겠다는 투였다. 그런 까닭에 이순신으로서는 임금의 확실한 허락이 필요했다. 영남의 피난민들도 같은 백성이므로 장계를 쓰지 않을 수 없었다. 나라에서 관리하는 목장을 다른 용도로 쓰려면 임금의 허락이 있어야만 가능했기 때문이었다. 수사 단독으로 가부를 결정할 수 없는 일이었다. 이순신과 친한 유성룡 같은 대신도 자신의 의견을 말했을 뿐이었다.

이순신은 선전관 안세걸 편에 장계 세 통을 전해주고 난 뒤에야 출진 준비를 했다. 이번에 경상도 바다로 출진하면 벌써 다섯 번째였다. 이순신은 결코 서둘지 않았다. 바람과 파도가 순해지고 겨울 날씨가 조금이라도 더 풀어지기를 기다렸다. 날씨라도 나아져야 구원 나가는 장졸들의 고생이 덜어질 것이었다.

참 수

　찬비가 추적추적 내렸다. 빗방울이 추녀 끝에서 뜸을 들이듯 떨어졌다. 겨울의 끝자락에서 봄을 부르는 비였다. 그러나 만만하게 물러갈 겨울은 아니었다. 날씨가 포근했다가도 갑자기 사나워지곤 했다. 개구리가 깨어나는 해동머리의 날씨는 변화무쌍했다. 그래도 동헌 마당가의 매화나무에는 이미 물이 올라와 있었다. 매화 나뭇가지가 푸르스름했고, 꽃봉오리들은 빗방울처럼 동글동글했다. 날이 풀어지기를 기다리던 이순신은 지체하지 않고 오관 오포의 수장들에게 전령을 보냈다. 경상도 바다로 출진할 것이니 경칩 날까지 모이라는 소집 명령이었다.

　이순신의 명을 받자마자, 발포 만호 황정록과 여도 권관 김인영, 순천 부사 권준이 2월 초하룻날 낮에 한두 식경 터울로 왔다. 황정록은 압송해 온 진무 최기를 옥에 가두었다. 세 사람 모두가 띠로 엮은 도롱이를 두르고 동헌으로 올라왔다. 이순신은 달려온 부하들을 위해 내아 다모 구실아치에게 따뜻한 발효차를 가져오게 했다. 기온이 올랐다고는 하지만 아직은 겨울의 끄트머리였다. 맨 먼저 동헌에 오른 황정록이 찬비에 젖은 어깨를 부르르 떨었다. 황정록이 서둘러 빨리 온 것은 죄인 최기를 본영 옥으로 이감시키기 위해서였다.

"수사 나리, 진무 최기가 군율을 재차 범했기에 이짝 옥에다 옮겨부렀습니다요."

"무신 죄를 범헌 겨?"

이순신은 최기를 어렴풋이 기억하고 있었다. 작년에 벌어진 네 차례의 싸움에서 주로 발포 1선을 타고 용맹스럽게 싸운 진무였던 것이다. 그런데도 황정록이 굳이 최기를 압송해 온 이유는 중형으로 다스릴 수밖에 없다고 판단했기 때문이었다.

"상관을 구타허고 거그다가 탈영까정 헌 놈이그만요."

"뭣 땜에 군율을 어긴 겨?"

"에린 군관이 지를 무시했다고 그란디 본바탕이 쪼깐 포악헌 놈이지라우."

"군관은 워디서 온 사람인디 진무헌티 맞았댜?"

"김포 사람인디 조총을 잘 쫘 무과에 급제헌 애숭이지라우."

조명연합군이 평양성을 탈환한 뒤부터였다. 병조에서는 예전과 달리 조총만 잘 쏘아도 무과에 급제시켜 무관의 숫자를 늘렸던 것이다. 그러다 보니 조총을 만져본 장정들이 무더기로 무관이 되어 하급자인 늙은 진무들과 갈등을 빚었다. 이순신은 송희립에게 죄인 최기를 불러오도록 지시했다.

비는 어느새 흐느끼듯 소리 내어 내리고 있었다. 동헌 지붕 너머 대숲에서 사락사락 모래를 흩뿌리는 소리가 났다. 썰물처럼 슬그머니 다가온 빗소리였다.

처마 밑에서 오들오들 떨고 있던 수졸이 차를 들고 가는 승설에게 눈을 찡긋했다. 내아로 가면 뜨거운 차를 한 잔 마실 수 있느냐는 눈짓이었다. 승설이 고개를 끄덕이자 수졸이 입을 벌린 채 감개무량한 표정을 지었다. 보성 선소에서 온 동헌지기였는데 아직도 진무로 승진하지 못한 고참 수졸이었다.

이윽고 포승줄에 묶인 최기가 창을 든 나졸들에게 끌려왔다. 송희립이 무섭게 눈을 부라리자 최기가 동헌 마당에 무릎을 꿇었다. 산발한 머리가 얼굴이 보이지 않을 만큼 덮고 있어 흡사 미치광이 같았다. 머리카락 사이로 드러난 그의 눈동자는 이미 초점을 잃고 있었다. 동헌 마루 호상에 앉은 이순신이 추궁했다.

"상관을 구타헌 것이 사실인 겨?"

"예."

"탈영헌 것도 사실인 겨?"

"예."

이순신은 더 묻지 않았다. 옆에 있던 송희립을 임시 참퇴장으로 지명했다. 붙잡아온 탈영병이나 도망병의 목을 베는 장수가 참퇴장이었다. 송희립이 이순신에게 물었다.

"수사 나리, 시방 비가 오는디 으쩌까요?"

"송 군관 알아서 혀."

이순신은 송희립에게 최기의 목을 맡겼다. 알아서 처리하라는 것은 지금 죽이라는 지시와 같았다. 송희립은 본영에 있는 수졸들을 진해루 앞에 집합시켰다. 내리는 비가 원망스러운 듯 수졸들이 투덜거리며 모였다.

송희립은 참수를 서둘렀다. 먼저 최기의 죄를 큰소리로 거론하며 꾸짖었다. 그런 뒤, 잠시 호흡을 가다듬었다. 진해루 나무 계단을 내려온 송희립도 비를 맞았다. 웅성대던 수졸들이 순식간에 조용해졌다. 갈치 등처럼 허연 송희립의 칼이 칼집에서 나와 번쩍 했다. 그러자 최기가 울부짖었다. 전공을 세워 보답하겠다며 살려달라고 흙바닥에서 뒹굴며 소리쳤다. 마치 덫에 걸린 산짐승처럼 비명을 질렀다. 빗방울은 점점 더 굵어졌다. 송희립의 투구와 갑옷에서 빗물이 줄줄 흘러내렸다. 송희립의 얼굴이 빗물에 젖어 번들거렸다.

전장에서 함께 싸우던 부하를 죽이는 것이 내키지 않았지만 송희립은 칼을 높이 치켜들었다. 임시 참퇴장으로서 이순신의 명에 따라 움직일 따름이었다. 부하였던 최기를 위해 해줄 수 있는 것은 단 하나, 고통을 느끼지 못하게 그의 목을 단칼에 쳐주는 것뿐이었다. 송희립은 혼신의 힘을 다해 최기의 목을 단번에 벴다. 최기의 붉은 피가 흙탕물에 번졌다. 나졸들이 달려들어 그의 몸뚱이를 치웠다. 잘린 머리는 곧바로 진해루 앞 간짓대 끝에 매달아졌다.

수졸들은 최기의 잘린 머리를 보면서 곧 출진이 있을 것이라고 생각했다. 이순신은 전투에 앞서서 군율을 바로 세우고자 죄인의 효수를 명하곤 했던 것이다. 송희립은 군관청으로 들어가

옷을 갈아입고는 즉시 동헌으로 올라가 참수의 결과를 보고했다. 그제야 이순신이 안타까운 마음을 드러냈다.

"최기가 싸움을 잘해 용서해줄까 생각헌 것두 사실이여. 허지만 군율은 한 치의 빈틈도 읎어야 허는 겨."

"수졸이었던 최기를 진무로 올려주시지 않았습니까요."

"상관을 구타헌 디다 탈영까정 혔으니께 나로서두 어쩔 수 읎는 일이여."

이순신은 군율을 다스리는 데 있어서는 어느 무관보다도 고지식했다. 군율을 어기는 자는 지위 고하를 막론하고 예외 없이 엄하게 다스렸다. 바로 밑의 직급인 우후라도 곤장을 쳤다. 그러고는 괴로운 마음을 몰래 스스로 삭였다.

"에린 군관이 최기의 밥그럭을 발로 차부러 일이 커졌다고 헙니다요. 군관의 거친 행동이 화근이 돼야분 것이지라우."

부하를 잃은 황정록이 무겁게 말했다. 그러자 차만 마시며 이야기를 듣고 있던 권준이 혀를 찼다.

"쯧쯧. 개도 밥그릇을 차면 으르렁거리는 법이지요. 군관도 잘한 것만은 아닌 것 같소."

"최기가 밥시간에 자기 순서를 무시허고 밥을 자꼬 타가분께 그랬든 모냥입니다."

"장졸덜 밥 양이 많이 줄어든 겨?"

"예, 수사 나리. 군량미를 행재소로 보낸 뒤부텀 각 고을 배식 사정이 모다 좋아지질 않는다고 헙니다요."

"여도도 그런 겨?"

"한 끄니는 죽을 묵고 있는디 고것마저도 점차로 묽어져불고 있지라우."

"순천은?"

"작년 12월에 행재소로 의연곡을 보낼 때 가장 많이 올려 보낸 고을이 순천이었소이다."

"천 석 의연곡을 모아 올린 정사준 성제덜이 충신이지유."

"순천뿐만 아니라 각 고을의 군량미도 배에 실어 올려 보냈소이다."

"나라의 녹을 묵는 우덜보다 순천의 정사준 성제덜이 큰일을 했지유."

이순신은 한때 자신보다 지위가 높았던 권준에게는 예를 갖추어 말했다. 사실 나이도 권준이 이순신보다 네 살 위였다.

"올려 보낸 군량미가 온전히 행재소 창고로다가 들어가는 거이 우덜의 맴이지유. 명군이 우리 조정에다가 군량과 마초를 내놓으라구 닦달한다니께 허는 말이구먼유."

이순신과 권준의 대화에 송희립이 끼어들었다.

"그라면 절대로 안 되지라우. 우리덜이 어찌케 보낸 군량인디 명군 입으로 들어가뻔집니까요. 우리덜이 충의를 내어 임금님께 보낸 군량이제, 명군에게 보낸 것은 아니랑께요."

"속단허지는 말으야 혀. 쬐끔만 지달려보믄 알 수 있는 일이니께 말여. 나라의 녹을 묵고 사는 우덜은 입이 있어두 신중혀야 허는 겨."

이순신은 투덜거리는 송희립에게 주의를 주었다. 송희립 역시 더 이상 군량미를 입에 올리지 않았다. 다른 수장들도 어쩔 수 없다는 투로 받아들였다. 행재소로 이미 보내버린 군량미를 가지고 이러쿵저러쿵하고 싶지 않았던 것이다.

오관 오포의 군량미를 행재소로 올려 보낸 뒤부터, 장졸들에게 돌아가는 배식의 양이 줄어든 것은 사실이었다. 지난해 12월 순천 사람 정사준의 동생인 정사횡과 진무 김양간이 본영의 배로 의연곡과 설 진상물을 올려 보낼 때, 광양과 흥양 및 낙안 등의 고을도 각자 배로 군량미와 진상물을 실어 보냈던 것이다. 군량미를 보낼 수 있는 지방이 왜침을 받지 않은 호남뿐이었기 때문에 어쩔 수 없는 일이었다. 전라도의 좌수영과 우수영 모두 사정은 마찬가지였다. 군량미를 올려 보내라는 행재소의 독촉이 끊이지 않았던 것이다.

초저녁에는 방답 첨사 이순신이 본영으로 건너왔고, 하루 만에 비가 개자 녹도 가장 송여종과 사도 첨사 김완, 흥양 현감 배흥립이 탄 배가 본영 굴강으로 들어왔다. 낙안 군수 신호는 말을 타고 달려왔다. 아직 도착하지 않은 장수는 보성 군수 김득광뿐이었다. 불가피한 이유로 참석하지 못할 경우에는 가장假將이라도 대신 보내야 하는데 보성은 여태 감감무소식이었다. 송희립이 이순신의 언짢은 마음을 간파하고는 한마디 했다.

"수사 나리, 보성 군수는 무신 급헌 일이 있는갑습니다요."

"그 사람, 참 이해헐 수 읎구먼. 허긴 요즘 장졸덜의 군율이 하나같이 해이해진 거 같아 걱정이여."

이순신이 염초 제작 군관인 이봉수와 장계 초안을 작성하는 계청 군관 일을 임시로 맡고 있는 정사립을 쳐다보며 물었다.

"이 군관, 격군덜을 모다 귀대시킨 겨?"

"팔십 명 중에서 열 명만 빼고 모다 잡아왔습니다요."

"요번 사건은 군율이 모새알멩키루 흐트러져서 생긴 결과여."

전투가 없는 겨울 동안 군량미를 절약하기 위해 격군 팔십 명에게 휴가를 주었는데, 정해진 날짜에 격군들이 돌아오지 않은 사건이 발생했던 것이다. 군율이 서릿발처럼 서 있을 때는 상상조차 할 수 없는 일이었다.

이순신은 팔십 명 중에서 칠십 명을 격군들의 집에서 잡아왔다고 하는 이봉수의 보고를 듣고 나서도 안도하기보다는 씁쓸했다. 격군들이 도망병처럼 산중에 숨거나 다른 지방으로 달아나 버리지는 않았지만 몹시 실망스러웠기 때문이었다.

"격군을 잡으러 갔던 향화인 김호걸과 나장 김수남은 워디에 있는 겨?"

"옥에 있습니다요."

왜군에 포로로 잡혔다가 도망쳐 온 사람을 향화인向化人이라고 불렀다. 김호걸은 본래 경상도 사람으로 이순신을 찾아온 향화인이었다. 이순신은 그에게 색리와 같은 자리를 주어 이곳에서 살게 해주었다. 그런데도 김호걸은 진무 김수남과 짜고는 격군을 잡으러 갔다가 뇌물을 받고 눈감아주는 죄를 저지른 것이다. 격군들이 귀대하지 않자, 이순신이 이봉수와 정사립을 몰래 보냈고 그제야 그들의 죄가 발각됐던 것이다. 송희립이 김호걸과 김수남을 극형으로 처벌하자고 건의했다.

"수사 나리, 김호걸은 불러다 확인헐 가치도 읎습니다요. 나리께서 베푸신 은혜를 저버렸으니 은제 또 배반헐지 모르지라우."

"김수남이 가담헌 정도는 워떤 겨?"

"설령 김호걸이 뇌물을 받는다고 해도 말려부러야 헐 김수남이 동조해 지 배때기를 불렸은께 그놈의 죄도 더허믄 더했지 덜허지 않습니다요."

"권 부사의 의견은 워떠요?"

"큰 싸움을 앞두고 있으니 군율로 엄중히 다스려야 하겠소이다."

"모다 이견이 읎는 줄 알겠소."

이순신은 이봉수와 정사립을 임시 참퇴장으로 임명하여 그들을 처형하도록 명했다. 이봉수가 나간 뒤에야 이순신은 선전관이 가져온 유서 내용대로 조명연합군의 전황과 어명을 각 고을의 수장들에게 전했다.

"전하가 보내신 유서에 수십만 명의 정예 군사를 거느린 제독 이여송 장군이 지난달 8일에 평양성으로 들어가 왜적을 소탕했으니께, 인자 우덜 수군은 전하의 어명을 받들어 바다 길목을 막고 있다가 도망치는 왜적을 모조리 섬멸혀야 헐 겨!"

권준과 황정록 등은 평양성 탈환 소식을 덤덤하게 들었다. 이미 공문으로 전달받았기 때문에 모두 알고 있었던 것이다. 다만, 이기는 싸움만 해온 때문인지 적개심은 작년보다 더했다.

"전하께서 왜놈들에게 당한 수모를 크게 씻을 기회가 되겠소이다."

"육지의 장수덜이 당헌 치욕을 되갚아줄 때가 온 거지유. 그대덜 생각은 워떤 겨?"

이순신이 오관 오포의 수장들을 둘러보며 물었다. 그러자 장수들 모두가 비슷한 내용으로 대답했다.

"왜적 잔당을 모다 바다에 빠트려 수장시켜부러야지라우."

"우덜 군사는 초엿샛날 출진허니께 만반의 준비를 혀."

"경칩 날까정은 본영 앞바다에 전선을 띠와불겄습니다요."

이순신은 정운의 자리를 메우고 있는 녹도 가장 송여종에게 여러 가지 전투태세를 물었다. 태인 출신으로 구척장신인 송여종은 낙안 군수 신호의 군관으로 있다가 이순신의 눈에 띄어 부산포 전투의 승전 장계를 가지고 행재소까지 올라가 선조를 배알했던 장수였다.

"녹도에는 전선이 몇 척인 겨?"

"시 척이 있그만요."

"수군 정원은 워떤 겨?"

"격군이 쪼깐 부족허그만요."

이순신은 즉시 이봉수와 정사립이 잡아온 격군 일부를 녹도 전선부터 배치하라고 지시하고는 동헌에 모인 각 고을 장수들에게 명했다.

"경칩 날까정은 모든 전선덜이 차례로 본영 앞바다에 와 있으야 혀."

"예, 수사 나리."

"날씨가 오늘멩키루 좋다가두 금시 사나와지니께 서둘러 전선덜을 불러와야 헐 겨."

경칩은 초닷샛날이었다. 초엿샛날 출진하니까 하루 전까지 본영 앞바다로 모이라는 이순신의 명이었다. 서둘러 오라고 한 것은 날씨가 변덕스럽기 때문이기도 했다. 겨울 바다는 바람이 없다가도 갑자기 비바람이 몰아치고는 했던 것이다.

참퇴장을 맡은 정사립은 심란했다. 김호걸과 김수남을 참수하라는 것인데 마음이 싱숭생숭 편치 못했다. 정사립은 무인이라기보다 문사에 가까운 군관이었다. 시정이 솟구치면 하루에도 수십 편의 시를 지어 읊조릴 만큼 뛰어난 문재文才가 있는 순천 서생이었다. 가슴에 뜨거운 의기가 끓어 이순신 막하의 군관으로 자원해 오기는 했지만 본시는 눈물과 흥이 많은 사람이었다. 정사립이 한 발 앞서서 덤덤하게 걸어가는 이봉수에게 말했다.

"성님, 우리덜이 시방 두 사람을 꼭 죽여부러야 허요?"

"죄를 졌응께 벌을 받아부러야지 뭔 소리를 허는가? 동상, 수사 나리께서 내린 명이란 마시."

"작년에만 해도 밥을 같이 묵은 김수남이가 짠헝께 그라요."

"이 사정, 저 사정 봐주믄 질서가 스간디?"

정사립을 뒤돌아보던 이봉수가 얼굴을 찡그렸다. 겨울 햇살이 날카로운 얼음 조각처럼 이봉수의 눈을 찌르고 있었다.

"아이고, 성님. 나는 눈을 찔끈 감아불고 있을라요. 성님이 칼을 드시쇼."

"동상 맴이 그라믄 안 보이는 디서 지달리소."

"왜놈덜 죽일 때는 맴이 이라지 않았는디 오늘은 지 맴을 지도 잘 모르겠그만요."

"사실은 나도 그랴. 허지만 으쩌겄는가. 군율이 그런디."

정사립보다 여섯 살 위인 이봉수는 임시 참퇴장으로서 남문 밖의 형장으로 가는 데 조금도 주저함이 없었다. 형장에는 벌써 두 죄인이 나졸들에게 끌려와 있었다. 두 죄인은 검은 두건으로 얼굴을 가리고 있었다. 정사립은 형장 입구에서 숨이 턱 막혀 뒷걸음질을 했다. 그러나 이봉수는 망설이지 않고 두 죄인이 꿇어앉아 있는 빈터로 올라갔다.

이봉수의 칼날은 번개처럼 빨랐다. 김호걸과 김수남의 목이 대나무 쪼개지듯 단번에 떨어졌다. 나장이 검은 두건을 벗기자, 이봉수가 칼에 묻은 피를 닦으면서 김호걸과 김수남의 수급인지 확인했다. 이봉수가 진무 나장에게 지시했다.

"자네가 남문 밖에 달아뻔지게."

"은제까정 간짓대 끝에 달아놔불까요?"

"우리 군사가 출진헐 때까정만 거그 두고, 그 뒤에는 식구덜이 와서 가져가도 못 본 척허게."

이봉수는 칼을 잡았던 손가락을 소리 나게 오도독 꺾었다. 살기가 들어갔던 손의 긴장을 풀려는 것 같았다. 정사립은 이봉수를 보는 순간 좀 전과 달리 찜찜하지 않고 개운한 느낌이 들었다. 군사는 상관의 명을 받아 충실히 행할 뿐이었다. 그것을 비정하다고 할 수는 없었다.

둑제

경칩 날 축시(오전 1시-3시)경에 객사에서 지낼 제사는 둑제였다. 둑제란 장수들이 군신軍神에게 무운장구를 비는 제사였다. 자정 무렵부터 좌수영 관내 장수들이 고소대 옆에 있는 둑신당으로 모여들었다. 의승청에서는 수승 성운만 와 있었다. 출진을 준비 중인 수졸들은 한밤중이었으므로 참가하지 않았다. 다모 승설과 의녀 청매, 내아 구실아치들이 떡과 과일들을 진설하느라고 바삐 오갔다.

하늘은 비구름이 드리워 별 하나 보이지 않았다. 비는 며칠 전부터 오락가락했다. 바다에서 불어오는 바람은 축축했다. 본영 앞바다와 굴강에는 오관 오포의 전선들이 소등한 채 정박하고 있을 터였다. 본영을 경계하는 수졸들이 주고받는 군호 소리가 여느 때보다 날카로웠다. 출진을 앞둔 본영 경내는 긴장감이 냉기처럼 감돌았다. 둑제를 지낼 객사의 방 분위기도 팽팽하고 엄숙했다. 기름불이 꼿꼿하게 서 있다가도 짧게 일렁였다. 누군가가 객사 문을 열 때마다 바람을 탔다. 이순신이 송희립에게 나직이 지시했다.

"헌관, 전사, 대축은 돌아가면서 맡아왔으니께 송 군관이 알아서 정혀."

"예, 수사 나리. 술은 시 잔 따른께 헌관은 시 명이어야 허겄지라우. 지 생각인디 오관 오포의 수장, 군관, 진무 중에서 한 사람씩 뽑아 시키믄 으쩌겄습니까요?"

"전사는 제사를 잘 아는 사람이 맡으야지."

"무장보담 제례를 잘 아는 문관 출신이어야 허겄지라우."

"그러니께 전사는 제례에 밝은 홍양 현감이 잘헐 겨."

"전사는 작년 상강 때멩키로 홍양 현감에게 맡기겄습니다요."

둑제는 일 년에 두 번으로 날이 풀어지는 경칩과 서리가 내리기 시작하는 상강 날에 지냈던 것이다.

"대축은 목소리 좋은 송 군관이 혀봐."

"지보다는 문장을 아는 사람이 맡아야 헐 것 같습니다요."

"돌아가면서 허니께 고민허지 말구 장수덜찌리 상의해봐."

"시방 정해불겄습니다요."

"그려."

술을 올리는 사람을 헌관, 제사를 진행하는 사람을 전사典祀, 축문을 읽는 사람은 대축大祝이라고 하는데, 이순신은 송희립에게 오관 오포의 장수와 군관, 진무들 가운데서 정하라고 일임했다. 어려운 일은 아니었다. 헌관은 전사가 시키는 대로 술을 올리기만 하면 되고, 대축은 이미 작성해놓은 축문이 있으니 읽기만 하면 되었다.

진설은 주로 의승청의 수승 성운에게 자문했다. 제상에 놓는 음식들을 어느 자리에 어떻게 놓아야 하는지 군관들은 잘 몰랐기 때문이었다. 성운은 승설에게 떡과 과일, 생선, 나물 등의 위치를 미리 알려주었다. 둑제의 진설은 일반 제사와는 조금 달랐다. 성운은 봉은사에 가려고 배를 타려다가 한강 뚝섬 살곶이벌에서 둑제 지내는 모습을 눈여겨본 일이 있었다. 봉은사 승려들이 제물을 진설하고 있었던 것이다.

봉은사 승려들은 군신인 치우천황에게 제사 지내는 둑제에 깊이 간여하고 있었다. 봉은사 승려들이 치우천황에 대해 성운에게 들려준 바로는 절 지붕에 얹힌 귀면 기와는 뿔 달린 도깨비가 아니라 치우천황의 얼굴이라는 것이었다. 그렇다면 거북선 가슴에 붙은 것도 도깨비가 아니라 군신인 치우천황의 얼굴인지도 몰랐다. 아무튼 봉은사 승려들은 환인시대에 이어 환웅이 신시에 열었던 배달국 14대 자오지한웅이 바로 치우천황이라고 주장했다.

치우천황은 도읍을 신시에서 청구국靑丘國으로 옮겨 재위 109년에 백오십일 세까지 살았다. 동두철액銅頭鐵額 즉 구리 머리와 쇠 이마를 가졌고 무기를 잘 다루었으므로 무신武神이 되었는데 치우천황이 천하의 군신이자 무신이 된 까닭은 중국 삼황三皇 가운데 하나인 황제黃帝 헌원軒轅과 싸울 때마다 이겼기 때문이었다. 십 년 동안 일흔세 번을 싸워 이겼을 뿐만 아니라 마침내는 탁록(하북성) 싸움에서 황제 헌원을 사로잡아 신하로 삼고 조공을 받았다는 것이다.

치우천황의 제사는 원래 탄신일인 단오절에 지냈지만 뒷날 달라진 것이라고 승려들은 말했다. 한고조 유방이 치우천황을 군신으로 받들어 전쟁터로 나가기 전에 사당으로 들어가 제사를 지내면서부터 뒷사람들도 그렇게 따라하는 전통이 생겼다는 것이다. 둑제를 지낼 때는 사당 앞에 소의 털을 단 삼지창을 꽂았다. 그러나 우리나라는 삼지창 대신 팔괘 안에 태극 문양이 그려진 둑기를 내걸었다고 했다.

둑제를 지내고 나자 날이 밝으면서 비가 갑자기 퍼붓듯이 내렸다. 그러나 세차게 내리는 겨울비는 제풀에 곧 꺾이게 마련이었다. 아침을 다 먹도록 내리던 장대비는 소나기처럼 곧 멈추었다. 물보라 같은 뿌연 비구름이 걷히자 하늘이 뚫리고 굴강이 보였다. 굴강에는 출정을 앞둔 전선들이 진을 치고 있었다.

이순신은 조식朝食, 즉 장수들과 함께 붉은 피를 마시는 의식을 치르기 위해 동헌을 나섰다. 이번 조식도 내아 구실아치들이 흰 닭을 두어 마리 잡아 피를 내었다. 흰 짐승의 피를 마시면서 승리를 맹세하는 것은 오래전부터 있어왔던 전라 좌수영 무장들의 전통이었다. 하늘이 개어 도롱이를 챙길 필요는 없었다. 이순신은 갑옷 위에 걸치는 도롱이를 거추장스러워했다. 이순신이 동헌 문을 막 나서려는데 진무 하나가 달려왔다.

"수사 나리, 보성 군수가 왔습니다요."

"동헌으루 오라고 혀."

이순신은 다시 동헌으로 들어와 호상에 앉았다. 동헌방으로 들지 않고 굳이 호상에 앉은 까닭은 보성 군수 김득광을 문초하기 위해서였다. 이순신이 날창을 든 채 눈을 부릅뜨면서 물었다.

"위째서 늦었는가?"

"수사 나리, 보성에서 밤새 달려왔그만요."

토방 아래는 김득광과 그의 부하인 군관과 색리들이 서서 이순신의 문초를 함께 받았다. 이순신은 소집 명령이 내렸는데 지각한 까닭을 재차 물었다.

"이제사 온 이유가 무엇인가?"

"순찰사와 도사덜이 명군 군량을 지원허는 사원使員(심부름하는 직책)으로 임명해 강진과 해남 등을 댕기니라고 늦어부렀습니다요."

"그 일두 나랏일이기는 허나 군수를 대신혀서 군관이라두 보냈어야 허는 겨."

"나리, 미처 거그까정은 생각허지 못해부렀습니다요."

"군수가 자리를 비울라믄 대리 장수를 지명혀야 허는 겨."

"부장 군관을 대리 장수로 임명했습니다요."

"대장 군관이 누군가?"

이순신은 김득광을 그대로 세워둔 채 그의 부하들을 큰소리로 질책했다.

"니덜은 군수를 잘 보좌혀야 허는디 위째서 태만에 빠졌는가?"

"사또, 벌을 주시믄 달게 받겠습니다요."

군수가 자리를 비울 때는 대리 장수가 되는 대장代將 군관이 이순신의 명을 수령해야 했다. 군수의 부장인 군관과 색리들이 고개를 숙였다. 군관이 머리를 조아리며 말했다.

"사또, 지덜이 잘못혔그만요."

"군율이란 엄헌 겨. 니덜은 군율을 어긴 죄가 있으니께 벌은 받으야 혀."

"예, 사또 나리."

이순신은 그들에게 곤장을 치기보다는 활쏘기 훈련을 시켰다.

"니덜은 시방 활터로 뛰어가서 군관은 열 순, 색리는 다섯 순을 쏘아야 혀. 알겠는가?"

"사또 나리, 당장 댕겨오겠습니다요!"

나장이 곤장을 치려고 형구를 가져왔다가 치웠다. 곤장을 맞을 뻔했던 보성 군관과 색리들이 안도했다. 그러나 누구보다도 감격한 사람은 밤새 헐레벌떡 달려온 김득광이었다. 고의로 명을 어긴 것은 아니었지만 자기 대신에 대장 군관과 색리들이 곤장을 맞을 뻔했던 것이다. 김득광이 말했다.

"수사 나리, 우리덜도 심써 싸와불겠습니다요."

"순찰사두 실수혔지 뭐. 우덜은 전하의 명을 받구 출진하려는 군사가 아닌감. 그런디두 명군 지원을 위해 보성 군수를 사원으로 임명혔다니께 기맥힌 일이여."

"강진 현감이나 해남 현감도 수사 나리의 생각허고 비슷했습니다요."

"명군 지원허라구 전라도까정 내려온 지시를 보믄 궁색헌 행재소 사정을 안 봐두 알 만혀."

전라 순찰사 권율이 전라 좌수영 관내의 사정을 뻔히 알면서도 보성 군수를 전라 우수영 관내로 보낸 것은 그만큼 명군이 행재소에 압박을 가하고 있다는 방증이었다. 권율은 이순신에게는 명군의 병참 지원을 해달라는 공문서를 보내지 않았다. 작년 12월에 전라 좌수영 관내 오관 오포의 군량과 진상물이 행재소로 올라간 사실을 알고 있기 때문이었다.

이순신은 김득광과 함께 객사로 갔다. 객사에는 이미 오관 오포의 장수들이 조식을 하기 위해 대기하고 있었다. 닭 피가 담긴 항아리를 송희립이 이순신에게 건넸다. 그러자 이순신이 허연 분청 사발에 붉은 닭 피를 먼저 따랐다. 장수들도 자기 앞에 놓인 사발에 붉은 닭 피를 따른 뒤 옆자리로 돌렸다. 항아리가 한 바퀴 돌자 이순신과 장수들이 닭 피를 마셨다. 이순신이 입술을 닦으면서 말했다.

"우덜은 새벽에 군신에게 둑제를 지냈다. 그리구 방금 조식을 혔다. 군신이 전쟁터에서 우덜을 지켜주구, 우덜은 조식으로써 한 몸땡이가 됐는디 뭣이 두렵겄는가. 전하의 명을 받들어 우덜은 왜적이 도망치는 바다를 지키구 있다가 모조리 섬멸혀야 혀. 각자 전선으루 돌아가 마지막 점고 잊지 말으야 써. 출진은 내일 새벽에 헐 티니께 말여. 알겄는가!"

"예, 수사 나리."

"모다 전선으로 나가봐!"

그런데 광양 현감 어영담의 턱수염 끝에 닭 피가 묻어 있어 모두 웃었다. 수염이 허연 까닭에 붉은 피가 조금 묻었는데도 눈에 띄었다. 순천 부사 권준이 객사를 나서면서 농을 걸었다.

"어 현감께서는 팥죽을 먹었소이까?"

"지보고 팥죽을 묵었다꼬 말씸했십니꺼?"

"수염이 붉은 장수는 어 현감뿐이오이다."

"아이고 남새시러버라. 이기 뭐꼬. 달구새끼 피 아입니꺼?"

어영담이 자신의 수염을 쓸어내렸다. 그래도 붉은 피는 그대로 묻어 있었다.

"그냥 놔둬불제 그랍니까요. 뻘건 색은 구신을 쫓아뻔진다고 헌디요잉."

"송 군관, 갖다붙이기는 거시기허네그랴."

의기소침해 있던 김득광이 한마디 했다. 그러자 송희립이 큰소리로 말했다.

"성님은 오늘 일진이 좋아부요."

"밤새 달려오니라고 부랄이 달아분 줄 알았네."

"수사 나리께서 동헌 마당에 형구를 준비허라고 했단 말이요. 성님을 문초헐라고 했는디 무사헌 거 봉께 일진이 무자게 좋아분 거 같으요."

"그건 나도 그리 생각허네. 동상이 모다 좋게 말해줘서 그란 거 아닌가?"

"지는 그란 거 읎어라우. 오히려 성님이 안 나타나분께 지가 몬자 섭섭허든디요."

"나가 미와서 그랬겄는가? 걱정헝께 그런 맴이 들었겄제."

장수들이 전선을 점고하러 간 사이에 이순신은 의승청과 의원청, 다시청을 순시하려고 했다. 오늘 새벽에 지낸 둑제를 준비하느라고 며칠 전부터 내아 구실아치는 물론 의녀와 다모, 승려들이 고생했기 때문이었다. 의녀와 다모는 진설할 음식을 준비했고, 특히 승려들은 겨울 끄트머리가 되면 구하기 힘든 사과와 배, 감, 밤, 대추를 탁발해 왔던 것이다. 이순신은 의승청을 먼저 들렀다. 수승 성운이 이순신을 맞이했다.

"의승덜 수고가 많았지유."

"나리, 중덜이 당연히 헐 일을 헌 것이지라우."

"의승덜이 늘 고맙지유."

"삼혜 스님과 의능 스님은 낼 온다고 했습니다요."

"이번 출진 때 같이 나갈 승장이지유."

"사또, 알고 있습니다요. 지는 여그 본영을 잘 지키고 있겄습니다요."

"둑제뿐만 아니라 의승덜이 본영에 큰 심을 보태구 있지유."

둑제에 진설할 과일뿐만 아니라 승려들이 탁발해서 가져오는 물건은 여러 가지였다. 특히 총통을 제작할 때 쓰이는 철과 놋쇠 등은 탁발해 오는 주요 쇠붙이였다. 승려들이 마을을 돌면서 탁발한 쇠붙이는 무시하지 못할 정도의 분량이었다.

이순신은 의승청을 나와 다시청으로 갔다. 다시청은 원래 기생청으로 사용하던 건물이었는데, 이순신이 전라 좌수사로 부임하자마자 용도를 바꿔버렸던 것이다. 승설뿐만 아니라 어린 다모들이 다시청 앞에서 두 손을 앞으로 모은 채 고개를 숙이고 있었다.

"차 한잔 마실 수 있게 준비하거라."

"예, 사또 나리."

이순신은 다시청 방에 앉자마자 다모들을 격려했다.

"둑제 준비는 다모덜이 다 헌 겨."

"청매 의녀도 고상했습니다요."

"기여. 청매는 워디 있남?"

"마침, 이짝으로 오기로 했습니다요."

승설은 바로 내아 구실아치에게 찻물을 끓이도록 부탁했다. 그리고 어린 다모를 의원청으로 보내 청매를 불러오도록 했다.

"그러고 보니께 승설두 절에서 왔구먼그려. 그래서 진설을 잘 헌 겨?"

"사또 나리, 지는 흥양 현감님과 성운 대사님께서 시키는 대로만 했습니다요."

"성운 수승이 이번에는 본영에 남아 있기루 혔으니께 잘 모시도록 혀."

"지덜은 의승청 법당에서 가끔씩 법문을 듣고 있습니다요."

"그런가? 내 보기에는 성운도 삼혜 못지않은 대사여."

"쉰네와 청매는 항상 대사님을 의지허고 있습니다요."

그때 청매가 다시청으로 들어와 이순신에게 큰절을 했다. 내아 구실아치가 찻물을 가져오자, 승설이 발효차가 든 다관에 찻물을 부었다. 청매가 작은 소리로 말했다.

"사또 나리, 인자 속은 편안허십니까요?"

"내가 달고 사는 위장병을 말허는 모냥인디 그게 그리 쉽게 낫겄느냐?"

"걱정이 되옵니다요."

"허긴 발효차를 장복헌 뒤부텀 속 쓰림이 줄어들었다."

승설 역시 청매처럼 걱정스럽게 말했다.

"웅점이나 갈평에서 가져온 발효차가 좋습니다요. 시방 사또께서 마시는 차도 그짝의 발효차이옵니다요."

이순신이 마시고 있는 발효차는 승설이 작년 여름에 웅점에서 구해 온 것이었다. 청매도 오랜만에 마시는 차 맛에 감격했다.

"승설 언니, 몸이 금세 따뜻해져부요."

"승설이 우려낸 차 맛이 제일이지."

"사또 나리, 차와 물이 좋은께 차 맛이 탁하지 않고 맑은 것입니다요."

"아녀. 차는 말여, 반가운 사람허구 마셔야 맛이 더허는 겨. 하하하."

이순신이 너털웃음을 터뜨렸다. 신분은 미천하지만 각자 맡은 일을 다해내고 있는 승설과 청매에게는 좋은 차처럼 가끔 그리워지는 향기가 있었다. 청매가 작은 소리로 물었다.

"또 출진허시옵니까요?"

"니덜이 출진을 워치게 아는 겨?"

"아칙에 내아에서 흰 닭 잡는 것을 보았습니다요. 조식을 허시지 않았습니까요."

"닐 새복에 출진헐 턴디 밖에는 얘기허지 말으야 혀."

"쇤네 명심허겠습니다요."

승설과 청매는 출진하는 군사기밀을 발설하지 않을 것을 다짐했다. 이순신은 뜨거운 발효차를 한 사발 더 마시고는 일어섰다. 그러고는 유진장이 될 군관을 불러 본영 성안을 이곳저곳 순시했다. 비바람에 무너진 동쪽 성벽은 의승군이 즉시 수리하여 말끔했다. 이순신이 본영에 남을 유진장 군관에게 특별히 방비하라고 당부한 요해지는 광양의 강탄과 두치였다. 광양은 전라도의 목구멍에 해당하는 곳이었으므로 몸의 오장육부로 넘어가는 길목이었던 것이다.

원균의 부하 장수

　장졸들은 전선에 모두 승선한 채 밤을 새웠다. 이순신은 자정
이 지난 축시가 되어 대장선 장대에 올랐다. 출진의 명을 내리기
위해서였다. 임란 이후 4차 출진을 했으니 5차 출진인 셈이었
다. 한번 출진하면 두세 차례의 전투가 있었는데 지금까지는 연
전연승이었다. 이순신의 수군은 경상도 바다에서 단 한 번도 패
한 적이 없었다. 어느 싸움에서든 이겼다. 왜 수군이 싸움을 기
피할 정도였다.
　이순신은 취타수에게 나발을 불게 했다. 첫 나발 소리가 밤하
늘에 울려 퍼졌다. 하늘에 뜬 달은 이지러진 능금 같았다. 구름
자락에 갇혀 더 작게 보였다. 흐릿한 달빛은 출렁이는 파도에 금
세 씻겼다. 파도가 전선들을 흔들었다. 장졸들이 첫 나발 소리에
단잠에서 깨어났다. 기상 나발 겸 비상 나발 소리였다.
　날이 샐 무렵이 되자, 두 번째 나발 소리가 났다. 출진 준비를

완료하라는 신호였다. 바다에서는 북과 나발 그리고 깃발로 전선의 장졸들에게 신호를 보냈다. 세 번째 나발 소리가 나자, 각 전선들이 닻을 올리고 돛을 펼쳤다. 드디어 거북선과 판옥선, 협선, 포작선들이 경상도 바다를 향해 발선했다.

이순신 함대는 본영 앞바다에서 남해도가 보이는 소포 물목을 빠져나가는 동안 첨자진 대오를 갖추었다. 남해도와 노량 사이를 지날 때 맞바람이 거세게 불기 시작했다. 거친 동풍에 첨자진 대오가 자꾸 흐트러졌다. 동풍을 만난 파도가 높아지고 있기 때문이었다. 이순신은 파고가 높지 않은 육지 근해로 항해하도록 지시했다.

"먼바다루 나가지 말으야 혀. 파도가 성내구 있으니께."

"수사 나리, 사천 앞바다를 지나고 있그만요."

"샛바람 땜에 전선덜이 심드니께 사량에서 진을 치도록 혀."

마침 정오 무렵이었다. 장졸들이 안전한 곳에서 점심도 해결해야 했다. 사량에서 더 항진하면 고성 앞바다였다. 고성 앞바다는 왜군이 출몰하므로 바짝 경계해야 했다. 거기서부터는 선수를 돌려야 했다. 함대는 미륵도 남단을 돌기 위해 먼바다로 나가야 했다. 물론 먼바다는 파도가 더욱 날뛰고 있을 것이었다. 그러니 사량에서 파도가 잦아들기를 기다릴 수밖에 없었다.

점심을 끝낸 뒤 이순신은 장수들을 대장선으로 불러놓고 작전 회의를 했다. 이번 5차 출진의 목적과 함대의 행선지를 이순신이 말했다.

"바람이 순해지믄 낼 새복에는 출진혀야 혀. 원 수사와 만나

기루 혔으니께."

"원 수사가 으디로 온다고 했습니까요?"

"견내량에서 만날 겨."

견내량은 가덕도, 칠천도, 거제도, 한산도, 미륵도 지척에 있는 사통팔달의 좁고 얕은 바다였다. 은폐하기가 용이한 길목이었다.

"이억기 우수사 전선들이 올 때가 되지 않았소이까?"

"약속한 날짜에 와야 허는디 무신 일이 생긴 거 같구먼유."

"아마 이억기 우수사도 전하의 지시를 받았을 것입니다."

"그렇지유. 이번 작전은 우덜이 공격하기보다는 숨어 있다가 도망가는 왜적을 섬멸허는 작전이지유."

이순신의 부하들은 경상도 바닷길을 훤히 꿰고 있었다. 작년에 4차 출진을 하는 동안 다 익혔기 때문이었다. 이순신이 왜 견내량으로 가려고 하는지 모두가 이해했다. 견내량은 왜적이 있는 웅포나 부산 쪽으로 나가기 쉬운 바다 길목이었던 것이다. 부장 군관 겸 전술 참모 역할까지 하고 있는 송희립이 말했다.

"이번 5차 출진은 복병 작전이그만요."

"기여. 작전이 하나 더 있다믄 유인작전이여. 적은 작년맹키루 몬자 공격허지 않을 겨. 그러니께 유인작전을 헐 수밖에 읎는 겨."

이순신은 저녁밥 때 이후로는 장졸들에게 휴식을 주었다. 이른 새벽에 출진하려면 특히 격군들은 잠을 충분히 자야 했다. 남해도와 미륵도 중간 지점인 사량 바다는 조선 수군이 차지하고 있었으므로 안전했다. 함대 뒤쪽을 경계하는 탐후선도 여수 본영을 마음 놓고 오갔다. 작년 여름만 해도 불안하여 탐후선을 본영까지 자주 보내지 못했던 것이다.

3일 후.

견내량에 도착한 이순신 함대는 칠천도에서 웅천 앞바다로 나아가려 했다. 조선 수군 함대는 어느새 대함대가 되어 있었다. 이순신 함대뿐만 아니라 원균 함대와 이억기 함대가 합세한 영호남 연합함대였다. 연합함대의 총사령관은 이순신이었다. 그러나 지휘 계통이 일사불란하지는 못했다. 수사가 세 명이기 때문이었다. 원균은 나이 어린 이억기를 얕보아 함부로 말할 때도 있었다. 원균은 이순신 앞에서 약속을 어기고 나타나지 않는 이억기에게 욕설을 내뱉기도 했다.

날이 새자마자 첫 나발 소리가 울려 퍼졌다. 이어 잠시 후에는 두 번째 나발 소리가 났다. 이순신은 장대에서 하늘을 올려다보았다. 그러나 하늘은 비구름으로 두껍게 덮여 있었다. 필시 큰비가 오려는 징조였다. 할 수 없이 이순신은 취타수에게 출진하라는 세 번째 나발을 불지 못하게 지시했다. 영호남 연합함대는 칠천도 바다에서 또 하루를 보낼 수밖에 없었다. 무리해서 발선할 이유가 없기 때문이었다. 복병 작전은 끈기를 요구하는 지루한 작전이었다.

이순신은 갑판으로 나와 탐망선과 척후선을 띄우고 나서 대장선 장대로 올랐다. 장수들이 늦잠을 자는지 한 사람도 찾아오지 않았다. 이순신은 모처럼 아침나절에 휴식을 취했다. 속 쓰림이 조금 도졌지만 밀린 일기와 편지를 썼다.

초 7일(임진) 맑음. 날이 새자 출발하여 곧바로 견내량에 이르니 경상 우수사 원평중이 먼저 와 있기에 적을 치자고 의논하고 기약했다. 기숙흠이 왔기에 만나보았다. 이영남과 이여념도 왔다.

평중平仲은 원균의 호이고, 숙흠叔欽은 남해 현령 기효근의 호였다. 기효근은 이순신이 붓과 벼루를 놓고 글씨 쓰는 것을 유심히 보더니 몹시 부러워했다. 이순신이 칼을 잡고 있을 때보다 붓을 들고 있을 때가 더 어울린다고 생각했을 정도였다.

"숙흠은 워째서 나를 뚫어지게 보는 겨?"

"붓과 칼을 잘 다루는 장수는 오직 수사 나리뿐입니다."

"나만 그런 것이 아녀. 우리나라 장수들이 왜군 장수와 다른 것은 붓을 다룰 줄 안다는 겨."

"왜군 장수들은 무식하고 무지막지한 해적 출신들이라고 들었습니다."

"숙흠의 조부가 기준 선생 아녀? 경기도 행주 기씨 말여."

"그렇습니다."

"기준 선생은 기묘명현 중 한 분이 아닌감."

"조부의 뜻을 받들고 살지 못해 현손으로서 부끄럽습니다."

"그래서 숙흠도 붓을 좋아허는 문사의 기질이 있었구먼."

실제로 성격이 호방한 기효근은 어려서부터 아버지에게 예문

藝文을 배우고 익혀 장수들 중에서는 서법書法에 능한 편이었다.

이순신은 기효근과 주고받았던 대화가 떠올라 미소를 지었다. 작년에 부산포 전투를 치르면서 왜선을 수색하는 기효근을 인정사정없이 나무란 것이 미안하기도 했다. 또 임란이 났을 때 기효근이 남해 현령의 직분을 다하지 못하고 미리 피신한 것을 두고 비난했던 것도 마찬가지였다. 기효근은 직속상관인 원균의 지시를 충실히 따랐을 뿐인 것이었다. 이순신은 다시 붓을 들고는 초여드레 일기도 단숨에 써내려갔다.

> 초 8일(계사) 맑음. 배에 도착한 경상 우수사 원균이 전라 우수사에게 기한에 늦어진 실수를 탓하며 욕설을 퍼붓고는 바로 곧 먼저 출발하겠다고 소리쳤다. 그래서 내가 '오늘 한낮 안에 도착할 수 있을 것이다'라고 말하며 애써 말렸더니 과연 정오에 전라 우수사 이억기가 돛을 나부끼며 왔는데 모두가 바라보고들 기뻐하지 않는 사람이 없었다. 그런데 거느리고 온 배는 마흔 척이 채 못 되었다. 즉일 신시(오후 4시)에 발선해 초저녁에 온천도(칠천도)에 도착했다. 본영에 편지를 보냈다.

전투가 없었으므로 마음의 여유가 생겨 편지와 일기를 쓸 수 있었다. 이순신은 초아흐레, 그러니까 오늘의 일기를 뒤로 미루지 않고 짧게 썼다.

초 9일(갑오). 첫 나발을 불고 두 번째 나발을 불고 나서 날씨를 관찰하였더니 반드시 큰비가 올 것 같은 징후여서 출발하지 않았다. 종일토록 많은 비가 와서 그대로 머물며 떠나지 않았다.

일기를 막 쓰고 난 뒤였다. 협선을 타고 온 이영남이 대장선으로 건너왔다. 이영남은 원균의 부하였지만 은근히 이순신을 따르는 경상 우수영 관내 소비포 권관이었다. 어쩌면 충청도에서 성장한 정서적인 동질감이 있어 그런지도 몰랐다. 이순신은 아산에서, 이영남은 진천에서 정丁과 장壯의 시기를 보냈던 것이다. 당시 사람들은 십 세를 소아小兒, 십오 세를 성동成童, 십육 세를 정丁, 이십 세를 약관弱冠, 삼십 세를 장壯이라고 했던 것이다. 그러니 장정壯丁이란 삼십 세에서 십육 세까지의 젊고 힘이 좋은 청년을 말했다.

"비가 내리는 날은 말여, 자루멩키루 배에서 가만히 있으야 허는 겨."

"쉬는 것보담 수사 나리를 뵙고 싶으니께 왔지유."

"나헌티 무신 별것이 있다구 그려."

"무장으로서 본받을 만헌 것이 참말루 많지유."

이영남이 평소에 자신을 따르고 있다는 것을 눈치채고는 있었지만 그에게 직접 들으니 이순신은 다소 부담스러웠다. 이순신이 웃으면서 말했다.

"하하하. 이 권관의 직속상관은 원 공이여. 그런디두 나를 본받는다구 허는디 말이 되는감. 앞으로는 주장主將을 따라야 혀."

"지는 작년에 원 수사의 지시를 받구 청병을 갔을 때 수사 나리의 모습을 잊을 수가 읎구먼유."

"사변이 났을 때 장수 중에 녹도 만호 정운과 송희립이 나서서 겡상도 바다루 구원 나가야 헌다구 막 주장혀서 움직였을 뿐이란 말여."

이번에는 이영남이 소리 없이 웃었다. 이순신은 서른한 살인 이영남을 아들처럼 지그시 바라보았다. 그러자 이영남이 장난스럽게 이순신을 쳐다보며 말했다.

"수사 나리, 지를 속이시믄 안 되지유."

"워째서 내가 그대를 속이겠는가?"

"지는 나리께서 명을 내리시기 전에 장수덜이 스스로 맴을 내도록 유도허셨다구 믿습니다유."

"정운이나 송희립이 내 맴을 알구 그리 처신했다는 말여?"

"정운 만호나 송희립 군관은 누구보담두 나리 맴을 꿰뚫어보는 복심이 아닙니까유."

"허허허. 이 권관이 내 맴 속을 들어왔다 나갔다 허는구먼."

"고것이 지덜 수사 나리와 다른 점이지유."

"듣지 않은 것으루 허겠네. 원 수사를 내 앞에서 비난혀선 안 되네."

"알겄구먼유."

"고거 말구, 비까정 내리는디 초저녁에 나를 찾아 대장선에 오른 것을 보믄 무신 헐 말이 있는 거 같은디 말혀봐."

그제야 이영남이 품속에서 종이 한 장을 꺼내 이순신에게 내밀었다.

"무신 공문인 겨?"

"공문이 아니지유. 보시믄 아시겠지유."

이순신은 이영남이 내민 종이를 폈다. 그런데 종이에는 시 한 수가 쓰여 있었다. 공문서가 아니었다.

굶어 죽은 백성 머리에 월계화가 떠 있고
쏟아진 홍패 뭉치엔 원한의 피 흐르는구나.
태수의 경축연에는 술이 남아 있을 터이니
남은 술은 구슬피 우는 영혼 달래주오.
飢民頭上桂花浮
紅紙群中怨血流
太守慶筵知有酒
盍分殘瀝慰啾啾

"워디서 구헌 겨?"

"겡상도 땅에서 떠도는 시지유."

"워찌 요런 고약헌 시가 있는 겨?"

이순신은 할 말을 잃었다. 밖에는 여전히 빗소리가 사나웠다. 임란은 과거제도까지 바꿔놓고 있었다. 임금은 왜적의 머리를 베어온 유생에게도 등과를 허락했다. 그러자 굶주려 죽은 백성의 머리를 왜적의 것이라고 속여 등과를 요구하는 유생이 생겨났다. 영남에 사는 한 유생이 그랬다. 고을 수령은 벼슬을 받은 유생을 위해 잔치를 베풀어 축하해주었다. 이에 어떤 선비가 시를 지어 조롱했다. 이영남이 가지고 온 것은 바로 비뚤어진 세태를 비웃는 시였다.

"굶주린 백성의 머리로 홍지를 받다니 다덜 미친 겨."

"고을에 인물 났다구 잔치까정 벌인 모냥이구먼유."

홍지란 과거 중시에 급제하면 받는 홍패 교지의 준말이었다. 나라가 위급한데 굶주려 죽은 백성의 머리를 잘라 벼슬을 얻는다는 것은 미치지 않고서는 할 수 없는 패악질이었다.

"천병天兵이라는 명군도 우리나라 사람들의 머리를 베어 왜군의 머리라구 보고했다는구먼요."

"우덜 심이 읎으니께 수모를 당허는 겨."

"수군만이라두 정신 차려야 헐 턴디 한두 장수덜이 가끔 술에 취해 있으니께 걱정이구먼유."

"큰 실수만 읎으믄 괴안찮혀."

"수사 나리께서는 술은 관대허시구먼유."

"나두 술을 좋아허지 않는감. 다만, 군율에 어긋나지 않구 주사를 부리지 않으야지."

이순신은 부하들이 술 마시는 것에 대해서는 너그러웠다. 이순신 자신도 술을 즐겨 마시는 편이었다. 특별하고 귀한 술보다는 막걸리를 좋아했다. 그러나 이순신은 폭음을 경계했다. 정신이 흐려지면 주사를 부릴 수도 있기 때문이었다. 자신이 그렇게 절제해온 때문인지 부하들이 주사를 부리는 것만은 용납하지 않았다. 이순신은 창고 관리를 하는 선직船直 진무를 불러 술을 가져오게 했다.

"비도 줄창 오구 출출허니께 술 한잔 헐 겨?"

"지야 영광입니다유."

선직 진무가 막걸리와 무말랭이 반찬을 술안주로 마련해 왔다. 밤에는 소등이 원칙이었다. 적에게 위치를 은폐하기 위해서였다. 전선들은 소등한 채 견내량 바다에 길쭉한 섬처럼 진을 치고 있었다. 이순신이 선직 진무에게도 술을 권했지만 그는 곧 물러갔다.

"사또, 지는 경계를 서고 있습니다요."

"그럼 끝나구 와."

"고맙습니다요."

이순신은 이영남과 막걸리 사발을 주거니 받거니 하면서 초저녁을 넘겼다. 두 사람은 동시에 요의를 크게 느끼고는 장대에서 갑판으로 내려와 먹물 같은 바닷물에 오줌발을 섞었다. 오줌발은 뜨거운 것 같았지만 순식간에 머리와 어깨를 적시는 비는 차가웠다. 대장선이 크게 흔들렸다. 그러자 이순신과 이영남도 휘청했다. 아들 같은 이영남이 재빨리 이순신을 붙들었다.

"난 여그까정만 마시는 술이 좋아."

"갑판이 미끄럽구먼유."

"이 권관은 인자 돌아가게. 낼 새복 묘시에 출진헐 것이니께."

"수사 나리, 편안히 주무셔유."

그런데 그때 이순신이 돌아가는 이영남을 불러 세웠다.

"이 권관, 여그 올 때는 조심혀."

"워째서 그럽니까유?"

"원 수사가 괘씸허게 생각헐 수 있으니께 그려. 이 권관은 원 수사의 부하란 말여."

"예, 무신 말씀인지 알겄구먼유."

이순신은 다시 장대로 올라와 눈을 감았다. 항아리에 술이 조금 더 남았지만 마시지 않았다. 경계를 서고 있는 선직 진무를 생각해서였다. 장대가 좌우로 움직였다. 파도가 대장선 옆구리를 치고 있었다. 빗발은 조금 전보다 약해졌지만 파도는 여전히 거칠었다. 이순신은 빗소리를 들으면서 잠깐 토막 잠에 들었다.

술주정

    날마다 비바람이 오락가락했다. 꿀렁거리는 파도도 거세지고 순해지기를 반복했다. 비바람에 돛이 찢어지고 파도에 닻이 끌려다녔다. 작전을 펴기가 몇 배나 힘든 악천후가 반복되곤 했다. 닻을 다루는 무상과 돛을 올리고 내리는 요수가 애를 먹었다. 무상과 요수는 바닷길과 풍세를 잘 아는 포작 출신 수졸들이 주로 맡았다. 닻과 돛을 움직이려면 경험과 요령, 힘이 있어야 했기 때문이었다.

    여수 본영을 떠난 지 칠 일이 지났지만 상황은 그대로였다. 전투가 일어나지 않았다. 싸움을 걸어도 왜군이 말려들지 않았다. 웅포(창원 웅천면 남문리)의 왜선들은 고슴도치처럼 포구에 웅크리고만 있었다. 이순신 연합함대가 이틀 전에 이어 또 유인했지만 꼼짝하지 않았다. 이순신 연합함대를 두려워하여 바다 가운데로 나오지 못했다.

종잡을 수 없는 날씨는 장졸들의 마음을 심란하게 했다. 전선 안의 축축하고 냉랭한 공기는 장졸들의 사기를 꺾었다. 게다가 전투 없는 날이 지속되자 본영을 떠났을 때와 달리 군기도 느슨해졌다. 일부 장수들은 작전 중인데도 술을 마신 채 비틀거리고 다녔다. 특히 이억기 함대의 장수들이 더욱 그랬다. 대낮부터 벌건 얼굴이 되어 우리 안에 갇힌 짐승처럼 고성을 질렀다.

속전속결을 선호하는 이순신은 신경이 곤두섰다. 잠잠하던 속병이 도지려고 했다. 부하들과 작전을 짜려면 비바람이 멈추기를 기다려야 했다. 배끼리 부딪칠 수 있기 때문이었다. 이순신은 비가 멎은 초저녁이 돼서야 순천 부사 권준과 광양 현감 어영담, 방답 첨사 이순신을 대장선으로 불렀다. 웅포의 적선을 바다 가운데로 불러내 토벌하려는 작전을 짜기 위해서였다. 지금 같은 지루한 상황을 타개하려면 참모들의 머리가 필요했다.

이순신 부하들은 다른 수사의 장졸들과 달리 군기가 바짝 들어 있었다. 그러나 바다에서 칠 일 넘게 보낸 탓인지 장수들의 얼굴은 버짐이 핀 것처럼 부석부석했고 차가운 냉기 탓에 두둘두둘 소름이 돋아 있었다. 환갑을 넘긴 광양 현감 어영담의 입술은 숫제 거무튀튀했고 허연 수염에는 땟물이 흘렀다. 한눈에도 고생하고 있음이 역력했다. 장수 모습이 그러한데 수졸들은 더 말할 나위가 없었다. 순천 부사 권준만이 그나마 위엄을 갖추고 있었다. 권준이 말했다.

"웅천 왜적들이 우리 수군을 겁내어 싸움을 피하고 있소이다. 며칠째 이러니 우리만 바다에서 고생하고 있는 꼴이오. 비바람까지 몰아치니 장졸들의 사기가 말이 아니오이다."

"그래서 장수덜을 불렀지유."

"유인작전에도 말려들지 않으니 답답하오이다."

"바다 가운데루 꾀어내려고 해두 왜적덜이 나오는 척허다가 도루 들어가버리니께 분통이 터지는구먼유."

"수사 나리, 저도 분하오이다."

"통분, 통분을 금헐 수 없구먼유.

이순신이 권준의 말에 울분을 터뜨렸다. 어금니를 악물면서 통분이라는 말을 두 번이나 썼다. 그러자 어영담이 작전을 바꾸어보자고 말했다.

"수사 나리, 웅포만 공격할 것이 아니라 함대를 둘로 나눠 웅포와 부산을 동시에 공격해도 좋을 낍니더."

"우덜 전력을 둘루 나눈다는 거유?"

"아무리 유인해도 적은 우리와 싸울 생각이 없는 것 같소. 그러니 어 현감의 작전도 하나의 계책이 될 수 있겠소이다."

"바다에 있는 시간이 길어지니 군사의 사기가 떨어지고 있십니데이. 지금이라도 움직이지 않으면 안 됩니더."

"사기가 떨어진 군사는 오합지졸이나 다름없습니다요."

어영담이 내놓은 계책에 방답 첨사 이순신이 동조했다. 전력과 사기는 동전의 앞뒷면과 같은 것이었다. 그러나 이순신은 장졸들의 사기가 저하되고 있다는 어영담의 말에는 수긍했지만 그렇다고 함대의 전력을 둘로 나눌 생각은 없었다. 적을 공격하려면 적의 전력보다 최소한 세 배 이상이 되어야 했기 때문이었다.

"우덜이 웅포의 적선을 먼저 분멸허려구 허는 것은 부산의 적
선을 치고자 함이여. 웅포에 왜선을 뇌두구 부산으루 간다는 것
은 아주 위험하단 말여."

"속전속결이 안되니까 그럽니데이."

"왜적덜이 선공허지 않으니께 이러구 있지만 그렇다구 계책
이 아주 읎는 건 아녀."

"지도 계책이 있그만요."

송희립이 한마디 끼어들었다. 그러자 이순신이 물었다.

"송 군관의 계책은 뭣인 겨?"

"겡상도 관군이 웅천성을 공격해 왜군을 바다로 몰아내는 계
책입니다요."

"좋은 계책이네. 웅천의 왜적들을 토끼몰이 하듯 육지에서 바
다로 몰아주기만 한다면 우리 수군이 모조리 무찌를 수 있지 않
겠는가!"

권준이 송희립의 계책에 찬성했다. 그러자 어영담이 고개를
흔들었다.

"계책은 그럴 듯허지만 겡상도 관군이나 의병이 오지 않을 낍
니데이."

"긍께 김성일 순찰사께 공문을 띄워부러야지라우."

이순신은 송희립의 제안을 받아들였다. 정사립 종사관을 불러
공문 초안을 작성하도록 지시했다. 물론 김성일 경상우도 순찰
사가 관군과 의병을 보내줄 것이라고는 크게 기대하지 않았다.
관군이 진주를 비워놓고 웅천까지 내려온다는 것은 위험한 작전

이기 때문이었다.

'그렇다면 계책은 단 하나밖에 읎을 것이 아닌가.'

이순신의 머릿속에 있는 단 하나의 계책이란 수군 일부와 의승군을 육지로 상륙시켜 웅천성을 치는 것이었다. 이순신은 장수들에게 마지막 계책은 밝히지 않았다. 다만, 자신이 왜 웅포의 왜선들을 섬멸하려고 하는지 그 이유를 어영담에게 말했다.

"웅포를 놔두구 부산으루 가는 것은 위험헌 일이지유. 김해와 양산에두 적이 숨어 있을 것인디 우덜이 부산으루 갔을 때 협공을 당헐 수 있다는 거유. 뒤가 불안허믄 제대로 앞으루 나갈 수가 읎는 벱이지유."

그제야 모인 장수들 모두가 고개를 끄덕이며 수긍했다. 이순신이 계속해서 웅포를 공격하려는 이유를 확실하게 이해했다. 장수들이 물러가고 난 뒤 송희립이 말했다.

"인자 장수덜이 수사 나리 작전을 알았응께 사기만 올라가믄 돼불겄그만요."

"기여. 낼은 조식을 헐티니께 준비혀. 맴을 새롭게 가져야지."

"여그서 흐건 달구새끼를 구헐 디는 읎는디라우잉."

"이런 바다에서는 아무 달구새끼 피라두 되는 겨."

전투가 지연되는 동안 사기 저하와 더불어 장졸들의 군율이 흐트러지고 있었다. 전라 우수영과 경상 우수영의 일부 장수들은 작전지역에 들어와 있는데도 술에 취해 흐느적거리고 다녔던 것이다.

그런데 이순신이 궁여지책으로 생각해낸 조식은 뒷날로 미뤄지고 말았다. 다음 날 아침밥들을 다 먹고 난 뒤였다. 이순신이 연합함대 총사령관 자격으로 장수들을 대장선으로 불러들였을 때 원균이 칭병으로 오지 않았던 것이다. 꾀병인지는 알 수 없었다. 아무튼 원균이 나서지 않자 경상 우수영 관내 장수들도 눈치를 보며 나타나지 않았다. 송희립은 치밀어 오르는 화를 삼켰다. 밤새 거제도로 들어가 닭 두 마리를 어렵사리 구해 왔던 것이다. 송희립이 이순신에게 귀엣말로 건의했다.

"수사 나리, 오늘 특별헌 작전이 읎다믄 여그 모인 전라좌우도 장수덜에게 술 한 잔 마시게 허는 것이 으쩌겠습니까?"

"고건 송 군관이 알아서 혀. 나는 오늘 증조부 제삿날이라 맑은 정신으루 보낼 겨."

이순신은 제삿날을 핑계 댔다. 조식이 취소되는 바람에 낙심하여 술 마실 생각이 달아나버렸던 것이다. 또 하나의 이유를 들자면 제사 준비를 하고 있을 아산에 있는 가족들 때문이었다. 고생하는 가족들이 떠올라 차마 술을 입에 댈 수 없을 것 같았다. 원래는 장형 이희신이 제사를 지냈지만 둘째 형 이요신마저 요절한 바람에 어머니를 모시고 사는 아내가 집안의 모든 제사를 도맡고 살아야 했던 것이다. 이순신은 그런 아내를 두고 제삿날에 술로 정신이 흐려진다는 것은 아내에게 죄짓는 일이라고 생각했다.

한편으로는 아산에 뿌리내리고 사는 어머니와 아들 삼 형제, 그리고 조카 여섯 명이 제삿날이라고 모여 북적댈 것을 생각하니 허했던 마음이 든든하고 뿌듯해졌다. 인척들은 뿔뿔이 흩어져 있다가도 명절이나 제삿날이 되면 다들 모여 이야기꽃을 피웠다. 제사 다음 날 아침에는 원근 각처의 사람들도 제삿밥을 얻어먹으려고 왔다. 사람들이 많이 몰려올 때는 이백 명이 넘을 때도 있었다.

이순신은 갑판에 둘러앉은 전라좌우도 장수들에게 다소 엄하게 말했다.

"조만간에 적을 칠 것이니께 전투준비를 잘 혀. 왜적덜은 우덜이 바다에서 지친 줄 알구 갑자기 덤벼들지두 물러. 전라좌우도 장수덜은 전하의 명을 받들어 목심을 아끼지 않구 싸워야 혀. 알겠는가?"

"예, 수사 나리."

송희립의 지시를 받은 수졸들이 술 항아리를 들고 왔다. 수졸들이 장수들 앞에 놓인 사발에 막걸리를 따랐다. 이순신은 사발을 들었다가 마시는 시늉만 하고 장대로 올라갔다. 그러자 전라좌수영 장수들은 이순신의 마음을 꿰뚫어보고 술을 한두 잔으로 절제했다.

그러나 전라 우수영 장수들은 술 항아리를 아예 앞에 갖다 놓고 자작으로 따라 마셨다. 수사 이억기가 어린 탓인지 전라 좌수영보다 장수들의 군기가 느슨했다. 이억기 수사가 있는데도 우후가 사발을 들고 이리저리 다니며 설쳤다. 나이 든 권준과 어영담이 이맛살을 찌푸리며 먼저 일어나버렸다. 그러자 우수영 우후가 소리쳤다.

"불러놓고 먼저 자리를 뜨다니 실망하지 않을 수 없소."

"뭐꼬! 무신 망발이가."

어영담이 화를 내려고 하자, 권준이 그의 손을 잡아끌고 대장선 옆에 대놓은 협선으로 내려갔다.

"전라좌도 장수들은 예의를 모르는군."

"우후 나리, 전라좌도 장수덜이 예의가 읎는지 모르나 지가 보기엔 전라우도 우후께서는 군법이 읎그만요!"

송희립이 불같이 나서서 쏘아붙였다. 어란포 만호 정담수와 남도포 만호 강응표가 벌떡 일어나 송희립에게 다가갔다. 그러자 전라 좌수영의 방답 첨사 이순신이 소리쳤다.

"우수영 만호들은 여기 술 마시러 왔는가, 아니면 우리 수사 님의 지시를 받으러 왔는가!"

"내놓은 술을 마셨지 우리가 언제 술을 달라고 했습니까?"

"장대에 수사 나리가 계신다카이. 어디서 술주정이고!"

인상이 험악한 데다 완력이 센 사도 첨사 김완이 나서자 그제야 우후가 입을 다물었고 정담수와 강응표도 조용해졌다. 장대에서 술주정 부리는 모습을 보고 있던 이순신이 혀를 찼다.

"쯧쯧쯧. 적을 맞아 토벌할 일루 모인 마당에 술을 퍼마시구 술주정을 허다니."

송희립이 씩씩거리며 장대로 올라왔다.

"우후의 꼬라지가 저러코롬 못된 줄 몰라부렀습니다요."

"망발을 뇌까리는 것을 보니께 형편읎는 놈이여. 저놈은 죽을 때 술 퍼마신 주둥아리를 내놓구 죽을 겨."

송희립은 이순신의 험담에 깜짝 놀랐다. 이순신 입에서 악담이 나오는 것을 처음 들었던 것이다. 송희립이 말을 못하고 있자 이순신이 말했다.

"뭘 놀래는 겨. 울화가 치밀어 견딜 수 없으니께 그려."

"수사 나리, 우수영 장수덜을 쫓아불고 오겠습니다요."

"그려."

이순신은 술 취한 장수들이 사라지고 난 뒤에도 화가 풀리지 않았다. 그래서 그들을 다시 불러 벌주고 싶었지만 참았다. 곤장을 치려고 했지만 자신이 원인을 제공한 탓도 있었으므로 넘어오는 울화를 삼켰다.

이순신은 웅포 공격을 또 이틀이나 미루었다. 정박한 전선끼리 부딪쳐 널빤지가 으스러질 정도로 동풍이 이틀 동안 거세게 불었다. 그사이에 선전관 이춘영이 선조의 유서를 가지고 왔는데 '수군을 거느리고 나가 적의 돌아갈 길을 차단하라'는 어명이 적혀 있었다.

'명나라 군사들이 이미 평양성 싸움에서 이긴 후 승승장구하니 겨우 숨이나 붙어 있는 흉한 적들은 서로 뒤를 이으면서 도망갔다. 한양에 있는 적들 또한 반드시 도망쳐 돌아갈 것이니, 그대는 수군들을 남김없이 이끌고 나가 힘을 합쳐 모조리 무찌름으로써 적들의 배가 한 척도 돌아가지 못하게 하라.'

유서를 받아 읽고 있는데, 이틀 전에 추태를 보인 전라 우수영의 장수들이 용서를 빌러 왔다. 그러나 이순신은 이틀 전의 일은 벌써 잊어버리고 있었다. 어제 과녁을 걸어놓고 권준, 어영담, 경상 우수영의 장수들이지만 마음에 맞는 사량 만호 이여념과 소비포 권관 이영남 그리고 원균의 심복 영등포 만호 우치적 등과 화살을 쏘면서 마음속의 화를 말끔하게 씻어버렸던 것이다. 이순신은 그들을 돌려보낸 뒤 즉시 웅천의 적을 토벌하겠다는 장계를 썼다. 선전관 편에 올려 보내기 위해서였다.

'삼가 아뢰옵니다.

지시하신 서장에 의거하여 지난 1월 30일에 소속 수군들이 모두 와서 출동하기로 약속하였으나 바람이 불순하여 배를 띄울 수 없었으므로 여러 날 동안 순풍을 기다렸습니다.

지난 2월 초 2일에 떠나서 초 7일에는 거제도 견내량에 이르러 경상 우수사 원균과 만났으며, 8일에는 본도 우수사 이억기가 그곳으로 뒤따라와서 모두 같이 모여 약속했습니다. 10일에는 웅천 앞바다에 이르러서 보니, 그 고을에 진 치고 있던 왜적들이 배들을 포구 깊숙이 감추고 있었습니다. 또, 포구에다가 방비 시설을 하고 소굴을 만들어놓고 있었습니다.

삼도의 수군들이 합세하여 복병을 배치해두고 기다리면서 날마다 유인해보았지만, 적들은 우리 군사의 위력을 겁내어 끝내 나와 싸우려고 하지 않았습니다. 그래서 칠천량과 가덕도 앞바다에서 오락가락하며 진을 치고 여러 가지 계책을 내어 섬멸시키려고 했으나 뜻을 이루지 못했습니다.

이 목에 있는 왜적들을 섬멸한 뒤 양산, 김해로 통하는 길을 끊어서 뒤로 포위당할 염려를 없앤 다음, 점차 부산으로 나아가서 도망가는 왜적들을 막아 섬멸하려고 합니다.

또한 수륙이 합세하여 공격하기 위해, 신이 경상우도 순찰사에게 공문을 보내 급히 여러 장수들에게 병마를 거느리고 가서 웅천을 공격하라는 명령을 내려주도록 재촉하였습니다.'

다음 날.

이순신은 선조에게 올린 장계의 내용대로 전라 좌수영 함대를 선봉대로 삼고 웅천으로 나아갔다. 사도 첨사 김완을 복병장으로 임명하여 여도 만호와 녹도 가장, 좌우별도장, 좌우돌격장, 광양 2호선, 흥양 대장代將, 방답 2호선 등을 거느리고 송도(창원 웅천) 뒤에 숨게 했다. 그런 뒤 날렵한 전선 다섯 척을 웅포로 들여보냈다. 왜선들을 유인해내기 위해서였다. 바다가 좁아 더 많이 들여보낼 수도 없었다. 과연 왜선 십여 척이 얕잡아 보고 쫓아왔다. 전선 수가 이 대 일이었기 때문이었다.

"뒤로 도망치는 척해부러라."

전라도 복병선이 느린 속도로 물러서고 있을 때였다. 어디선가 경상도 복병선 다섯 척이 쏜살같이 쫓아왔다. 할 수 없이 송도 뒤쪽에 숨어 있던 전라도 복병선들도 달려들어 왜선들을 공격했다. 좌별도장 이설이 지휘하는 전선과 이언량이 탄 좌돌격 거북선이 물러가는 왜선 세 척을 끝까지 추격했다.

거북선의 화포 공격과 전선의 화살 공격에 왜선들이 불탔다. 세 척에 탄 왜 수군 백여 명이 조선 수군의 공격에 죽었다. 금빛 투구와 붉은 갑옷 차림의 왜장은 황자총통에서 쏘는 피령전을 맞고 쓰러졌다. 그러나 왜장이 탄 왜선은 놓쳐버렸다. 포위망을 뚫고 허둥지둥 도망쳤던 것이다. 복병선의 장졸들은 너도나도 바다에 빠진 왜군의 머리 수십 급을 순식간에 베었다. 이윽고 공격 중지 깃발이 올라가고 나발이 울렸다.

"공격을 멈추어라!"

"사또의 명령이시다!"

전라도 복병선들은 웅포의 남은 왜선을 분멸시키지는 못했다. 이순신이 적의 유인작전에 말려들지 말라고 명을 내렸기 때문이었다. 때마침 썰물 때가 되었으므로 장졸들은 공격을 멈추었다. 그래도 5차 출진을 해서 첫 전과를 올린 전투였다. 장졸들은 몹시 아쉬웠지만 그것으로 만족해야 했다.

연합함대는 원포에 닿아 물을 긷고 어두워지자 영등포 바다 가운데로 이동하는 척했다. 그러다가 다시 되돌아와 사화랑에서 진을 치고 밤을 보냈다. 사화랑에 진을 친 것은 웅포의 왜선들을 감시하기 위해서였다.

수륙병진 작전

이순신은 한 곳에서 오랫동안 결진結陣하지 않았다. 왜군에게
정보가 흘러들어 기습 공격을 받을 수 있기 때문이었다. 유랑민
중에는 왜군의 첩자 노릇을 하면서 연명하는 사람도 있었던 것
이다. 이순신은 사화랑에서 하룻밤만 보내려다가 하늬바람이 사
납게 몰아쳐 그대로 머물렀다. 척후선과 탐망선을 띄워 경계를
한층 더 강화했다. 2월에 서쪽에서 불어오는 하늬바람이 거세게
부는 것은 드문 일이었다. 겨우내 삭풍과 샛바람, 마파람만 불곤
했던 것이다.

석양이 기울어서야 하늬바람이 순해졌다. 노을이 하늘을 벌
겋게 물들이는 것으로 보아 내일 날씨는 맑을 것 같았다. 저녁을
먹고 난 뒤, 남해 현감 기효근이 대장선으로 올라와 애주가 이순
신에게 술 한 병을 선물했다. 이순신이 기효근에게 붓과 먹을 보
냈는데 그것에 대한 사례 같았다. 긴장감에 휩싸인 전시 중에도

152

정이 오갔다.

"칼칼하시어 모시기 어려운 분인 줄로만 알았습니다. 이제야 수사 나리의 마음이 너그럽고 따뜻하다는 것을 알았습니다요."

"나두 기 현감을 오해혔지. 무책임허구 전공 챙기느라 정신 읎는 장순 줄 알았던 겨."

"원 수사 지시대로 움직이다 보니 어쩔 수 없었습니다요."

"다 지나간 일여. 기 현감이 서법에 능허다구 해서 붓과 먹을 보낸 겨."

"고맙습니다요. 비록 원 수사의 부하이나 수사 나리께서 저에게 명을 내리시면 즉시 받들겠습니다요."

이순신과 기효근은 서로 작년의 오해를 깨끗이 풀었다. 그러고 보면 경상 우수영의 장수들 몇몇은 직속상관인 원균보다 이순신을 따르고 흠모했다. 특히 소비포 권관 이영남은 원균의 눈 밖에 날 정도로 이순신을 자주 찾아오곤 했다. 기효근이 간 뒤 이순신은 송희립을 불러 지시했다.

"바람이 불어두 낼은 전선을 띄울 겨. 날씨가 맑을 것 같으니께 그려."

"바람이 거세믄 우리덜 배끼리 부딪치지 않을께라우?"

"둑제를 지냈으니께 하늘이 우덜을 도와주실 겨. 바람이 순해지겄지."

"각 장수덜에게 전달하겄습니다요."

"송 군관, 두 의승장은 워디 있는 겨?"

"삼혜 스님은 순천 배에 있고요, 의능 스님은 본영 배에 있그만요.”

“성 의병장은?”

“성응지 의병장도 순천 배에 타고 있지라우.”

“모다 불러오게.”

“으쩐 일이십니까요?”

“지시헐 일이 있네.”

송희립이 순천 1선으로, 대장선 진무 박만덕은 본영 2선으로 갔다. 모두 협선을 이용했다. 바람이 부드럽게 불지만 둥그런 너울이 여전히 뱃전을 때렸다. 흐린 하늘이 개어 모처럼 반달과 잔별들이 떴다. 바로 머리 위에 뜬 북두칠성이 또렷하게 보였다. 하늘 끝까지 비구름이 걷혔다는 증거였다. 국자 모양의 북두칠성은 대장의 위엄을 상징했다. 삼혜와 의능, 성응지가 무슨 영문인지 모르고 대장선으로 올라왔다. 이순신은 장대에서 그들을 맞았다.

“배멀미는 허지 않았슈?”

“소승은 배를 많이 타 바다에 익숙허지라우.”

흥양 출신의 의능이 대답하자 순천에서 온 삼혜가 합장하며 고개를 끄덕였다. 두 의승장 모두 배멀미를 하지 않는 승려들이었다. 그러나 성응지는 그러지 못했다.

“지는 혼이 났그만요.”

“향교에서 공부만 허다 온 백면서생이니께 그려.”

순천 향교에서 교생으로 임란 전까지 공부만 했던 성응지는 배를 한 번도 타본 적이 없었다. 그가 배멀미를 심하게 한 것은 당연했다. 먹은 것을 다 토해내곤 했으므로 성웅지의 얼굴은 반쪽이 돼 있었고 두 눈은 게 구멍처럼 쑥 들어가 있었다.

"자, 이 차를 마시믄 속이 편해질 겨."

"귀한 발효차 같그만요."

"대사두 차를 좋아혀유?"

"지덜은 밥 묵드끼 차를 마시지라."

"그러니께 다반사茶飯事라구 허지유."

"절에서는 차 농사를 지어 자급자족허고 있지라."

"나는 위장이 안 좋으니께 늘 마시구 있지유."

화롯불에 데운 따뜻한 차를 마시면서 두 의승장과 성웅지는 이순신과 금세 마음의 거리가 가까워졌다. 이순신은 두 의승장을 만나 경상 우수영과 전라 우수영의 수군에도 의승병이 승선하고 있다는 사실을 알았다. 특히 경상도 의승군은 동래 범어사, 고성 옥천사, 남해 용문사에서 온 승려들이 대부분인데 그들은 주로 격군으로 투입돼 있었다.

"대사를 부른 이유가 있지유. 사나흘쯤 후에 대사의 의승병이 제포루 상륙해 웅천 왜성 옆구리를 치라는 거지유. 성 의병장두 합세허구."

"고짝 지리는 겡상도 의승병 한두 멩을 앞세우믄 실수가 읎겄지라."

"의승병찌리는 통허니께 좋은 계책이구먼유."

"사나흘이 아니라 낼 당장 상륙해불라요. 의승병은 처자식이 읎응께 두렵고 무서울 것이 읎지라."

삼혜와 의능은 전투가 두렵지 않은 듯 거침없이 말했다. 그러나 이순신은 냉정했다.

"의승병이 우덜을 도와주는 것은 고마운 일인디 싸움은 작전과 전술이 있으야 성공허는 법이유. 냍은 우덜이 바람이 불던 말던 무조건 웅포를 치는 척헐 티니께 의승군은 모레쯤 제포루 상륙해 웅천 왜성을 공격허지유."

"중덜은 산을 잘 타지라. 왜성쯤이사 단숨에 넘어뻘질 것입니다요."

"왜성의 서쪽은 의승병이 치구, 동쪽은 우덜 수군이 상륙해 칠 거유."

이순신의 전술을 듣고 있던 송희립이 속으로 탄복했다. 이순신 연합함대가 웅포를 공격하는 척하면 왜군들은 포구를 방어하려고 바닷가에 주력부대를 배치할 터였다. 이순신은 바로 왜군의 그런 움직임을 예상해 번개 같은 상륙작전을 세워놓고 있었다. 이른바 수륙병진 작전으로 왜군 주력부대가 빠진 때를 노려 의승군과 수군이 상륙해 왜성 좌우를 치는 전술이었다. 이 전술은 웅포 공격이 여의치 않고 경상도 관군과 의병의 지원이 난망해지자 이순신이 비밀리에 혼자서 구상한 작전이었다. 목탁만 치던 의승병을 상륙작전에 투입해보는 전술은 처음이었다. 두 의승장과 성웅지가 대장선을 내려간 뒤에 송희립이 물었다.

"목탁만 치는 중덜이 잘 싸울께라우?"

"최선이 아니믄 차선인 겨."

"이빨이 읎으믄 잇몸이라는 말이지라우?"

"그려. 김성일 관군도 오지 않구 곽재우 의병군두 오지 않으 니께 생각해낸 작전이여."

지난번에 김성일 경상우도 순찰사에게 원병을 재촉하는 공문을 띄웠지만 아직 소식이 없었다. 김성일의 공문에 의하면 명나라 군사의 군수물자 지원 치다꺼리로 여력이 없는 데다 진주성을 지킬 군사가 부족하므로 첨지 곽재우에게 창원을 먼저 토벌하고 이후 웅천으로 진격하라고 지시했다는 답신만 왔을 뿐이었다. 그러니 이순신은 마지막으로 의승군에게 기대를 해볼 수밖에 없었다.

새벽부터 샛바람이 슬슬 불었다. 어제는 하늬바람이더니 오늘은 바람의 방향이 정반대인 샛바람으로 바뀌어 있었다. 왜국 쪽에서 부는 샛바람은 늘 기분을 찜찜하게 했다. 그래도 이순신은 의승군의 상륙작전을 위해서는 지금 전선을 띄워야 한다고 결심했다. 바람은 조선 수군에게만 부는 것이 아니었다. 왜선들도 악조건은 마찬가지였다. 웅포는 포구의 형세도 공격하기가 불리했다. 대함대가 한꺼번에 들어갈 수 있는 포구가 아니었다. 웅포초입의 바다가 좁아 대여섯 척이 교대로 들락거리며 공격해야 했다.

이순신이 왜 웅포에 집착하는지를 이해하는 전라 좌수영 장수들이 선봉으로 나섰다. 흥양 1선, 방답 1선, 순천 1선, 본영 1선 등이 역풍을 안고 웅포 초입으로 갔다. 송희립이 걱정스럽게 물었다.

"수사 나리, 공격이 지대로 될께라우?"

"왜선덜이 달라붙으믄 싸우구, 아니믄 공격허는 척만 허믄 되는 겨."

"샛바람이 거세분께 우리덜 전선끼리 부딪치지는 않을께라우?"

"몇십 척두 아니구 대여섯 척이니께 간격을 넓혀 들어가믄 괴안찮을 겨."

그러나 전선들끼리 충돌하는 사고가 날 거라고 말했던 송희립의 예감은 곧바로 맞아떨어졌다. 왜군의 탐망선을 발견한 뒤 막 교전을 시작하려고 할 때였다. 유순하던 샛바람이 갑자기 돌풍처럼 사납게 회오리쳤다. 웅포에 막 들어선 전선들은 일제히 돛을 내렸다. 바람의 영향을 받지 않기 위해서였다. 거북선 돌격장 이귀남은 왜선에 접근하여 화포 공격을 했다. 그러나 거북선도 바람에 뒤뚱거리면서 왜선을 명중시키지 못했다. 총통을 몇 발 방포했지만 정준이 안 되었다. 그러자 왜군 척후선은 거북선의 화포 공격을 피하면서 재빨리 포구로 되돌아가버렸다.

바람이 너무 거셌으므로 화포와 화살 공격이 먹혀들지 않았다. 노의 방향을 수시로 바꾸라는 격군장의 지시에 격군들이 당황했다. 격군들의 동요는 곧 사고로 이어졌다. 전선들이 순식간에 뒤엉켰다. 전선끼리 부딪쳐 우지직 소리가 났다. 전선들의 옆구리에 붙은 방패方牌 널빤지가 부서졌다. 대장선 장대에서 선봉대 전선들을 바라보고 있던 이순신이 소리쳤다.

"초요기를 올려라!"

"예, 알겠습니다요."

송희립이 이순신의 명을 받아 대장선 기수에게 지시했다.

"초요기를 올려부러라잉!"

초요기는 이순신이 장수들을 부르는 기였다. 북두칠성이 그려 진 초요기가 올라가고 호각 소리가 나자 갈팡질팡하던 전선들이 대장선을 향해 움직였다. 전투는 그대로 중지되었다. 다행히 전 상자는 없었다. 본영, 흥양, 순천, 방답의 전선 중에 두어 척의 방 패 널빤지가 으스러진 것이 피해의 전부였다. 성격이 거친 방답 첨사 이순신이 분한 듯 소리쳤다.

"수사 나리, 전선을 띄웠으믄 웅포로 들어가 공격하는 것이 옳지 않습니까?"

"오늘 작전은 전초전인 겨."

"적선을 박살 내야 허는디 아숩구만요."

본영 거북선장 이기남도 크게 아쉬워했다. 본영 군관으로서 이번 작전의 좌별도장인 이설도 마찬가지였다. 모두가 적개심이 남다른 장수들이었다. 송희립이 말했다.

"왜놈덜을 겁준 것만으로도 우리 군사덜 사기가 올라갔응께 너무 그라지들 마쑈. 적선이 디지게 도망친 것을 봉께 속이 후련 해부요."

"우덜이 시방 몇 번짼 겨? 왜놈덜을 불러내 싸우려구 헌 것이 말여."

"시 번째지라우."

"왜놈덜이 포구에서 덜덜 떨구만 있지는 않을 겨. 또 공격헐 것에 대비혀서 무신 대책을 세우구 있을 겨."

"우리덜이 시 번썩이나 약을 올린게 아마도 주력부대를 왜성에서 빼내 와 포구에다가 전진 배치했겄지라우."

이순신의 말에 송희립이 맞장구를 치자 흥양 현감 배흥립이 말했다.

"송 군관, 말이가 막걸리가. 우리덜이 왜놈 약 올리라꼬 여기 겡상도 바다에 온 기 아니데이."

"배 현감님이 시방 헛다리 잡고 있그만이라우."

"송 군관, 시방 허는 말이 뭐꼬!"

"성님을 놀리는 것이 아니랑께요. 말 못할 계책이 있다는 말이지라우."

"뭐라카노?"

수령 출신의 장수와 군관은 수시로 다투었다. 이순신이 배흥립과 송희립의 언쟁에 끼어들지 않고 말했다.

"오늘은 사화랑으로 돌아가기보담 소진포(송진포)로 가는 것이 안전헐 겨. 오늘 부서진 전선두 수리허구 말여."

"그렇소. 사화랑은 적이 기습할 수도 있소이다."

"왜적이 이틀 전 싸움에서 장수를 한 명 잃었으니 벼르구 있을지 모르지유."

이순신과 권준은 늘 상대를 존중하는 마음으로 이야기했다. 마치 상관과 부하라기보다는 오래된 지인 같았다. 웅포가 지척인 사화랑보다 거제도 소진포에 진을 치자는 데 두 사람 간에 조금도 이견이 없었다.

"우덜 함대는 소진포로 가서 결진허도록 혀."

"원 공 함대와 이 수사 함대에게도 바로 알려불겠습니다요."

날이 저물기 전이었으므로 샛바람과 상관없이 소진포로 이동하는 데는 장애가 없었다. 작전은 이순신의 속마음대로 착착 진행되고 있는 셈이었다. 돛에 샛바람을 한가득 받은 전선들이 빠르게 남진했다. 전선들은 군마들이 경주하듯 영등포 앞바다를 지나 거제도 북쪽에 있는 소진포를 향해 달렸다. 소진포는 거제도 북단 서쪽에 있는 포구였으므로 동쪽에서 불어오는 샛바람을 피해 안전하게 정박할 수 있는 곳이었다.

원균 함대와 이억기 함대도 뒤따라오고 있었다. 모든 작전은 이순신 함대가 주도했다. 진무 박만덕은 저녁을 준비할 당번을 정했다. 저녁밥은 함대가 포구에 정박할 때마다 가장 먼저 처리해야 할 일이었다. 포구에서 샘을 찾아 물을 긷는 일이 무엇보다 중요했다. 마을이 없는 포구에서는 수졸들이 직접 지하수를 찾아 샘을 파기도 했다. 그만큼 군사들에게 물은 생명수나 다름없었다.

권준은 전선에서 소진포에 내리자마자 부하 몇 명과 함께 활을 들고 포구 뒷산으로 올라갔다. 전선에서 포구 뒷산에 모여 경중대는 사슴 떼를 보았던 것이다. 사슴 떼는 뒷산 산자락에서 동서로 왔다 갔다 하고 있었다. 송희립이 말했다.

"수사 나리, 날이 저물고 있는디 부사께서 잡을 수 있을께라우?"

"두어 마리는 잡을 겨. 아마두 우리나라를 통틀어 좌수영 장수덜이 화살을 젤루 잘 쏠 겨."

"수사 나리도 명궁수시지라우."

송희립의 말은 과장이 아니었다. 이순신은 1순(다섯 발)에 네 발을 과녁에 맞히는 명궁수였다. 장인 방진과 달리 타고난 명궁수라기보다는 끊임없이 습사習射를 해온 노력의 결과였다. 이순신은 장졸들에게도 습사를 강조했다. 좌수영 관내 고을 수령, 군관, 진무들이 모일 때마다 거의 빠지지 않는 행사가 있다면 활쏘기였던 것이다. 그러니 사슴 떼를 발견한 권준이 두어 마리를 사냥하는 것은 결코 어려운 일이 아니었다.

과연, 해시에 갖기로 한 작전 회의 때 권준은 사냥한 사슴을 여러 마리 가져왔다. 권준이 말했다.

"날이 어두워지지 않았다면 더 잡을 수도 있었소이다."

"수사 나리, 본영 전선에 나눠주실 거지라우? 사슴 괴기 특식이 나가믄 사기가 충천헐 거그만요."

이순신이 송희립의 말을 끊었다.

"그건 아녀. 본영 군사만 특식을 허믄 편이 갈라진단 말여. 그러니께 각 영에 공평허게 나눠야 혀."

"수사 나리 말이 맞소이다."

이순신의 지시에 따라 송희립은 다음 날 원균, 이영남, 사량만호 이여념이 왔을 때 사슴 고기를 나누어주었다. 이억기에게는 대장선 진무를 시켜 보냈다. 원균은 사슴 고기를 받고는 몹시 흡족해했다. 이영남을 시켜 사슴 고기를 요리해 즉시 자신이 탄 전선으로 가져오라고 지시했다.

"육회를 만들어 오게. 속이 허한데 잘 됐네."

"알았시유. 수졸덜 괴기 국물이라두 멕일라믄 앞다리 살은 냉겨야지유?"

"자네는 앞다리 살이 육회로 좋은 줄 모르는가? 고기 국물은 살을 바른 뒤 뼈다귀로 내도 되네."

이영남이 사슴 고기를 들고 가면서 원균의 식탐에 고개를 절레절레 흔들었다.

"육회를 맹글어 혼자 다 처묵겠다는 거 아닌감!"

샛바람이 또다시 크게 불었다. 이순신은 출진하지 않는 대신 장수들에게 어제 전선끼리 부딪쳐 부서진 방패를 수리하게 했다. 으스러진 부분에 전선에 싣고 다니는 널빤지를 꺼내 덧대도록 했다. 다행히 비는 전선 정비가 끝난 저녁에 내렸다. 작전 회의는 비가 오는 밤에 대장선에서 했다. 빗소리가 크게 들려왔으므로 이순신은 세 함대의 장수들에게 평소보다 더 큰 소리로 말했다.

"전선을 수리혔으니께 낼은 작전을 개시헐 겨. 두 의승장과 성 의병장은 제포로 상륙허구, 우도의 부실한 전선덜은 웅포 동쪽으루 보내 양쪽에서 웅천 왜성을 공격허는 동안 우덜 수군은 곧장 웅포루 들어가 적선을 섬멸혀."

바다와 육지에서 동시에 공격하는 작전이었다. 웅포 공격선으로는 가볍고 빠른 전선 열다섯 척을 각 영에서 골고루 뽑았다.

연합함대는 소진포를 떠나 곧바로 영등포 바다를 지났다. 이순신은 어젯밤에 하달한 작전에 따라 웅포부터 먼저 공격하라고 지시했다.

"1조부텀 공격혀!"

웅포의 형세를 고려하여 다섯 척씩 삼 개조로 돌아가며 공격을 개시했다. 이순신 함대의 다섯 척이 먼저 포구로 들어가 정박해 있는 왜선에 현자포와 지자포를 쏘아댔다. 거북선이 가세한 1조의 공격이 다른 조보다 더 위력적이었다. 거북선이 짙은 연기를 뿜어내면서 적선에 접근해 화포 공격을 할 때마다 왜선이 불붙었다. 이순신 함대의 최고 위력은 당포 전술, 즉 함포사격이었다. 공격조의 전선은 총통 포신이 뜨거워지면 재빨리 물러났다. 그러면 대기하고 있던 2조의 전선들이 공격조가 되어 포구로 돌진해 들어가 함포사격을 했다. 이순신이 해전 때마다 즐겨 구사하는 전술이었다.

그사이에 십여 척의 전선에 나누어 타고 있던 의승군과 의병군은 제포로, 일부 수군은 안골포로 상륙했다. 웅포의 서쪽과 동쪽에서 동시에 상륙하여 웅천 왜성으로 향했다. 왜군들은 그제야 수륙으로 협공당하고 있다는 것을 알고는 이쪽저쪽으로 뛰어다니며 응전했다.

삼혜와 의능은 창과 칼을 휘두르며 웅천 왜성을 넘었다. 성안에는 늙고 병든 왜군들만 남아 싸우다가 죽었다. 정월 그믐께부터 전염병이 돌아 병사한 왜군들도 많았다. 미처 태우지 못한 왜군 시체들이었다. 의승병들은 조총으로 대항하는 왜군들을 죽이기는 했지만 차마 머리는 베지 못했다. 의승병들은 관군과 달리 전공에는 관심이 없었다. 삭발한 의승병들은 왜군을 죽일 때마다 염불을 짧게 했다.

"나무아미타불 관세음보살!"

사도 첨사 김완, 우별도장 이기남, 판관 김득룡 등은 왜선에 올라 왜적에게 잡혀 있던 웅천 수군 이준련과 양갓집 딸 매염, 염우, 윤생 그리고 김해의 양갓집 딸 김개, 거제의 양갓집 딸 양화 등 다섯 명을 구출해 왔다. 이순신이 장수들에게 간곡하게 지시한 포로 구출이었다. 이순신은 적의 수급보다 포로를 먼저 구출하도록 독려해왔던 것이다.

육지에서 의승군과 의병군이 웅천 왜성을 협공하면서 전세는 뒤집어졌다. 검은 투구를 쓰고 화려한 갑옷을 입은 왜군 대장이 전사하자 웅포의 왜군들은 배를 타고 도망치기 위해 갈팡질팡했다. 연합함대의 전선들은 웅포 포구로 거침없이 돌진했다. 이순신의 명령을 받기도 전에 발포 2선의 통선장統船將 군관 이응개, 가리포 2선의 통선장 이경집이 승세를 타고 경쟁하듯 쳐들어가 왜선을 부수었다.

그러나 썰물로 바뀌었을 때였다. 바다 가운데로 돌아오면서 사고가 났다. 두 전선이 서로 부딪쳐 나무 벽처럼 둘러쳐진 방패가 으스러졌고 전선 한 척은 수심이 얕은 곳에 걸렸다. 조총의 총알을 막는 방패는 구실을 못 했다. 그러자 갑판 위에 있던 수군들이 왜군의 조총 공격을 피해 한쪽으로 몰렸다. 무게를 견디지 못한 전선이 맥없이 기울었다.

왜군 부장副將이 기울어진 전선으로 뛰어올라 칼을 휘둘렀다. 그때 수군 한 명이 긴 창으로 왜군 부장을 찔러 죽였다. 전선은 결국 얕은 곳에서 뒤집혔다. 수졸들이 헤엄쳐 뭍으로 올라가 대부분 살긴 했지만 돌아오는 숫자는 적었다. 바다에 빠져 죽은 자도 있었고 도망친 자도 생겨났던 것이다. 대장선 장대에서 공격을 지휘하고 있던 이순신이 혀를 찼다.

"쯧쯧. 승리에 도취해 극도루 맴이 교만해져 배가 뒤집힌 겨."

"저놈덜이 나리의 수륙병진 작전 승리에 재를 뿌려뻔진 겁니다요."

송희립이 분해하는 사이에 이순신이 또 혀를 차며 개탄했다.

"저건 또 뭐겨!"

"진도 상선上船입니다요."

진도 지휘선이 왜적에게 둘러싸여 공격을 받고 있었다. 진도 지휘선도 이순신의 지시를 받지 않고 멋대로 나섰다가 왜적들에게 포위돼 있었다. 그러나 본영 우후 이몽구의 전선이 화포를 쏘며 달려가 진도 상선을 구해냈다. 이몽구의 전선 옆에 있던 경상좌위장과 우부장은 진도 지휘선을 보고서도 강 건너 불구경하듯 방관했다.

"장졸덜 기강이 문란해진 것은 확실혀."

"원균 부하덜 작태는 눈 뜨고 못 보겠습니다요."

"우덜이 승리혔으니께 저런 작태에 책임을 묻지는 않겄지만 그대루 지나가지는 않을 겨."

이순신은 즉시 모든 전선들을 칠천량으로 물러서게 했다. 승전하고도 뒷맛은 개운치 못했다. 명령을 가볍게 받아들이는 장졸들의 기강 해이를 목격했기 때문이었다. 특히 아군의 전선이 위험에 처해 있는데도 경상 우수영 전선이 바로 구원하지 않는 것은 군율을 따지기 전에 부끄러운 일이 아닐 수 없었다. 진도 지휘선이 왜선의 공격을 받고 있는데도 원균의 좌위장과 우부장이 수수방관했던 것이다.

다음 날.

온갖 생각으로 잠을 이루지 못한 이순신은 날이 밝자마자 먹을 간 뒤 붓을 들었다. 각 영의 장수들에게 주는 글[約束各營將士文]을 써 내려갔다. 연합함대 총사령관으로써 장수들에게 경고하는 글이었다.

'천고에 들어보지 못한 흉변이 문득 우리 동방예의지국에 미쳤다. 영남 해안 여러 고을들이 소문만 듣고도 무너져 적들이 몰아치는 형세를 만들어주었다. 임금의 수레는 서쪽으로 옮겨가고, 백성들은 무참히 죽고, 여러 도성은 연이어 함락되어 종묘사직은 터만 남았다.

우리 삼도 수군은 의분이 일어 죽고자 아니 한 자 없었으나 기회가 없어 뜻을 펴지 못하였다. 이제 다행히 명나라에서 대장군이 제독과 십만 병마를 보내어 평양에 있는 왜적들을 쓸어버리고 그대로 서울을 수복하게 되었다. 신하된 자 기뻐 뛰며 무슨 말을 해야 할지 모르겠다.

위에서 선전관을 보내어, 길을 막아 도망가는 적들을 죽이고 또 한 척의 배도 돌아가지 못하게 하라는 분명한 지시가 닷새 만에 두 번이나 내려왔다.

정히 충의로써 몸을 잊어버릴 때이거늘, 어제 적을 만나 지휘하는 동안 도망가려고 하고, 머뭇거리는 꼴들이 많았음은 극히 통분할 일이다. 곧 군법을 시행해야 마땅할 것이지만, 앞으로의 일이 아직도 많고 또 세 번 명령하라는 법도 있으므로 다시금 타일러 공로를 세우게 하는 것이 군사상 좋은 계책이므로 아직은 그 죄를 용서하고 적발치 아니하겠다. 그러니 평소에 약속한 대로 낱낱이 시행하라.'

종사관 정사립이 십여 장을 더 베꼈다. 큰 바람이 또 불었다. 각 영의 장수들이 대장선으로 왔을 때 송희립이 이순신의 경고문을 대신 전했다. 이순신은 민낯을 보인 장수들에게 실망하여 만나주지 않았던 것이다. 이순신은 장대에서 내려오지 않은 채 눈을 지그시 감고만 있었다. 이순신의 얼굴은 어느 때보다도 어두웠다.

최천보

이순신 함대는 바다 위에서 봄을 맞이했다. 매화꽃이 필 무렵에 여수 본영을 떠났는데 지금은 황량했던 바다까지 봄이 완연했다. 얼음물 같던 바닷물에도 봄의 기운이 스며들고 있었다. 수군들이 좋아하는 청어 떼가 차가운 동해 쪽에서 몰려오기 시작했다. 이순신 함대는 주로 거제도 서북단 포구나, 칠천량 등에 머무르면서 왜선을 감시했다.

최근에는 봄비가 자주 내려 출진하지 못하는 날이 많았다. 비는 총통의 위력을 떨어뜨렸다. 이순신 함대의 화포 공격을 무디게 했다. 빗속에서는 화약이 제대로 폭발하지 않았던 것이다. 며칠 전 전투에서도 함포사격의 일종인 당포 전술이 한계를 드러냈다. 이순신 함대의 함포사격에도 왜선들이 쫓아와 이순신 함대의 전선을 포위했던 것이다.

백병전에 능한 왜군과 맞붙어 싸운다는 것은 위험한 일이었다. 해적 출신이 많은 왜군은 칼을 잘 휘둘렀다. 반면에 이순신의 장졸들은 화살과 총통을 잘 다루었다. 이순신은 아군과 적군의 문제점을 간파하고 있었다. 그런 까닭에 비가 내리는 날에는 척후선과 탐망선만 띄운 채 여간해선 출진 명령을 내리지 않았다. 굳이 불리한 조건에서 전투할 필요가 없었기 때문이었다.

전날 각 수영에 충의를 다지자는 엄중한 훈령을 내린 때문인지 아침 일찍부터 장수들이 대장선으로 올라왔다. 이억기가 가장 먼저 찾아와 사과했다.

"하마터면 저희 진도 지휘선이 왜선에 포위되어 잃을 뻔했는데 다행히 좌수영의 우후가 달려들어 구해주었습니다. 더구나 가리포 2선은 이 공께서 명령도 하지 않았는데 나갔다가 얕은 곳에 걸려 왜적의 습격을 받았습니다. 저의 불찰입니다. 앞으로는 부하들을 잘 단속하겠습니다."

이순신은 웃으며 말했다.

"이 수백水伯이 이해해주니께 고맙지유."

"장수들 성질이 너무 급한 것도 문젭니다."

"장수덜은 싸우기만 헐 뿐 바닷물이 들고 빠지는지를 잘 잊어버리지유."

가리포 2선이 공격을 하고 돌아나오다가 썰물에 걸려 수심이 얕은 곳에서 오도 가도 못 할 뻔했던 것이다.

"돌아가서 장수들에게 주의를 주겠습니다."

"이 수백과 나는 늘 이심전심이었지유."

"이심전심이 아니라 저는 항상 이 공을 믿고 따랐습니다."

이억기는 왕실 후원으로 서른두 살의 젊은 나이로 전라 좌수사에 올랐지만 이순신에게는 항상 겸손했다. 이억기는 열여섯 살이나 많은 이순신을 믿고 따랐다. 이순신 역시 이억기에게는 젊은 날의 은혜를 잊지 않았다. 이순신이 함경도 조산보 만호였던 때, 여진족의 침입을 막지 못했다는 죄목으로 병사 이일에게 체포되자 온성 부사로 있던 이억기가 힘써 변호해 풀려난 적이 있었던 것이다.

이억기가 대장선을 내려가고 난 뒤, 이영남이 와서 고개를 숙였다.

"수사 나리, 우리 함대 좌위장, 우부장 땜에 속이 상허셨지유?"

"군율에 어긋난 행동을 혔지만 공 세울 기회를 줬으니께 잘혀야 혀."

"진도 지휘선이 왜선에 붙잡혔을 때 우리 수영의 좌위장과 우부장이 구하러 가지 않구 보고만 있었던 것은 큰 죄지유."

"원 수사가 그리 시킨 겨?"

"움직이지 말라구 혔지유."

"이유가 뭔디?"

"이몽구 우후 전선이 구하러 나섰으니께 지켜보라구 헌 거지유. 지는 멀리 있었구먼유. 그래서 달려가지 못했지유. 죄송허구먼유."

이영남이 사과할 일은 아니었다. 원균의 부하들은 그의 지시를 받고 움직이기 때문이었다. 이영남이 간 뒤에는 또 영등포 만호 우치적과 사량 만호 이여넘이 와서 이순신에게 충성을 다짐하고 갔다. 권준과 어영담도 잘못은 없었지만 훈령을 잘 받았다며 보고하러 왔다. 경상 우수영 장수들 중에 원균의 심복인 가덕 첨사 전응린이 뒤늦게 나타났다.

"수사 나리, 우수영 장졸들을 너무 책망하지 마십시오. 두려워서 달려가지 않은 것이 아닙니다."

"위험에 처한 진도 지휘선을 구경만 혔다는 디두?"

"우리 수사께서 썰물 때이니 장수 판단대로 움직이라고 했습니다."

"이몽구 우후가 달려가지 않았다믄 진도 지휘선은 왜적의 공격에 분멸됐을 겨."

"우리 장수들은 썰물 때인 데다 얕은 곳이어서 상황을 지켜보고 있었던 것이지 구경을 한 것은 아닙니다."

전응린은 끝까지 변명을 했다. 아마도 원균의 지시를 받고 와서 발뺌을 하고 있는지도 몰랐다. 송희립이 불쾌하여 버럭 소리를 질렀다.

"전 첨사는 무신 말을 고로코롬 하신게라우! 수사 나리께서 죄를 줄 수 있는 디도 공을 세우라고 기회를 줬는디 무신 변명 따위를 허고 있냔 말이오!."

"나는 수사 나리께서 용서를 해주신다고 해서 다소의 오해가 있으시다면 푸시라고 온 것이오."

"이 자리에서 변명을 허믄 안 돼불지라. 누가 봐도 우리 배 한 척이 위험에 처했는디 경상 우수영 배들이 달려가지 않은 것은 군율에 어긋나는 일이란 말이요."

송희립이 곧 칼을 빼어 들 것처럼 몰아붙이자 전응린이 물러섰다. 송희립의 눈에서 불꽃이 튀었다.

"송 군관, 내 말이 그렇게 들렸다면 사과하겠소."

"수사 나리께서는 그때 맴이 아파부러서 가슴이 찢어지고 터질 것만 같다고 말씀하셨지라."

전응린이 그제야 말꼬리를 흐렸다. 송희립이 한마디 더 쏘아붙였다.

"경상 우수영 배덜이 못 본 체함시롱 구출허지 않은 것을 수사 나리께서 오죽했으믄 치욕이라고 하셨건냔 말이오."

이순신은 송희립이 전응린을 몰아붙이는 것을 막았다. 지나치면 화를 부를 수도 있기 때문이었다.

"송 군관, 경상 우수영 장수덜은 지시를 따랐을 뿐이니께 허물을 밝힐라믄 원 수사를 만나봐야 헐 겨."

"제가 가서 말씀드리겠습니다."

"그리 해주믄 좋겠구먼."

전응린이 윽박지르는 송희립을 피하고 싶었던지 자리에서 일어났다. 송희립의 불같은 성질을 알고 있었기 때문에 일단 자리를 피하려고 했던 것이다. 도망치듯 대장선에서 내려가는 전응린의 뒷모습을 보고는 이순신이 쓴웃음을 지었다.

"전 첨사헌티 무신 잘못이 있겄는감. 모다 원 수사가 꾸민 허물인 겨."

"지도 분헙니다요."

"이보다 더헌 일도 있으니께 참으야지."

이순신은 어제 벌어졌던 일보다 더한 사고가 날 것이라는 예
감이 들었다. 그래서 어제 서둘러 장수들에게 충성을 다하라는
훈령을 보냈던 것이다. 작년 출진 때와 달리 연합함대의 지휘 계
통이 왠지 일사불란하지 못함을 느껴왔는데, 이순신은 그 이유
를 원균에게서 찾곤 했다. 원균은 작년처럼 이순신에게 매달리
지 않았다. 경상 우수영도 이제는 군사와 전선을 어느 정도 갖추
어 단독으로 전투를 할 수 있다고 믿는 것 같았다. 또한 연합함
대 총사령관인 이순신의 지시가 껄끄러운 듯 일일이 받지 않으
려고 했다. 송희립이 나서기도 전에 전응린의 말을 듣고 대장선
으로 온 원균의 얼굴은 짜증이 잔뜩 나 있었다.

"이 공, 나를 불렀소?"

"원 공 장수들이 해이진 거같구먼유."

"그건 이 공이 그렇게 보니 그렇소이다."

"원 공은 어제 사고가 내 허물이라구 보는 거유?"

"전라 좌수영이나 경상 우수영이나 다 같은 조선 수군인데 왜
내 부하들만 문제가 있다는 말이오!"

"좌수영 배가 적에게 포위당했을 때 우수영 배는 구경만 혔
소. 원 수사께서는 워치게 생각허는지 듣구 싶구먼유!"

"전라도 우후 배가 달려가지 않았더라면 우리 좌위장 배가 구
하러 갔을 것이오."

"전라도 우후 배는 경상도 좌위장, 우부장 배 뒤쪽에 있었지

유. 경상도 좌위장, 우부장 배가 움직이지 않으니께 간 거유."

"난 우리 부하들의 판단을 믿고 있소이다!."

선실에 있던 송희립이 재빨리 올라왔다. 이순신과 원균이 곧 멱살이라도 잡을 듯이 큰소리를 주고받고 있었다. 송희립이 원균을 안은 채 떠밀며 말했다.

"우수사 나리, 으째서 이러십니까요?"

"자네 수사가 나를 원망하고 있네."

"무신 말씸입니까요? 우수사 나리께서 우리 나리를 험악허게 대하십니다요. 고만 진정허시랑께요."

원균은 송희립의 완력에 밀려 대장선을 내려갔다. 송희립은 원균이 혼잣말처럼 내뱉은 욕설을 들었다. 그러나 송희립은 이순신에게 전하지 않았다.

"수사 나리, 우수사에게 한두 번 피해를 봤습니까요?"

"이번에는 짚구 넘어갈려구 혔지."

"부하덜도 있응께 조용조용 말씀허셔야지라우."

"원균의 소행이 괘씸혀서 그런 겨."

이순신은 원균과 언쟁한 게 한두 번이 아니었으므로 곧 화를 가라앉혔다. 원균의 부하들 중에 이영남, 이여념, 기효근 등 일부가 자신을 믿고 따르는 것도 위로라면 위로였다. 게다가 어제는 어머니와 요절한 큰형 이희신의 아들인 이뇌와 이분의 편지를 받았다. 아산의 아내와 친척들의 소식을 듣고 나니 마음 한 구석에 붙어 있던 걱정이 씻어졌던 참이었다.

조카들의 편지 내용은 주로 아산에 사는 가족들 이야기였다.

그중에서도 이순신은 어머니의 편지를 읽고 또 읽었다. 어머니는 소식이나마 세 끼를 거르지 않고 있고, 아내는 고뿔에 걸렸다가 이제 겨우 나은 모양이었다. 어머니의 편지에는 한사코 몸 건강하고 아무 사고 없어야 한다는 걱정스런 당부가 들어 있었다. 어머니에게 귀에 못이 박히도록 들어온 당부지만 매번 곡진했다. 아내는 하루도 빠짐없이 첫 샘물을 길어다가 사발에 정성스레 담아 장독대 위에 올려놓고 남편이 무사하기를 기도할 터였다. 그러고 보면 왜적과 싸울 때마다 연전연승하는 까닭은 어머니와 아내의 보이지 않는 기도도 힘이 됐다고 봐야 옳았다.

점심을 먹고 난 뒤였다. 흥양 사람 최천보가 왔다. 최천보는 정의 현감을 사직하고 고향으로 내려와 작년에 흥양 전선을 타고서 한산도 해전에 참전해 왜적의 머리 세 급을 벤 무장이었다. 그가 행재소가 있는 의주까지 갔다가 명군의 군수 조달을 책임진 조도어사調度御史의 편지를 들고 양화를 거쳐 진중에 온 것이었다. 이순신은 최천보를 반갑게 맞이했다.

"최 현감, 워디 갔다가 인자 온 겨?"

"임금님을 호종할라고 의주까정 갔는디 호종허는 것도 지 맴대로 안되야 비우가 상해 내려와뻤졌그만요."

"호종두 맴대루 못 헌댜?"

"암요. 몬자 들어온 호위 장졸덜의 텃세가 심하드랑께요."

선조가 막 파천할 당시만 해도 눈치를 보며 도망가던 호위 장졸들이 명군이 구원병으로 오는 등 상황이 바뀌자 서로 임금을 호종하려고 달라붙는 모양이었다. 최천보는 그런 꼴이 보기 역겨워서 내려와버렸다고 말했다.

"수사 나리, 행재소 주변에는 호종해서 베슬 한 자리 차지헐라고 난리도 아닙니다요. 지는 침을 퉤 뱉아불고 내려와뻔졌습니다요."

"고상해서 갔으니께 참았으야지."

"병조 대신 중에 한 놈이 은을 요구허드랑께요. 맨손으로 배 쫄쫄 굶음시롱 올라간 지헌티 무신 은이 있겄습니까요."

"허허허. 소태멩키루 쓴 소식만 전해줄라구 왔는 겨?"

"아니지라우. 행주 싸움에서 권율 순찰사가 크게 이겨부렀지라우."

"누구헌티 들은 겨?"

"보성 출신 정홍수라는 군관인디 선대는 하동 사람이지라우."

"정 군관헌티 행주 싸움 이야기를 들었다는 말이구먼."

"양화에서 정 군관을 우연히 만나 들었는디 정 군관은 지허고 깨복쟁이 친구지라우. 흥양허고 보성은 붙어 있응께 가끔 만나 활을 겨루기도 했지라우."

이순신은 조도어사의 편지만 전해주고 가려는 최천보를 붙잡았다. 지난 2월 12일 행주 전투에서 권율의 부대가 왜군을 맞아 크게 이겼다는 소식은 공문을 받아 알고는 있었지만 아직 자세한 이야기를 듣지 못했던 것이다. 이순신은 명군의 군량미를 지원해달라는 조도어사의 편지는 한쪽으로 밀쳐둔 채 최천보의 이야기에 귀를 기울였다.

"정 군관은 원래 선거이 병사 밑에 있는 군관이었는디 권율 순찰사가 자기 부관으로 임명해 행주산성으로 따라 나섰다고 헙니다요. 행주 싸움이 끝난 뒤에는 다시 선거이 병사 휘하로 돌아왔지만 말입니다요."

"선거이 병사나 정 군관이나 고향이 보성이구먼."

"그렇습니다요. 그런께 선거이 병사가 정 군관을 도로 데리고 있을라고 했겄지라우."

그러니까 군관 정홍수는 행주 전투가 끝난 뒤 선거이 병사 부대로 다시 복귀해 고양 양화진에 있다가 최천보를 만났던 것이다. 최천보는 정홍수에게 행주 전투 이야기를 실감나게 들었던 대로 이순신 앞에서 보고하듯 말했다.

"순찰사께서 전라도 관군 사천 멩을 둘로 나누었는디, 이천삼백 멩 순찰사 부대는 행주산성으로 떠나부렀고, 천칠백 멩 선거이 병사 부대는 행주산성 남쪽 양천강 강변 언덕에 진을 쳤지라우. 후방을 막아야 행주산성이 안전헌게 그랬겄지라우."

권율은 조방장 조경으로 하여금 산성 밖의 양민들을 성안으로 들인 뒤 성루를 튼튼하게 정비하고 성문 밖에는 목책을 두 줄로 세우게 했다. 또한 왜군이 일시에 공격하지 못하게 마름쇠를 깔고 해자가 없는 곳에는 웅덩이를 팠다. 명군이 벽제에서 한양에 있는 왜군을 위협하고 있으므로 안심하고 전투준비를 할 수 있었다. 왜군이 명군의 공격을 두려워하여 행주산성으로 바로 쳐들어오지 못할 것이기 때문이었다.

그러나 명군이 벽제 전투에서 큰 피해를 입고 개성으로 물러났다가 다시 제독 이여송의 주력부대가 평양으로 후퇴하자, 잠시 숨을 돌리게 된 한양의 왜군은 행주산성을 넘보았다. 그런데 이여송의 주력부대가 평양으로 후퇴한 것은 함경도의 가토 부대가 평양성을 칠지 모른다는 이유에서였다. 물론 핑계에 불과한 후퇴였다. 가토의 부대 역시 고니시의 부대처럼 철수하기에 급급했던 것이다.

"정홍수 얘기인디요, 한양 왜군은 2월 12일 새복에 홍백기를 들고 좌우 양쪽으로 나누어 홍제원을 거쳐 행주산성으로 향했다고 헙니다요."

그러자 권율은 선공보다는 방비 작전을 폈다. 조방장 조경에게는 성문 방어를 맡겼고 정홍수 등의 군관에게는 활로 무장한 특수부대를 지휘하게 했으며, 승복 차림의 의승군은 서북쪽 자성子城을 지키게 했다. 이윽고 왜군 선봉대 기병 백여 기가 산성으로 접근해 왔다. 그래도 권율은 공격 명령을 내리지 않았다. 왜의 대군이 성을 에워싼 뒤 일제히 공격해 오자, 그제야 명을 내렸다. 성루에 몸을 감추고 있던 활 부대가 일제히 화살 공격을 했다. 화포장들이 포대에서 총통을 쏘아댔다.

왜군의 선봉대가 사상자를 내면서 물러났다. 왜군 1선 공격 부대의 대오도 흐트러졌다. 양민들은 끓인 물을 물동이에 담아 성 아래 왜군에게 쏟아 부었다. 아낙네들은 돌멩이를 던졌다. 행주산성의 성문들은 바위로 된 문처럼 굳건했다. 해가 떠올라 한강이 눈부시게 빛났다. 강 쪽으로는 병사 선거이 부대가 틀어막고 있었다.

권율 휘하의 장졸들이 '우리덜이 이겨부렀다!' 하고 함성을 질렀다.

"팔도 군사 중에서 전라도 관군이 활을 젤로 잘 쏘지 않았습니까요."

"그런 모냥이여."

"행주 싸움은 전라도 관군에다 경기도 양민덜이 싸운 전툰디 사람덜은 잘 모르는 거 같아라우."

"그려. 활은 젤루여."

"근디 오후가 돼야서는 왜놈덜이 작전을 바꽈 다른 디를 공격했다고 허는그만요."

정홍수에게 들은 최천보의 이야기는 사실이었다. 왜군은 행주산성 서북쪽 목책과 울타리를 태우는 화공 작전을 폈다. 마른 풀을 묶은 활에 불을 붙여 쏘았다. 서북쪽 울타리가 불에 타자, 그 사이로 왜군이 밀물처럼 몰려들었다. 당황한 의승군들이 물러섰다. 전투에서 한 번 밀리면 계속 후퇴하게 되는 법이었다. 권율은 성안의 모든 장수들을 급히 호출하여 서북쪽을 막았다. 권율이 선두에서 칼을 휘두르며 독전했다. 조선 관군의 활이 또 위력을 발휘했다.

왜군 대장 기쓰카와 히로이에吉川廣家가 조선 관군의 활에 맞아 부상을 입었다. 오후 한나절 내내 공방전을 벌이다가 올린 조선 관군의 전과였다. 기쓰카와가 물러서면서 왜군의 공격이 주춤했다. 권율은 반격할 수 있는 호기였지만 몰아붙이지 못했다. 화살이 동이 났기 때문이었다. 그러나 때마침 경기 수사 이빈이 배편으로 강화에서 화살 수만 개를 가져왔다. 또한 충청 수사 정걸도 해질 무렵 전선 두 척에 화살을 가득 싣고 행주산성 서쪽 기슭에 도착했다.

"정걸 수사까지 화살을 가져와 관군의 사기가 겁나게 올라부렀지라우."

"충청 수사루 가시더니 또 공을 세우셨구먼."

"우리덜이 본받아야 헐 장수이십니다요."

"선거이 장수도 큰 역할을 했다고 하는그만요. 선거이 병사가 양천에서 왜군을 막아줬기 땜에 이빈 경기 병사나 정걸 충청 병사께서 맴 놓고 화살을 가져왔웅께요."

"후방 방비 계책을 세워놓고 성을 지킨 권율 순찰사의 지략은 놀라운 겨."

화살이 지원되자 권율 휘하의 장졸들 사기는 하늘을 찌를 듯 치솟았다. 왜군 부대가 철수하려 하자 권율은 성문을 열고 추격했다. 왜군들은 크게 당황해서 흩어져 달아났다. 대오가 흐트러진 채 도망치는 왜군의 행렬은 수십 리나 되었다.

그날 밤, 한양의 왜장들은 분개했다. 특히 왜장 중에서 가장 나이가 많은 고바야카와가 장탄식을 했다. 행주산성에 조선군이 있는 한 서해를 통한 후퇴는 불가능하기 때문이었다. 이제 퇴각하려면 육로밖에 없었다. 한양의 왜장들은 행주산성을 다시 공격할 것을 모의했다. 서해로 이어지는 한강을 확보하기 위해서였다.

"근디 권율 순찰사께서는 왜군의 작전을 다 읽고 있었지라우.

틀림읎이 또 행주산성을 공격헐 거라고 예견하시고는 양민덜과 함께 파주로 이동해부렀당께요. 선거이 병사도 고양 양화진으로 진을 옮겨부렀고라우."

이순신은 최천보와 이야기를 주고받으며 최근에 우울했던 기분이 확 날아가버리는 것을 느꼈다. 이순신은 술자리를 마련했다. 그러나 최천보는 술을 한 잔만 마신 뒤 여수 본영을 오가는 탐후선을 타기 위해 대장선을 내려갔다. 이순신은 본영을 오가는 탐후선이 자주 있는 것이 아니었으므로 최천보를 더 붙잡지 않았다.

우울한 봄비

봄비가 며칠 내내 오락가락했다. 하루에도 몇 번씩 흐렸다가 개곤 했다. 그날도 마찬가지였다. 먼동이 트는 새벽에는 맑았는데 왜적을 치려고 영등포 앞바다까지 나가자 갑자기 비가 세차게 내렸다. 할 수 없이 이순신은 칠천량으로 회군을 지시했다. 빗속에서는 함포사격의 효과가 반감되기 때문이었다.

함대가 칠천량으로 들어서자, 비가 또 그쳤다. 그러나 이순신은 전선의 닻을 내리라고 지시했다. 전선들이 정박하는 동안 기골이 장대한 영등포 만호 우치적이 기생들을 앞세우고 대장선으로 왔다.

"우리 수사 나리께서 어저께 결례를 했다구 위로해드리라구 했구먼유."

"워디서 델꾸 온 기생덜인 겨?"

"가배량 본영에 있는 기녀덜이지유."

"원 수백에게 술 따르는 기생덜이구면."

"수청을 잘 드는 기생만 뽑아 왔구면유."

이순신은 원균에 대한 감정이 상해 있었으므로 물리치려다가 참았다. 송희립도 눈을 찡긋거렸다. 원균의 호의를 바로 거절하기보다는 적당한 이유를 찾아 둘러대는 것이 좋을 듯해서였다.

"고맙구면."

"우리 수사께서 나리 잠자리가 외로우실 거라구 했구면유."

우치적이 뒷머리를 벅벅 긁으면서 말했다. 우치적은 이름이 주는 느낌대로 우직하고 저돌적이었다.

"세 명 중에 나리 맴에 드는 기생만 고르시믄 나머지는 지가 델꼬 가겠시유."

"그려. 저 기생만 냉기구 가."

우치적이 부리부리한 눈알을 굴리며 말했다.

"참헌 기생이구면유."

"니 이름이 뭣이냐?"

이순신이 묻자 기생이 풀피리 소리처럼 가늘지만 또렷하게 말했다.

"쇤네 와랑이라꼬 합니더."

"와랑? 희안헌 이름이로구나. 니 애비는 살아 있느냐?"

"절을 돌아댕기면서예 지붕에 기와를 올리는 와공입니더."

"하하하. 와공 딸이니께 와랑이라고 혔구면그려."

우치적이 대장선을 내려가자 이번에는 전라 우수영 장수들이 이순신에게 충성을 다짐하고자 대장선으로 올라왔다. 이순신이 각 영의 장수들에게 훈령을 띄웠던 여파였다. 이억기가 부하 장수인 가리포 첨사 구사직, 진도 군수 성언길 등을 일부러 데리고 온 듯했다. 이순신은 와랑을 선실로 들여보낸 뒤 말했다.

"이 공이 어저께 왔으믄 됐지, 장수덜을 또 워째서 델꾸 온 거유?"

"새로 온 장수라 정신 무장을 단단히 시키려고 온 것입니다."

"이 공맹키루 움직이믄 아무 문제가 읎지유."

능성 출신의 구사직이 고개를 숙이며 말했다.

"지는 수사 나리 명에 절대복종하겠습니다요."

"일전에 나리께 실망을 드려 죄송합니다. 다시는 그런 일이 없을 것입니다."

성언길이 진도 지휘선을 타고서 왜선에 포위당한 일을 두고 또다시 용서를 구했다. 그러나 이순신은 화제를 돌렸다.

"공을 세울 기회가 있으니께 앞으로 잘혀."

전라 우수영 장수들과 이야기하고 있는 사이에 순천 부사 권준이 왔다. 본영을 떠나온 뒤 권준은 폭삭 늙어 있었다. 얼굴에는 병색이 또렷했다. 두 눈은 퀭하니 들어갔고 어깨는 힘이 빠진 채 처져 있었다.

"쉬시지 워째서 여길 또 왔시유."

"진중 회의에 자꾸 빠져 송구해 왔소이다."

"워디가 아픈 거유?"

"나도 잘 모르겠소이다. 소화가 잘 안되고 갑자기 진땀이 날 뿐이오. 특별하게 아픈 데는 없소이다."

"바다에 오래 있다 보니 바다의 냉기가 뼛속에 사무쳐 그런지 두 모르겠구면유."

"오한이 들어 가끔 사시나무처럼 떨곤 하오이다."

"부사께서는 여기를 빨리 떠나야 하겠구면유. 탐후선이 오믄 타고 가시지유."

"순천 군사를 두고 장수인 제가 어찌 떠날 수 있겠소이까?"

이순신은 핏기 없는 권준의 얼굴을 유심히 보고는 말했다.

"가장을 내세우믄 되니께 염려허지 말아유."

"순천 상선上船으로 돌아가 더 생각해보겠소이다."

권준의 고집은 완강했다. 순천 상선이란 순천 1전선 즉 지휘선을 말했다. 근육질의 무장과 달리 문사 출신인 권준은 백면서생 같은 몸집이 무른 체질이었다. 처음에는 무재武才가 없어 부하 군관들이 잘 따르지 않았으나 지금은 전술이 자못 뛰어나 장수로서 존경을 받고 있는 편이었다. 이순신은 안타까운 마음이 들어 잠시 눈을 감았다가 떴다.

"송 군관, 부사를 모셔다드리고 올 겨?"

"예, 수사 나리."

이순신은 권준이 대장선을 내려가고 난 뒤 흥양으로 띄울 공문을 썼다. 그리고 배 만드는 연장을 들여보내라는 패자牌字를 작성했다. 패자란 직급이 높은 사람이 낮은 사람에게 보내는 글을 말했다. 또, 곡식 구십 되로 자염紫鹽을 사려고 보냈다. 자염이란 잘못 쓴 붓글씨 위에 바르는 노란 빛깔의 안료였다. 자염을 바르면 그 위에 다시 바른 붓글씨를 쓸 수 있었다. 종이가 귀하므로 붓글씨를 즐겨 쓰는 사람에게는 반드시 자염이 필요했던 것이다. 이순신도 마찬가지였다.

초저녁에야 장수들이 모두 물러갔다. 이순신은 장대에 올라 눈을 감았다. 차라리 전투가 있을 때는 작전에만 몰두해 다른 잡사를 생각할 겨를이 없었지만 전투가 없을 때는 그 반대였다. 온갖 생각들로 머리가 무거웠다. 장수들이 대장선으로 올라와 끊임없이 보고를 하므로 조금도 쉴 틈이 없었다. 잠시 눈을 붙이고 코를 골았던지 송희립이 말했다.

"수사 나리, 여그서 주무시믄 고뿔 걸려부러라우."

"아녀."

"긍께 따땃헌 선실로 가셔야지라우."

"그려."

"원 수사가 보낸 기생은 으짤께라우?"

"아직두 있는 겨?"

"선실에서 나리를 지잘리고 있어라우."

이순신은 그제야 와랑을 생각했다. 그러나 와랑을 품에 안고 잘 마음은 나지 않았다. 술 한잔 할 생각으로 와랑을 지목해두었던 것인데 지금은 피곤해 쉬고 싶을 뿐이었다.

"송 군관, 데려다줄 수 읎는 겨?"

"시방 지보고 가배량까정 갔다 오라고라우?"

바다는 벌써 저물고 있었다. 칠천량에서 가배량까지는 아주 먼 거리는 아니었지만 송희립은 밤바다를 오가는 것이 탐탁지 않았다.

"수사 나리, 낼 새복에 일찍 데려다주믄 으쩌겄습니까요?"

"날이 새자마자 출진헐 틴디."

기생을 배에 태우고 출진할 수는 없었다. 이순신으로서는 상상조차 할 수 없는 일이었다. 그렇다면 지금 가배량으로 갔다 올 수밖에 없었다. 할 수 없이 송희립은 대장선과 전선 사이를 오가며 명령을 전하는 협선을 불렀다.

"할 수 읎그만요."

"술 한잔 생각나는 겨?"

"그라믄 더 좋지라우. 술김에 댕겨올 수 있응께요."

이순신은 와랑이 있는 선실로 내려가 송희립과 술자리를 만들었다. 오후 내내 컴컴한 선실에 갇혀 있던 와랑이 울음 섞인 소리로 말했다.

"쉰네는 이곳이 옥맨치로 무서와가꼬 바들바들 떨었십니더."

"무신 소리냐. 이 배는 사또께서 타시는 가장 안전헌 대장선이니라."

"물소리만 철썩철썩 들리는 배 안이 쉰네는 무섭십니더."

"니를 데려다줄 것이니께 걱정할 거 읎느니라."

이순신이 자애롭게 말했다. 송희립이 술 항아리가 들어왔는데도 떨고만 있는 와랑을 나무랐다.

"사또께 술을 따르지 않고 뭣허냐!"

"아니다. 내가 따라 마실 것이니라."

"쉰네, 죄송합니더."

"아까 니를 보낼 것인디 선실루 보낸 내가 미안허구나."

이순신은 자작으로 마신 뒤 송희립의 잔에도 술을 따르려고 했다. 그러자 송희립이 반대했다.

"수사 나리, 지는 와랑이 따른 술을 마시겠습니다요."

"계집 손으루 따른 술이 더 맛있는 겨?"

"수사 나리께서도 고로코롬 말씀하셨습니다요."

"와랑이 너무 에려 보여 그려. 몇 살인고?"

"쉰네, 열여섯입니더."

"왜란이 아니라믄 워치게 니멩키루 에린 계집이 기생이 됐겄 느냐?"

"그래도예, 포로로 왜놈에게 붙잡혀 가는 것보담 좋십니다."

송희립은 와랑이 따르는 술을 한 잔만 했다. 이순신의 지시대 로 와랑을 가배량으로 데려다주기 위해서였다. 내일 새벽을 기 해 함대가 출진하는데 기생이 대장선에 타고 있다는 것은 군율 에 어긋나는 일이었다. 그러나 잠시 후, 협선에 와랑을 태우고 떠났던 송희립이 다시 돌아왔다.

"수사 나리, 와랑이 원 수사에게 가지 않겠다고 울어싸서 다 시 데리고 와부렀습니다요."

"송 군관 생각은 워뗘?"

"밤바다에 콱 처넣을 수도 읎고 본영으로 보내야제 으쩌겄습 니까요."

"우리 대장선에 태울 수는 읎고 말여, 낼 새복 일찍 의승장 삼 혜 대사 배에 임시루 태울 겨?"

"예, 수사 나리."

"갈 디가 마땅찮으믄 오늘 밤만 내가 대장선 장대에 델꼬 있으야지 뭐."

송희립은 늘 이순신과 함께 자던 대장선 장대에 올라가지 않았다. 일부러 격군실 밑의 선실로 내려가 격군장과 함께 잤다. 이순신은 와랑이 잠든 것을 보고 나서야 잠을 청했다. 그러나 요절한 둘째 형 이요신의 아들 이봉과 이해가 눈앞에 어른거려 한동안 잠을 이루지 못했다. 왜란이 나지 않았다면 자신은 아산 집에서 조카들까지 돌보고 있을 터였다.

이순신은 어제 저물녘에 송희립에게 미리 밝힌 대로 새벽이 되자마자 출진을 명했다. 가덕으로 먼저 나가 웅천으로 보낸 전라 우수영 척후장 이응표에게 보고를 받았다.

"나리, 웅천의 적들은 아직도 방어만 하고 있습니다. 끌어내 싸움을 거는 유인 전략은 앞으로는 먹히지 않을 것 같습니다."

"왜적의 숫자가 줄어들지 않는 이유가 뭔 겨?"

"내륙에서 자꾸 왜군이 내려와 왜성에 보충되고 있습니다. 그래도 발이 묶인 처지입니다. 웅포의 왜선은 이제 몇 척 되지 않습니다."

이순신은 웅천 왜성의 불어난 왜군보다 왜선의 숫자가 더 중요했다. 기습 작전을 생각하고 있기 때문이었다. 소규모 해전이었지만 수차례 웅포 전투를 벌인 뒤끝이므로 왜선의 전력은 형편없이 쪼그라들어 있었다. 그러나 왜선의 전력을 얕보고 기습 작전을 펴다가 실패할 수도 있었다. 웅포는 공격보다 방어하기에 유리한 지형이기 때문이었다.

이순신은 웅포를 뇌두고 김해 쪽으로 나아갔다. 김해강과 양산강에 있는 왜선만 처부순다면 그 다음에는 왜선의 소굴인 부산으로 출진할 수 있었다. 그런데 김해강 하단의 독사이목에 이르기 전이었다. 경상도 바닷길에 밝은 우부장 어영담이 보고를 해왔다.

"독사이목에 수상한 배들이 보입니데이."

"즉시 수상한 배덜을 포위하라."

명을 받은 이순신 함대의 전선들이 돛을 세우고 빠르게 독사이목으로 진격했다. 바로 김해강 하단에 있는 섬을 에워쌌다. 화포장이 막 총통을 쏘려고 할 때였다. 경상 우수영의 기가 펄럭거렸다.

"내 명을 받지 않고 움직이는 저놈덜은 누군 겨?"

"경상 우수영 배그만요."

송희립이 맥 빠진 소리로 말했다. 섬에 들락거리는 두 척의 전선은 원균의 군관과 가덕 첨사의 군관이 타고 있는 탐망선이었다. 탐망선이 바다에 있지 않고 섬에서 무언가를 찾듯 드나드는 것은 이상한 일이었다.

"장수덜 중에 아무라두 가서 살피구 와 보고혀."

"원 수사 부하덜인디 괴안찮겠습니까요."

"내 명 읎이 배를 움직였으니께 그러는 겨."

"참말로 원 수사는 이해헐 수 읎습니다요."

"기여. 텃세를 부리는 것두 아니구 말여."

잠시 후, 우후 이몽구가 그들을 결박해 돌아왔다. 우후가 그들을 문초했다.

"우째서 탐망선이 섬에 갔는지 말해보그래이."

"우리덜은 죄인이 아닙니더. 이 밧줄 퍼뜩 풀어주이소!"

"탐망선이 바다에 있지 않고 섬에 있는 기 이상하지 않단 말이가!"

"섬에서 해초 캐는 보자기덜은 왜놈 첩자입니데이. 그자들을 없애불라꼬 갔십니더."

그러자 송희립이 칼을 빼어 들고 소리쳤다.

"불쌍헌 백성덜 머리를 노린 거 아니여?"

"날 죽일라꼬 그랍니꺼?"

가덕 첨사 군관이 날카로운 소리로 거칠게 대들었다. 그러나 송희립의 칼날이 목에 닿자 목을 자라처럼 움츠렸다. 송희립의 칼날에 붉은 피가 묻었다. 그제야 가덕 첨사 군관이 실토했다.

"우리 수사 나리께서 머리를 베 오라꼬 지시했십니더."

"원 수백이 참말루 지시헌 겨?"

"예, 수사 나리."

"원 공에게 저 군관덜을 보내주거라."

이순신은 황당해서 말이 안 나왔다. 원균이 또 거짓 전공을 세우려고 짠 흉계에 부하들이 놀아난 꼴이었다. 바다를 막아 왜적을 모조리 무찌르라는 선조의 어명에 거짓 승첩을 쓰기 위해 꾸민 원균의 소행이었다.

"미리 발각해 보자기덜 목심을 살렸그만요."

"저 사람덜은 그래두 운이 좋은 겨."

"목심을 도적질허다니 지도 기가 맥혀뻔집니다요."

이순신은 속이 쓰렸다. 가라앉았던 복통이 또 도질 것만 같았다. 원균과 함께 작전을 펴고 있다는 것이 역겨웠다. 비록 선조의 어명을 받아 출진했지만 한시라도 빨리 경상도 바다를 떠나고 싶었다. 술을 마실 때마다 주사를 부리는 데다 전공에 집착하는 원균과 더 이상 함께 작전하고 싶지 않았다.

사화랑에 진을 친 이순신은 초저녁이 돼서야 가까스로 분이 풀렸다. 아산에서 셋째 아들 염(나중에 면으로 개명)이 진중으로 왔기 때문이었다. 이순신은 삼남 중에서도 자신의 성격을 많이 닮은 막내 염을 가장 사랑했던 것이다. 밤이 되자 또 축축한 샛바람이 불기 시작했다. 샛바람에는 사화랑보다 칠천량이나 소진포가 더 전선들이 정박하기에 안전했다. 게다가 샛바람은 비를 몰고 오기 일쑤였다.

신을 죄주소서

선조의 어명을 받고 2월 6일에 출진하여 4월 3일 귀진한 이순신 함대의 5차 출진은 웅포 해전을 비롯하여 여섯 번의 싸움이 있었지만 큰 전과는 없었다. 왜군이 싸움을 기피하였기 때문이었다. 장졸들의 군기가 해이해져 경상도 바다에 있는 동안 영이 제대로 서지 않은 것도 이순신의 마음을 개운치 않게 했다. 각 영의 연합작전도 작년과 달리 일사불란하지 못했고, 특히 원균이 전공을 탐해 가끔 이해할 수 없는 작전을 펴곤 했는데 그것도 이순신을 괴롭히는 일 중 하나였다.

이순신은 병이 나 먼저 본영으로 돌아온 권준의 건강을 군관 김인문에게 물었다.

"바다에서 돌아온 뒤 한 달 동안 몸조리를 잘해 시방은 잘 겨십니다요."

김인문은 변존서 등과 함께 수군을 징발하는 유위장留衛將으

로 본영에 남아 있었는데, 이순신은 외사촌 동생인 변존서에게
는 징발한 장정들에게 활쏘기 훈련을 시키도록 지시를 내린 바
있었다. 사냥을 나가면 노루나 꿩을 가장 많이 잡곤 했던 변존서
는 본영 군관들 중에서 명궁수 축에 들었던 것이다. 이순신은 변
존서에게도 물었다.

"나헌티 헐 말은 읎는 겨?"

"작년에 이어서 요새두 높은 사람덜이 자꾸 수군을 육군으로
돌리는디 문제가 크구먼유."

"큰 문제니께 장계를 올려 바루잡을 겨."

"수군을 깐보는 거 같어유."

"임금님은 군사를 모아 바다를 지키라 허구 말여, 체찰사와
순찰사, 병사는 수군 장수를 육군으루 돌리려구 허는디 많이 잘
못된 겨."

전라 좌수영 관할의 고을 수령 중에도 이미 육군으로 차출된
사람이 있었다. 흥양 현감 배흥립은 순찰사 권율이 육전으로 데
려갔고, 녹도 만호 송여종은 군량을 조달하는 차사원差使員으로
뽑혀서 행재소로 올라갔고, 보성 군수 김득광은 광양의 두치 복
병장으로 파견되었다가 얼마 전에 수군으로 복귀했던 것이다.

"또 다른 문제는 읎는 겨?"

"수군 대부분이 농사꾼이니께 관내에 있을 동안은 번갈아가
면서 농사짓게 해야 허지유."

"그려. 농사는 때를 놓치믄 안되는 벱이여. 때마침 비까정 많
이 왔으니께 집으루 보내줘야 혀."

"광양 사는 김두가 백이십육 인의 연명을 받은 호소문을 가지구 왔는디 시방 읽어보시겠시유?"

"파직된 어 현감을 복귀시켜달라는 호소문일 겨."

"그려유."

"허물이 쬐끔 있다구 허드라두 전시가 아닌감. 수전에 능하구 의기 있는 장수를 잃는 것은 나라에 도움이 안 되는 일이여."

이순신은 경상도 바다의 물길에 밝은 데다 계책이 남다르며 목숨을 아끼지 않고 싸우는 노장 어영담을 신임했다. 그래서 그를 대장선 앞에서 왜적과 싸우는 중부장으로 늘 임명해왔던 것이다.

이순신은 삼 일 동안 관내의 유위장들로부터 보고를 받은 뒤, 행재소로 올려 보내는 장계를 쓰기 시작했다. 가장 먼저 5차 출진에서 왜적을 토벌한 장계부터 써 내려갔다. 2월 6일부터 4월 3일까지의 전황을 쓴 다음에는 대부분이 농부인 수군에게 휴가를 주어 농사짓게 하겠다는 내용을 덧붙였다. 평소에 농민의 처지를 헤아리지 않았다면 생각할 수 없는 내용이었다. 농부 출신의 수군들이 이순신을 더 따를 수밖에 없는 이유 중 하나였다.

'농사철인 지금 비가 흡족하게 내렸사옵니다. 그러나 해안 각 진에서는 비질하듯 장정들을 모두 징발하여 바다로 내려보낸즉 전라좌우도 수군 사만여 명은 대부분 농민들이옵니다. 이때 농사일을 전폐한다면 가을에 거두어들일 희망이 없어지옵니다. 우리나라 8도 가운데 호남만이 그나마 덜 황폐되어 군량이 모두 이 도에서 나오는데 도내의 장정들은 모조리 육지와 바다의 전

장으로 나가고 노약자들은 군량을 운반하느라 남은 농사꾼이 없
사옵니다.

봄 한 철이 지나가고 있지만 들판은 쓸쓸하옵니다. 이는 단지
백성들이 생업을 잃는다는 차원의 문제만이 아니옵니다. 군대와
나라의 물자 조달도 의지할 것이 없게 된다는 문제이므로 생각
할수록 참으로 답답하고 염려가 되옵니다.

수군과 격군들이 교대로 돌아가서 농사짓고자 하는 것은 달
리 대신할 사람이 없기 때문이옵니다. 현재 상태가 지속이 되면
살아갈 길이 막막할 것이옵니다. 게다가 전염병까지 돌아 죽는
이가 늘어가고 있으니 장차 명군이 남쪽으로 내려오더라도 이런
병들고 굶주린 군사들을 거느리고서는 도망치는 적들을 섬멸하
기가 어려울 것이옵니다.' (하략)

이순신의 붓놀림을 지켜보고 있던 종사관 정사립이 말했다.

"장졸덜은 물론이고라우, 피난민덜에다 이번에는 농사짓는
일까정 걱정허시는그만요. 요로코롬 신경을 써주시니 위장병이
낫지 않지라우."

"백성덜 맴을 얻지 못허구 장수가 되려는 것은 모래루 밥을
짓는 격이여."

"예, 수사 나리. 영념허겠습니다요."

"오늘이 초엿샛날이 아녀?"

"겡상도에서 귀진헌 지 사흘 됐지라우."

"장계를 마저 쓸 티니께 나중에 한번 봐."

정사립이 물러가자 이순신은 동헌 마루에서 내려와 송희립을

불러 지시했다.

"마당에 거적때기를 깔게."

"거적때기를 으따가 쏠라고 그러십니까요?"

"임금님께 죄주기를 청하는 장계를 쏠라구 그려."

"무신 죄를 졌다고 그러십니까요?"

"붓과 벼루두 거적때기에다 갖다 놓게."

동헌 진무와 수졸이 급히 거적을 몇 장 가져와 마당에 깔았다. 이순신은 거적자리에 앉아 잠시 눈을 감았다. 그런 뒤 북쪽을 향해 절을 네 번 하고 나서 붓을 들었다. 이순신은 지난 2월 22일 웅포 해전의 사고를 떠올리자 또다시 가슴이 찢어질 것처럼 아팠다. 자신이 명령을 내리지 않았는데도 발포 군관 이응개와 가리포 군관 이경집이 각각 통솔선인 발포 2선과 가리포 2선을 타고 웅포를 성급하게 공격했다가 서둘러 돌아오면서 전선끼리 서로 부딪쳐 발생한 사고였다. 기울어진 전선 1척은 왜선의 공격을 받고 끝내 전복해 많은 사상자를 냈으며, 진도 지휘선은 왜선에 포위되는 등 불미스러운 사고가 겹쳐 이순신은 다음 날 군기가 흐트러진 각 영의 장수들에게 경고하는 글까지 내려보냈던 것이다. 그러나 이순신은 장수들에게 전공을 세우라는 명분을 주면서 책임을 묻지 않았는데, 사실은 부하를 대신해서 자신이 임금에게 죄주기를 청하기로 이미 결심하고 있었기 때문이었다.

'전라좌도 수군절도사 신 이李

삼가 아뢰옵니다.

보잘것없는 신이 외람되이 중책을 맡아 밤낮으로 근심하고 두려워하며, 물방울과 티끌만 한 공로로나마 은혜에 보답하려고 생각해왔사옵니다. 작년 여름과 가을에 흉적들이 독을 방자히 피워 수륙으로 침범할 때 다행히 하늘의 도움을 힘입어 여러 번 승전하였사옵니다. 이에 거느린 군사들이 이긴 기세를 빙자하여 날로 교만한 기운이 더하여 앞을 다투어 돌진할 뿐 뒤처지지 않으려고만 할 따름이었사옵니다. 신이, 적을 가벼이 여기면 반드시 패한다고 엄히 지시하였어도 경계하지 않았사옵니다. 마침내 통솔선 한 척이 전복되어 사망자가 많이 났던바, 이는 신이 군사를 지휘하는 방법이 좋지 못한 탓이었사옵니다. 지극히 황공하여 거적자리에 엎드려 죄주기를 기다리옵니다.'

송희립을 비롯해 동헌을 찾은 삼혜와 의능, 광양인 김두, 진무와 수졸, 내아 구실아치들이 이순신 뒤에 엎드려 눈물을 흘렸다. 이순신이 '통솔선 한 척이 전복된 사고에 대해 죄를 기다리고 있음을 아뢰는 장계[統船一隻傾覆後侍罪狀]'를 다 쓰고 난 뒤 말했다.

"뭣들 허구 있는 겨."

"지덜이 잘 모시지 못해 일어난 사곤디 으째서 수사 나리께서 임금님께 죄주기를 청한단 말씀입니까요?"

"장수란 말여, 명을 내리기두 허지만 책임을 지는 사람인 겨!"

송희립의 자책에 이순신이 단호하게 말했다.

"그러니께 모다 일어나 각자 자기 자리루 돌아가야 혀."

"앞으로는 이런 일이 읎도록 심쓰겠습니다요."

송희립이 일어나 손에 묻은 흙을 툭툭 털자 다른 사람들도 하나 둘 고개를 들었다. 이순신이 다시 동헌 마루로 올라와 호상에 앉자 그제야 모두 물러갔다. 이순신이 송희립에게 말했다.

"아까 변존서가 헌 말인디 수군을 육군으로 차출허는 것은 좋은 제도가 아녀. 나두 바다에서 많이 생각혀본 문젠디 장계를 쓰지 않을 수 읎구먼."

"수군 장수를 육군으로 뺏어 가는 것도 문제고, 육군 장수를 수군으로 보내는 것도 문제지라우."

"바다와 육지의 전술은 다른 겨. 배를 타본 적이 읎는 육군 장수가 워치게 바다에서 잘 싸우겄남."

"그렇당께요."

이순신은 송희립이 보는 앞에서 '수군에 소속된 고을의 수령들은 해전에 전속시켜주시도록 청하는 장계[請舟師屬邑守令專屬水戰狀]'를 써내려갔다. 이미 바다에서 구상해둔 적이 있었으므로 일필휘지로 작성했다.

'전라좌도 수군절도사 신 이李

삼가 상고할 일로 아뢰옵니다.

신에게 소속된 수군은 단지 다섯 고을과 다섯 진인데 흥양 현감 배흥립은 순찰사가 육전으로 데려가고, 보성 군수 김득광은 일찍이 두치의 복병장으로 임명되었다가 이번에 수군으로 되돌아왔으며, 녹도 만호 송여종은 군량을 운반하는 차사원으로 올라가서 돌아오지 않았사옵니다. 그 나머지 순천 부사, 광양 현감, 낙안 군수, 보성 군수 등 고을의 수령과 방답, 사도, 여도, 발포 등의 진에 여러 장수를 배정했으나 오히려 부족하옵니다. 하온데 도내의 왕명을 받은 장수들이 수군의 여러 장수를 육전으로 이동시킨다고 하고, 혹은 명령을 받으라고 하면서 전령을 내려 소란하게 불러내는바, 장수들이 동서로 분주하여 어디를 따라야 할지 모르옵니다.

명령이 나오는 데가 많으므로 호령이 시행되지 못하옵니다. 극성스런 적은 제거되지 않았는데 지휘하는 것이 방법에 어그러지니 극히 민망하고 걱정스럽사옵니다. 앞으로는 수군에 소속된 수령과 변방 장수들을 다른 곳으로 이동시키지 말고 오로지 해전에만 임하도록 조정에서 각별히 본도의 감사, 병사, 방어사, 조방장 등에게 신칙(엄한 지시)해주옵소서. 삼가 갖추어 아뢰옵니다.'

이틀 후.

이순신은 광양 사람 김두가 가져온 '어영담을 파직시키지 말고 유임해달라'는 호소문을 읽었다. 그제야 이순신은 파직당한 어영담이 군량 조달 벼슬아치인 임금 직속의 독운어사督運御使 임발영에게 억울한 누명을 쓰고 있다는 것을 알았다. 이순신이 송희립을 보더니 혀를 차며 말했다.

"쯧쯧. 나이 어린 독운어사가 어 현감을 잘못 본 겨."

"색리덜이 기생 있는 술자리라도 맹글어서 비우를 맞췄다믄 괴안찮았을 것이그만이라우."

"어사가 뭘 바라구 그랬는지두 물러."

"그랬다믄 아조 날베락 맞을 놈이지라우."

"호소문 읽어볼 텨? 나는 어 현감 변호허는 장계를 쓸 겨."

송희립은 김두가 가지고 온 호소문을 들고 읽었다. 호소문을 읽는 동안 그의 급한 성격이 드러났다. 분통이 터지는지 얼굴이 붉으락푸르락했다.

'이 고을 원이 자주 바뀌므로 새 원을 맞이하고 가는 원을 송별하는 일 때문에 백성들이 고통을 감당하지 못해 장차 버린 고을이 될까 두렵습니다.

현감이 부임하여 즉시 백성의 고통과 폐단을 묻고 나서 폐정을 개혁하면서 병기를 수선 비치하여 나라 근심하기를 자기 집같이 하므로 지난달 도망하여 흩어졌던 자들이 풍문을 듣고 돌아와 모이게 되어 경내는 안정됐습니다.

그런데 작년 4월에 영남 접경에서 사변이 생겨서 하동, 곤양, 남해 등지의 백성들이 거의 달아났기 때문에 인심이 동요되어 모두 떠나려는 뜻을 품은 채 짐 지고 나섰습니다.

이때 침착하고 도량 있는 사람이 아니었더라면 진정시키기 어려웠을 것인데, 현감은 성품과 도량이 정중하여 성을 지키는 것과 해전에 방비하는 책략 등 연구하지 않은 바 없었습니다. 두치와 강탄을 파수하는 일들을 함께 행하며, 적에 대항할 도리를 낱낱이 알려서 사람들을 위로하여 오게 하고 안정시켰을 뿐만 아니라 수군의 여러 장수들과 여러 번 출전할 때마다 제 몸을 잊고 앞장서서 돌진하여 왜적을 섬멸한 공로가 이미 월등하여 당상에 승직되기까지 하였습니다.

그러한데 현감이 지난 1월 27일 출전한 뒤에 독운어사가 여러 고을을 순찰하면서 각 고을의 창고 곡식을 뒤져서 그 수량을 알아보고는 현감이 다른 곳으로 옮겨 가는 데만 전력하고 굶주린 백성을 구휼하지 않았다고 말하는데 이 고을에는 중기치부重記置簿에 기록된 회계 수량 이외에 쌀, 콩, 벼 등 모두 육백여 석을 평상시에도 저장해두어 군량에 보태기도 하고 백성들을 구휼하기도 했습니다. 유위장도 그 쌀과 콩, 벼는 오직 볍씨와 구호미로 쓰고 목록에 기록하지 않았습니다.

그런데 독운어사는 현감이 없을 때 각 고을의 창고 곡식을 조사하면서 목록 밖의 곡식이라 여겨 현감이 사사로이 쓰는 것이라고 지적하며 장계한 뒤 구례 현감을 차원差員(임시 파견 관원)으로 명한바, 볍씨와 구호미를 바랄 수 없게 되었습니다. 농사철이 빨리 지나 논밭이 황폐해지면 금년과 명년에 실어 보낼 곡식은 내놓을 것이 없을 터이니 극히 민망스럽고 걱정이 됩니다.' (하략)

이순신은 광양 양민들의 호소문 뒤에 어영담에 대한 자신의 신뢰와 변호하는 내용을 붙여 '광양 현감 어영담의 유임을 청하는 장계[請光陽縣監魚泳潭仍任狀]'를 마무리했다.

'광양현은 영남에 접경한 곳으로 사변이 일어난 뒤에 인심이 흉흉하여 모두 흩어져 달아날 생각만 품고 있었사옵니다. 그런데 어영담이 이를 진정시키고 편안케 하여 온 고을 백성들로 하여금 평일처럼 집을 잘 지키고 살게 하였을 뿐만 아니라, 경상도와 전라도 변장으로 재임하여 물길의 형세를 익숙하게 알고 계교와 생각함이 남보다 뛰어나므로 신이 중부장으로 정하여 함께 일을 도모하였사옵니다. 여러 번 적을 무찌를 때는 죽음을 무릅

쓰고 앞장서서 대승리를 거두었사옵니다. 그러므로 호남 한쪽이 이제까지 보존됨은 어영담이 한몫을 한 것이옵니다. (중략)

설사 조금 과실이 있었다 하더라도 이같이 어려운 때를 당하여 충의에 분발하는 장수 한 사람을 잃게 되는 것은 적을 방어함에 해로움이 있을 뿐 아니라 해전은 사람마다 능히 할 수 있는 것이 아니므로 이런 시기에 장수를 바꾼다는 것은 또한 군사상 좋은 계책이 아니옵니다. 뿐만 아니라 민심도 이러한바 사변이 평정될 때까지는 우선 그대로 그 자리에 두어서 한편으로는 해상으로 침범하는 적을 막고 한편으로는 잔약한 백성들의 소원을 들어주시기를 망령되이 아뢰니 조정에서는 참작하여 처리해주시기 바라옵니다.

이 일은 신이 아뢸 바는 아니오나 순찰사와 도사가 먼 곳에 있고 도망치는 대부대의 적을 막아 섬멸하는 것이 당장 급하고, 잔약한 백성들의 울부짖는 호소를 또한 그대로 둘 수도 없으므로 직책에 벗어나 말하는 죄를 무릅쓰고 아룁니다. 삼가 갖추어 아뢰오며 엎드려 명령을 기다리옵니다.'

이순신은 장계를 가지고 올라갈 군관과 진무를 정하는 데 애를 먹었다. 억울하게 파직당한 어영담을 변호하는 장계라는 것을 알게 된 군관과 진무들이 서로 맡겠다고 자원했기 때문이었다. 이순신은 마음에 둔 사람이 있었지만 군관들끼리 추천해서 결정하도록 하룻밤 정도 더 기다리기로 했다.

봉양

　이순신은 바다에서 돌아온 뒤 모처럼 객사에서 5월 초하룻날 망궐례를 지냈다. 궐패 앞에 엎드린 이순신은 눈물을 흘렸다. 아직도 임금이 한양으로 입성하지 못하고 행재소에 머물러 있다 하니 가슴이 찢어질 듯 아팠다. 보성 군수 김득광과 발포 만호 황정록의 심정도 목에 가시가 걸린 듯 답답했다. 권율 순찰사와 선거이 병사가 행주 전투에서 크게 이겼는데도 왜군이 한양을 점령하고 있다는 것은 이해할 수 없는 일이었다.

　그러나 하루가 지나고 난 뒤 본영의 우울한 분위기는 완전히 바뀌었다. 선조의 유서(명령서)를 지닌 선전관 이춘영이 달려와 한양 소식을 전해주었기 때문이었다. 한양 소식이 전라 좌수영까지 알려지는 데 이십여 일이 걸린 셈이었다. 지난 4월 12일 왜군이 한강 이남으로 후퇴했고, 이어서 제독 이여송의 부대와 체찰사 유성룡이 한양에 입성했으며, 권율은 군사를 거느리고 호남으로 되돌아갔다고 알려주었다. 더 기쁜 일은 명나라 만력제가 칙서를 내려 산동 지방의 곡식 십만 섬을 배로 실어다가 명군의 군량을 해결하고 있다는 소식이었다.

본영 곳곳에서 장졸들의 함성 소리가 터졌다. 군관청, 사령청, 진무청, 의승청, 의원청, 다시청을 가릴 것 없이 박수 소리가 났다. 한양과 평양을 수복했으니 이제 왜적의 기세는 차츰 꺾일 것이 분명했다. 이순신이 선전관 이춘영에게 말했다.

"함성 소리가 들리지유?"

"예, 수사 나리."

"한양이 탈환됐다구 허니께 기뻐서 날뛰는 거지유."

"나리께 솔직히 말씀드리자면 기뻐할 일만도 아닙니다요."

"워째서유?"

"명 장수들이 왜적과 싸우지 않고 전쟁을 끝내려고 하기 때문입니다요."

"왜적허구 싸우지 않구 퇴로를 열어줬다는 거유?"

"그렇습니다요."

"지난 3월부터 명 장수들이 싸움보다는 강화를 추진하고 있는데 전하께서는 아주 못마땅하게 여기고 있습니다요."

이춘영의 말은 사실이었다. 선조는 강화를 말하는 신하가 있다면 효수하겠다고 으름장을 놓고 있었다. 그러나 명 장수와 왜군 장수 사이에 강화 협상이 벌어지고 있는 것은 현실이었다. 심유경이 왜장들을 만나며 협상을 하고 있었다. 선조가 내릴 수 있는 유일한 지시는 이순신에게 왜적이 도망가는 바다를 막아 섬멸하라는 것뿐이었다. 이춘영이 가지고 온 선조의 유서 역시 그와 같은 내용이었던 것이다.

"우덜은 또 바다루 나가려구 진즉에 본도 우수사와 약속을 했지유."

"수사께서 전하의 명을 충실히 지키고 있다고 돌아가서 아뢰겠습니다요."

이순신은 그 자리에서 장달을 써 이춘영에게 주었다.

다음 날, 이억기는 이순신과 약속한 대로 군사를 이끌고 좌수영으로 왔다. 그러나 이순신은 우수영의 군사들을 보고는 실망을 금치 못했다. 갑옷 입은 장수들의 전복은 그런 대로 위엄이 있었지만 수졸들의 복장은 땟국이 흘러 꼬질꼬질했다. 가슴에 두른 수水 자가 아니라면 수졸이라고 여길 수 없는 누더기 차림의 거지꼴이었다. 훈련받은 수군이라기보다는 농사짓는 농부나 어부를 바로 징발해 온 듯했다.

"이 수백이 약속을 지킬라구 군사 숫자만 채워서 왔구먼. 사부덜이 활이나 쏠 줄 아는지 물러. 남문 밖으루 델꾸 나가 활쏘기라도 시켜야겠구먼유."

"정예 수군이 아닙니다. 논밭에서 막 나온 농사꾼들입니다."

"수군이라고 혀두 농사지으라구 집으루 보내믄 엉망이 돼버리지유."

"이번 군사는 새로 징발한 장정이 대부분입니다."

본영 활터는 남문인 진해루 밖 선소 쪽으로 가는 길에 있었다.

수군이 늘어나면서 새로 만든 활터였다. 진해루에 오르면 활터가 내려다보이므로 훈련 과정을 감독할 수 있는 곳이기도 했다. 이억기가 우수영의 수군을 보고 탄식하는 이순신에게 미안했던지 한마디 했다.

"이 공께서 활터를 허락하신다면 우리 수군들을 훈련시키겠습니다."

"남문 밖 활터가 가차우니께 그리하시지유."

이억기는 종일 진해루에 올라 장졸들의 훈련을 감독했다. 다음 날도 날이 새자마자 사부들을 먼저 활터로 내보냈다. 자신은 진해루 호상에 앉아 우수영 장수들을 하나하나 호명하며 점호를 했다. 복명복창하는 소리가 짙은 안개 속으로 울려 퍼졌다. 철쇄를 횡설한 소포와 돌산도 사이의 바다 역시 두꺼운 이부자리 같은 안개에 덮여 있었다.

이순신도 이억기처럼 새벽같이 일어나 찬물로 세수하고 갑옷 차림으로 본영 경내를 한 바퀴 순시했다. 일부러 이억기가 있는 진해루로 올라가지는 않았다. 이억기가 우수영 장졸들의 군기를 다잡고 있기 때문에 피해주었다. 자욱한 안개로 보아 날씨는 낮이 되면 더워질 것 같았다. 이순신은 동헌으로 돌아와 호상에 허리를 곧추세우고 앉았다.

이순신에게 5월 4일은 특별한 날이었다. 바로 어머니 초계 변씨 생신날이었다. 본영 군관들 중에서 이순신 어머니의 생신날을 기억하고 있는 사람은 외사촌 동생인 변존서 말고는 없었다. 비서실장 격인 참좌 군관 송희립도 마찬가지였다. 이순신은 호상에 앉은 채 눈을 지그시 감았다. 여수 좌수영으로 부임해 온 이후 어머니에게 축수의 술잔을 올리지 못한 것이 벌써 세 번째였다. 수군의 군복을 입고 변방의 장수로 전전하는 한 앞으로도 어머니 생신날에 직접 축수를 드린다는 것은 불가능했다.

생신날뿐만 아니라 명절날도 마찬가지였다. 변방 장수인 자신은 효도할 기회를 박탈당한 채 살아야 했다. 어쩔 수 없는 처지였지만 자신은 불효자임이 분명했다. 일찍 요절한 두 형이 원망스럽기도 했다. 동생 여필이 있기는 했지만 어머니는 유독 이순신을 더 믿고 의지했다. 두 아들이 잇따라 요사했기에 셋째 아들인 이순신만은 자신보다 먼저 떠나보내고 싶지 않은 어머니의 마음이었다. 송희립이 말했다.

"따땃한 발효차 한 사발 가져올께라우?"

"아녀."

"속을 따뜻허게 허는 디는 차가 젤이랑께요."

"내아에 가서 술을 가져오게."

"누가 오기로 했습니까요?"

"사발도 몇 개 가져오구 말여."

안개가 서서히 걷혀 가고 있었다. 마당가에 있는 매화나무 잎들은 어느새 보드라운 신록에서 윤기 나는 초록으로 바뀌어 있었다. 나뭇잎 사이로 주렁주렁 매달린 매실이 보였다. 올해는 장맛비에 낙과하기 전부터 매실을 따 매실주를 담그라고 지시할 터였다. 이순신은 어머니에게 미역 등 여수의 해산물과 소화를 도와주는 매실주를 보내려고 생각했다.

송희립은 영문도 모른 채 술 항아리와 사발을 여러 개 가져왔다. 아침부터 몇 명의 군관을 불렀겠지 하고 짐작했을 뿐이었다.

"송 군관, 오늘이 무신 날인지 아는 겨?"

"작년에 1차 출진헌 날이지라우."

"그려. 겡상도 바다루 1차 구원 나간 날이었구먼."

"술은 지가 따르겠습니다요."

"아녀. 첫 잔은 내가 따를 겨."

그제야 송희립은 술자리가 아닌 것을 알았다. 이순신은 사발에 술을 따른 뒤 아산 쪽을 향해 큰절을 했다.

"오늘이 어머님 생신날이네."

"자당님께 오래 사시라고 술을 올리셨그만요."

"어머니 생신을 쇠드리지 못허니께 이렇게라도 혀야 맴이 편헐 거 같네."

"앞으로는 지도 나리멩키로 어머니 생신을 쇠드릴랍니다요."

"홍양은 가차우니께 다녀오도록 혀. 그래야 나중에 후회허지 않을 겨."

"이럴 때는 전복을 입고 있는 처지가 한이 된당께요."

"우덜 숙명이여. 적을 토벌허는 동안은 어쩔 수 없는 겨."

이순신이 송희립을 다독거리듯 사발을 주면서 술을 따라 주었다. 송희립은 단숨에 술을 들이켠 뒤 거꾸로 이순신을 위로했다. 작년 가을, 송현 마을에 사는 정철 형제들과 나눈 이야기가 문득 떠올랐던 것이다. 정철 형제들 역시 이순신 휘하로 자원해서 들어온 충직한 군관들이었는데, 이순신의 어머니나 동생, 조카들이 머물 집을 자기들이 마련할 수 있다고 약속했던 것이다.

"수사 나리, 자당님 생신날은 인자 걱정하지 않아도 되겠습니다요."

"왜적이 곧 물러가기라두 헌단 말여?"

"고것이 아니지라우. 흉적이 어찌케 하루아침에 물러가겠습니까요."

"어머니를 진중에 모셔오기라두 헐 겨?"

"공사가 분명하신 나리께서 고로코롬 허시지는 않겠지라우."

"아산에서 내려온 조카나 동상이 본영에 머무르는 것이 워찌 부담스럽지 않겠는가. 장졸딜 눈치를 보는 것두 사실이여."

"방법이 읎는 것은 아니지라우."

"고게 뭔 겨?"

송희립은 송현 마을에 사는 정대수 집을 들먹였다. 정대수가 자신이 사는 집을 기꺼이 내놓을 수 있다고 말했던 것이다. 송희립이 생각해도 송현 마을은 본영과 적당히 떨어져 있으므로 이순신이 허락한다면 최적의 장소였다. 야산을 등에 지고 있는 송현 마을은 본영에서 말을 타고 갈 수도 있고 배를 이용할 수도 있는 곳이기 때문이었다.

"자당님을 수영 가차운 디로 모셔불믄 되지 않겠습니까요."

"봐둔 디가 있는 겨?"

"정대수 군관이 자기 집을 내놔분다고 헙니다요."

"송 군관, 큰일 날 소리 허지 말게. 워치게 어머니를 위해 부하의 집을 뺏는다는 겨."

"희사를 허는디 무신 문제가 있겠습니까요."

"말 많은 시상이니께 다시는 고런 얘기 끄내지두 말게!"

이순신은 깜짝 놀라 송희립에게 입단속을 시켰다. 임금에게 직접 지시를 받는 조도어사나 독운어사가 고을의 수령들을 감독하고 다니는데 어사의 악랄한 감사에 걸리면 바로 파직당할 수 있는 일이었다.

"험담허는 놈이 있으믄 지가 아가리를 찢어뻔질라요."

"나를 괘씸허게 보는 사람덜이 무신 말을 떠들구 다닐지 모른단 말여."

"송현 마을이 본영 턱밑에 있는 것도 아닌께 괴안찮당께요."

"거기가 따땃헌 남향받이에다 본영에서 가차와서 좋긴 혀두 오얏나무 아래서 갓끈 매지 말라구 허지 않는감."

송희립은 고집을 꺾지 않았다. 오후에 정대수를 동헌으로 부르겠다며 일어섰다. 순천 전선들이 굴강에 들어오는 것을 점고하기 위해서였다. 순천 부사 권준이 오기로 약속한 날이므로 이미 와 있을 터였다.

이순신도 호상에서 일어나 동헌을 나섰다. 전날 영남에서 온 선전관 이순일이 주고 간 종이쪽지를 호주머니에 넣었다. 군사들에게 정신 무장을 시킬 때 이용하라고 건넨 종이쪽지였다. 종이에는 명나라 장수의 무용담이 적혀 있었다. 평양성을 탈환할 때 명나라 장수 한 사람이 안면에 왜적의 화살을 맞았는데, 화살을 뽑으면 피가 쏟아질 것 같았으므로 화살을 반만 꺾은 채 왜적 두 명을 죽인 뒤 진으로 돌아와서 활촉을 뽑아내고 약을 발라 죽지 않았다는 무용담이었다. 이순신은 쓴웃음을 지었다.『좌전』을 보면 '화살이 나의 손을 관통했으나 때를 놓치지 않으려고 나는 화살을 뽑는 대신 꺾어버리고 말을 몰았다'라는, 명나라 장수의 무용담과 비슷한 내용이 나오기 때문이었다. 그보다는 녹도만호를 지냈던 정운 장수도 왜군과 싸울 때 그보다 더 용감했으면 했지 못하지는 않았던 것이다.

이순신은 이억기와 함께 객사에서 아침밥을 먹은 뒤 굴강으로 내려가 전라좌우도 연합함대의 출동 준비를 아침 내내 점고했다. 각 전선을 순시하며 통솔선 장수들에게 사부와 격군, 화포장 등 수군과 총통의 숫자를 낱낱이 보고받았다. 5차 출진 중에 술주정을 하여 물의를 빚었던 우수영 우후 이정충과 어란포 만호 정담수, 남도포 만호 강응표 등을 살폈는데 다행히 군기가 바짝 서 있었다. 왜선에게 포위당해 망신을 당했던 진도 군수 성언길도 지난번 때와 달리 눈빛이 형형했다. 가리포 첨사 구사직은 언제 보아도 전라 우수영의 장수들 중에서는 발군이었다.

이순신은 오후가 되어서야 굴강에서 동헌으로 돌아왔다. 동헌에는 벌써 정철과 정린, 정대수가 와 기다리고 있었다. 송희립의 부하 진무에게 연락을 받고 바로 달려온 듯했다. 송현 마을 아래 곰천에서 작은 포작선을 타고 왔는지 바짓가랑이 끝이 바닷물에 젖어 있었다.

"수사 나리, 부르셨습니까?"

"송 군관이 고집을 부린 겨."

정씨 형제들 중에 장형인 정철이 묻자 이순신이 퉁명스럽게 말했다. 정철은 조금 전에 송희립에게 들은 얘기가 있었으므로 망설이지 않고 말했다.

"지덜이 자당님을 잘 모셔불랍니다. 그렇게 낼이라도 사람을 아산으로 보내 모셔 와부러야 쓰겄습니다."

"내가 여수에 부임해 온 이후 전쟁 준비를 잘 허도록 맴을 다해 심써 준 정씨 성제덜 아닌감. 작년 출진 때마다 우덜이 왜적과 싸와 이긴 것은 모다 전쟁 준비를 철저하게 헌 덕분이여. 여수 사람덜이 아니라믄 택두 웂는 일이란 말여. 여수에서의 전쟁 준비가 웂었다믄 연전연승은 생각지두 못혔을 겨. 1년 동안 전쟁 준비를 잘 헐 수 있도록 도와준 것만도 고마운 일인디 또 뭣을 그대덜에게 신세지겄는가."

이순신의 말은 덕담이 아니라 진심이었다. 여수 출신의 군관들이 헌신해주었기에 전쟁 준비를 계획대로 할 수 있었고, 또 그랬기 때문에 경상도 바다로 구원을 나가 연전연승했던 것이다.

"신세가 아니지라우. 부하가 상관의 맴을 편허게 해주는 것이 도리랑께요."

정린도 한마디 했다.

"호의는 고마운디 내가 맴이 불편해서 그런 겨."

"지 집을 비우기로 친척덜끼리 이미 다 합의를 봤습니다요."

"자네 집을 비운다는 겨?"

"자당님이 와 겨시믄 수사 나리 동상이나 조카덜도 숙소가 생기는 거 아닙니까요?"

"그건 그려."

정대수가 자신의 집을 내놓기로 했다는 말에 이순신은 더 이상 거절하지 못했다. 그들의 진심을 보았기 때문이었다. 매달 아산으로 동헌 나장을 보내거나 아들 삼 형제와 조카들이 번갈아 가며 내려와 어머니 안부를 전해주었는데, 사실은 그것도 전시 중이었으므로 위험한 일이었던 것이다. 어머니가 송현 마을에 계시면 이순신 자신도 마음이 더 안정될 것 같았다.

다음 날.

비가 쏟아져서 이순신은 6차 출진을 못 했다. 그러나 출진 준비를 완벽하게 갖추고 있는 데다 농사에 필요한 비가 퍼붓고 있었으므로 마음이 넉넉해졌다. 본영 안의 도랑물이 철철 흘러넘쳤다. 며칠 동안 가물었으므로 장대비가 더욱더 반가웠다. 저물녘에는 아산 해포로부터 조카 봉이 친척 어른 신정愼定과 함께 내려와 밤새도록 어머니를 봉양할 문제로 이야기를 나누었다. 신정도 어머니가 연로하기 때문에 아산에서 여수 송현 마을로 모셔야 할 때가 됐다고 거들었다. 앞으로 얼마나 더 사시겠냐며 걸음걸이가 불편하시니 배편으로 모셔오자고 조언했다. 마침내 이순신은 어머니를 송현 마을 정대수 집에 모시기로 결심했다.

두 왕자

선조의 명으로 또다시 출진했지만 왜 수군의 전투 기피는 여전했다. 전라좌우도 연합함대는 5월 7일에 출진하여 견내량에서 경상 우수영 수군과 합세했지만 여태 전투다운 큰 싸움을 못했던 것이다. 날마다 탐망선과 척후선을 띄워 왜군의 움직임을 감시만 할 뿐이었다. 한편, 충주까지 내려온 이여송은 명령서를 보내 조선 수군의 작전권까지 통제하려 들었다. 자신의 명령 없이는 왜군을 공격하지 말라고 엄포를 놓았다. 왜와 강화를 도모하고 있는 속셈이 깨질까 염려해서였다. 그러나 왜군이 한양에서 철수한 뒤부터는 지시가 달라졌다. 명의 병부 시랑이자 경략인 송응창은 조선의 선전관 복윤과 박진종 편에 부산 등의 왜선을 모두 불태우라고 명령했다. 그제야 싸우지 못해 억울하고 분해하던 이순신 휘하의 장수들이 기운과 용기를 냈다.

전투가 없던 사이에 왜군의 전력은 위협적으로 바뀌어져 있었다. 탐망선장들은 가덕도와 부산포 바다에 왜선 이백 척, 오백 척이 진을 치고 있다는 보고를 연달아 올렸다. 웅천 포구에도 왜선들이 지난 5차 출진 때처럼 정박하고 있었다. 탐망선장의 보고를 받을 때마다 이순신은 신경이 절로 곤두섰다. 최근에는 속이 너무 쓰려 환약인 온백원溫白元을 먹기도 했다.

육지의 적정도 녹록치 않았다. 이순신의 오랜 동지인 전라 병사 선거이가 창원의 왜군이 완강하기 때문에 경솔하게 내려올 수 없다는 편지를 보내왔던 것이다. 웅천 왜성을 공격해달라는 이순신의 부탁에 대한 답장이었다. 영남 우병사 군관이 전선으로 와서 왜군의 동향을 전해주기도 했다. 한양에서 퇴각한 왜군 부대들이 영남 곳곳에 진을 친 채 장기전으로 돌입할 태세라고 전했다.

비가 억수로 또 쏟아졌다. 대장선 지휘소인 장대에 빗방울이 뚝뚝 샜다. 머리를 밖으로 내밀기조차 어려웠다. 이순신은 빗방울이 떨어지지 않는 장대 자리에 옹색하게 앉아 송희립을 불러 물었다.

"앞으루다가 군량은 워떤 겨?"

"쪼깐 남아 있습니다만 준비는 더 해놔야지라우."

"맴대루 본영으루 귀진헐 수두 읎으니께 난처하구먼."

"본영으로 가서 구해 와야지라우. 군사딜 한 끄니라도 굶겼다가는 영이 서지 않응께라우."

"기여."

이순신은 본영을 떠난 지 한 달이 다 돼가고 있었으므로 군량미를 걱정해야 했다. 한 달 보름치의 군량미를 준비해 왔는데 지금의 사정은 기약 없이 늦어지고 있었다. 왜군이 전투를 회피하고 있기 때문이었다.

"수사 나리, 심드시지라우. 임금님과 명나라 장수 사이에 낑겨 있응께라우."

"그래두 우덜은 임금님 명을 몬자 따르야 혀."

"그렁께 싸움도 읎는디 여그서 버티고 있겄지라우."

송희립은 이순신의 마음을 꿰뚫어보고 있는 복심이었다. 이순신의 난처한 입장을 잘 이해하고 있었다. 이순신이 위통을 호소할 때는 틀림없이 온갖 생각으로 머리가 무거울 때였다. 이순신은 쓰린 속을 발효차로 다스리곤 했는데 효험이 없을 때는 온백원이란 환약을 복용하곤 했다.

"나리께서 양보헌티 술을 실컷 맥여부렀는디 이뻐서 그런 것은 아니지라우?"

"양보헌티 예물 단자까정 준 것은 다 까닭이 있는 겨."

이순신은 자신의 속마음을 감추고 양보에게 잘해주었다. 그러자 양보는 대취한 채 송응창의 뜻을 드러내기도 했다.

"조선 수군의 군사나 전선을 살피는 것이 내 임무라오."

"우덜 군사는 송 경략 님께서 계속 공격허라는 명령을 내려주기를 지달리구 있지유."

"허실 없는 조선 수군과 전선들이 장하오. 이 모든 것을 경략 나리께 전하겠소."

"왜적은 지은 죗값을 천배 만배루 받으야지유."

이순신은 명과 왜 사이의 강화 협상이 깨지기를 바랐다. 그래야 왜군을 원하는 대로 응징할 수 있어서였다. 단 한 척의 왜선도 왜국으로 돌아가지 못하게 막는 것이 이순신의 바람이었다. 그 점에 있어서는 수시로 유서를 보내 왜군의 퇴로를 막아 무찌르라는 선조와 뜻이 같았다.

"역관이 양보는 야불수라고 허든디요."

"나두 들은 겨."

야불수夜不收란 중국 속어로 정탐꾼을 뜻했다. 실제로 양보의 임무는 이순신이 명나라 장수의 지시를 잘 따르고 있는지 살펴보는 것이었다. 양보는 매우 흡족하여 본영으로 돌아갔다. 진문에 먼저 나가 있던 우별도장 이설의 극진한 안내를 받았고, 이순신을 만난 뒤에는 술과 고기를 후하게 대접받았으며, 더욱이 왜군을 철저하게 섬멸하겠다는 이순신의 굳은 전의를 직접 눈으로 확인했던 것이다.

이순신은 송희립에게 지시했다.

"성웅지를 본영으루 보내 군량을 모아 오두룩 혀."

"군량 모으는 디는 순천 사람덜이 최고지라우."

"탐후선에 성웅지를 바루 보냈으믄 좋겠단 말여."

"근디, 수사 나리. 속이 아픈디 자꾸 술을 드셔도 되는게라우?"

"시방 술밖에 위안이 되는 친구가 있는감."

"어 현감께서도 복귀했고, 나리께서 존경허는 정걸 충청 수사도 합류했응께 기쁘시지 않는게라우."

"고건 그려."

송희립의 말대로 이순신에게 어영담의 복귀와 충청 수사 정
걸의 합류는 그나마 큰 위안이 되었다. 광양 현감에서 파직된 어
영담은 지난 5월에 유임이 결정되었고, 정걸은 6월 초하룻날에
충청 수군과 함께 전선을 타고 와 이순신 진영에 합류했던 것이
다. 두 사람의 합류는 모두 이순신이 장계를 올려 얻어낸 결과였
다. 이순신은 어영담을 선처해달라는 장계를 진즉에 보냈고, 충
청 수군을 지원해달라는 장계는 두 번이나 써 올렸던 것이다.

"정 공허구 어 현감을 불러올 겨?"

"예, 수사 나리."

그들을 다시 불러오라고 한 까닭은 초하룻날 밤에 정걸의 이
야기를 다 듣지 못했기 때문이었다. 그날 이순신은 대장선에서
정걸에게 저녁을 대접하면서까지 포로가 된 두 왕자의 소식을
소상하게 듣고자 했었지만 늙은 정걸이 몹시 피곤해했으므로 다
음 날로 미루었던 것이다. 정걸은 자신이 참전했던 행주산성 전
투를 길게 이야기했던 탓에 함경도에서 왜군 장수 가토 기요마
사에게 포로가 된 두 왕자와 장계군 황정욱과 순변사 이영의 이
야기는 짧게 하고 말았음이었다. 사실, 이순신은 두 왕자의 근황
이 궁금했던 것이지 행주산성 전투 이야기는 지지난달에 최천보
에게서 들었으므로 별로 흥미가 없었던 것이다.

비가 그쳤다. 마침 썰물 때였으므로 전선들 일부는 예정대로

배 밑바닥에 불을 피워 굽는 작업을 했다. 밑바닥을 굽는 작업은 판옥선 건조와 정비에 탁월한 정걸이 감독했다. 정걸은 자신의 지휘를 받게 된 흥양 전선부터 작업을 지시했다. 뱃바닥 널빤지를 오래 보존하려면 불로 굽고 솔기름을 발라주어야만 했다. 널빤지에 달라붙어 좀처럼 나무를 갉아먹는 물벌레를 죽이기 위해서였다. 널빤지 속으로 파고든 물벌레를 죽이려면 일정 기간마다 통나무 위에 전선을 올려놓고 횃불로 구워주어야 했다. 그래야 널빤지 속의 물벌레가 죽고 해초들이 붙지 못했다.

"나리, 대장선에서 찾으십니다요."

"알았네."

정걸은 이순신과 어영담을 보자마자, 대장선도 뱃바닥을 구워야 한다고 말했다. 그러자 송희립이 정걸의 코에 묻은 검댕을 보고 웃으며 대답했다.

"대장선 뱃바닥은 작년에 지졌그만요."

"물벌거지가 생겨부렀을지 모릉께 지가 아무 때라도 지져불라요."

"정 공이 손봐준다믄 고맙지유."

이순신은 술자리를 만들었다. 송희립에게 막걸리를 가져오게 했다. 이순신이 정걸을 대하는 태도는 늘 깍듯했다. 송희립이 술잔 사발을 돌리며 말했다.

"대장선 나리께서는 수사님과 어 현감님 오신 것이 젤로 기쁘다고 허셨그만요."

"이 공, 나도 다시 만난께 좋소."

정걸이 화답하듯 말했다. 어영담은 파직된 자신을 구해준 이순신에게 보답이라도 하듯 지난번 술자리에 이어 또다시 안줏감으로 말린 청어를 가져와 내놓았다. 이순신은 술이 몇 잔 오고간 뒤에야 정걸에게 종용하듯 물었다. 두 왕자가 함경도에서 어떻게 포로가 되었는지 왜 아직도 풀려나지 못하고 있는지가 몹시 궁금했던 것이다.

"사실, 두 왕자님 이야기를 듣구 싶구먼유."

"두 왕자님은 한양에서 북도로 갔는디 서로 다른 질로 올라갔지라."

정걸은 술로 목을 축이고서는 마른 입술에도 조금 묻혔다. 이순신은 술잔을 입에 대었다가 내려놓았다. 어영담은 이순신보다는 관심이 적은지 청어를 씹으면서 자작으로 술을 따라 마셨다. 정걸은 흰 수염을 가지런히 쓸어 만지고는 입을 열었다. 팔십이 가까워진 정걸의 뺨은 어금니와 송곳니가 빠져 홀쭉했고 눈은 털게 구멍처럼 깊이 들어가 있었다. 그러나 노장의 허리는 꼿꼿했다. 정걸은 굵은 목소리로 이야기를 시작했다.

왜군이 침략한 뒤, 궁궐에서 선조와 헤어진 두 왕자는 각자 다른 길로 북행했다. 임해군은 영중추부사 김귀영, 철원군 윤탁연을 앞세우고 험준한 철령을 넘어 함경도에 이르렀다. 또한 순화군은 장계군 황정욱을 따라 철원, 희양을 지나 통천으로 북행했으나 왜군이 뒤쫓아 온다는 보고를 받고는 안변으로 급히 갔다가 겨우 함경도로 들어갔다. 길을 달리하여 북행한 까닭은 근왕병을 모집하기 위해서였는데 주어진 임무를 못 한 채 두 왕자는 함경도에서 만났다. 함경도에서 합류한 두 왕자는 추격하는 왜군을 따돌리며 회령까지 올라갔다. 또 회령에서 전진으로 옮겨가 피신하려고 했다.

"임해군 진(𤥾)은 모병헐 생각은 허지 않고 백성덜에게 끄니 때마다 술과 고기를 구해 오라는 둥 민폐를 끼쳤지라. 그래서 인심을 크게 잃어부렀는디 그 결과가 어찌케 되야뿐지겄습니까?"

"민심의 배는 무섭습니데이. 그래서 배가 뒤집어진다, 아입니꺼?"

어영담은 반란을 '배가 뒤집어진다'라고 표현했다. 이순신은 또 속이 쓰려 이맛살을 찌푸리며 고개만 끄덕였다. 회령의 군사들이 임진년 7월 23일 두 왕자와 재신들에게 등을 돌리고 난적으로 변한 것이었다. 진무 국경인은 객사를 포위한 반란 군사들 앞에서 대장을 자처했다. 남문 누각에 있던 순변사 이영과 회령부사 문몽원은 느닷없는 반란 군사의 봉기에 아연실색했다. 반군 수괴 국경인은 객사에 있던 두 왕자와 부인, 노비들을 포박했다. 그리고 김귀영, 황정욱, 황혁 등을 묶어 객사 한 방에 가두었다. 순변사 이영은 갑옷을 벗고 남문 누각에서 내려와 두 왕자를 풀어주라고 국경인에게 청했지만 오히려 그도 사로잡혀 독방에 갇혔다.

그때, 왜군 장수 가토 기요마사 부대는 길주, 명천을 지나 회령까지 점령하려고 고풍산에서 진을 치고 있었다. 왜군이 고풍산에 와 있다는 것을 안 반군 수괴 국경인은 부하를 시켜 항복하겠다는 글을 가토에게 보냈다. 가토는 즉시 회령성 밖까지 왜군 부대를 거느리고 와 부장을 대동하고 성안으로 들어왔다. 가토는 포박당한 두 왕자와 재신들을 보고는 미소를 흘렸다. 그런데 무슨 까닭에선지 가토는 국경인을 꾸짖으면서 두 왕자와 재신들의 포박을 풀어주라고 명했다. 그런 뒤 가토는 포박당했던 사람들을 자기 진중으로 데리고 가버렸다. 국경인은 어안이 벙벙했지만 가토를 지켜볼 수밖에 없었다. 왜군 부대 진중으로 돌아온 가토는 부장에게 끼니를 굶은 두 왕자와 재신들에게 음식을 푸짐하게 내놓도록 지시했다.

반군 수괴 국경인의 위세는 오래가지 못했다. 함경도 경성에서 의병을 일으킨 정문부가 회령으로 진군하여 저항하는 반란 난적을 제압한 뒤, 국경인을 참수하여 성 밖에 효시했던 것이다. 그때가 임진년 9월 16일이었다.

"오해허믄 안되지라. 한강변 용산에 있던 소장의 부하인 주사舟師가 강화허는 일에 끼여 지가 쪼깐 간여혔그만이라."

"정 공이 강화허는디 역할을 했다는 소리는 아니지유?"

"오해 마시랑께요. 지는 부하 땜시 개밥에 도토리맹키로 저절로 낑겨 들어간 거지라."

가토가 회령에서 두 왕자를 데리고 안변으로 내려와 있을 때였다. 선조는 두 왕자를 데려오기 위해 이여송에게 매달렸고, 이여송은 명군 참군參軍 풍중영과 조선인 향도장 최우를 안변의 가토에게 보냈다. 풍중영은 가토에게 '명 대군이 평양성을 수복했으니 강화를 맺고 두 왕자를 돌려보내기 바란다'고 요청했다. 그러자 한강 이남으로 후퇴하라는 왜군 총사령관의 지시를 받은 가토는 '곧 한양으로 가서 두 왕자를 돌려보내겠다'고 약속했다. 가토에게 약속을 받은 풍중영은 의주로 돌아갔다. 평양으로 퇴각해 있던 이여송은 가토에게 강화사講和使를 보낸 뒤, 경략 송응창에게도 부하를 보내 왜군과 화의할 것을 건의했다.

경략 송응창은 이여송의 건의를 받아들였다. 그는 즉시 부총병 사대수에게 지시해 김지귀를 조선인 통사 김선경과 함께 한양으로 보내 왜군의 동태를 면밀하게 살피도록 명했다. 행주산성에서 패한 왜군은 사기 저하와 군량 부족으로 이미 남하할 계획을 세우고 있었는데, 김지귀 등은 용산으로 잠입해 왜군의 군량과 마초를 태워버렸다. 당황한 왜장 고니시는 승려 겐소를 보내 김지귀 등과 용산의 한강 변에서 강화를 상의하게끔 꾀를 냈다. 그런 뒤 고니시는 강화를 청하는 글을 명군 부총병 사대수와 조선의 예조, 충청 수사 정걸의 부하인 주사에게 보냈다. 정걸의 부하인 주사에게도 글을 보낸 까닭은 한강과 충청도 바닷길을 이용하여 남하해야 하는데 충청 수사의 허락 없이는 불가능하기 때문이었다.

정걸은 즉시 동파에 있던 도체찰사 유성룡에게 고니시의 글을 보냈다. 유성룡은 사대수를 찾아가 고니시의 글을 보여주었고, 사대수는 평양에 있는 직속상관 이여송에게 고니시의 글을 보냈다. 그때 가토는 용산에 있는 정걸의 부하인 주사에게 임해군의 노비 장세와 장계군 황정욱의 사람 안탁을 보내 명 장수들의 강화 의지를 확인하고 있었다. 마침내 이여송은 고니시와 가토의 글을 모아 경략 송응창에게 보고했다. 이에 송응창은 왜장들의 말을 믿고 유격 주홍모와 심유경을 한양으로 보내 고니시를 만나 자신의 뜻을 전하도록 명했다. 그러자 심유경은 용산에서 고니시에게 두 왕자를 돌려보내고 왜군이 조선 땅에서 물러간다면 명군은 압록강 너머로 되돌아갈 용의가 있다고 전했다. 그리고 또 하나의 조건으로는, 이러한 사실을 히데요시에게 알려서 그가 사죄한다면 명나라 황제 만력제에게 주청하여 정식으로 왜국 국왕으로 봉할 것이라는 말도 덧붙였다. 심유경은 고니시에 이어 가토도 만나 '이제까지 왜장 소서행장(고니시)이 있다는 말만 들었소. 가등청정(가토)이 있다는 말은 듣지 못했는데 이제 알고 보니 그대가 바로 조선의 왕자들을 사로잡아 간 장수로군. 나는 천자의 명을 받고 왔으니 전날에 그대가 만난 풍영중은 나와 비할 바가 아예 아니오'라고 으름장을 놓았다.

결국 한양의 왜군 총사령관 우키다 히데이에는 명군이 요동으로 철수한다면 조선의 두 왕자를 돌려보내고 왜군도 한양에서 퇴각하겠다고 명군 측에 전했다. 그러나 조선은 강화를 극렬하게 반대했다. 선조는 도체찰사 유성룡을 불러 함부로 강화를 이야기하는 자는 목을 베어 효시하겠다고 어명을 내렸다. 강화 협상을 하는 동안 세가 불리해진 왜군이 물러가는 척하다가 본국의 지원부대가 오면 다시 쳐들어올 것이라고 조정의 대신들 대부분이 의심했던 것이다. 선조는 친히 평양으로 가 대동관에서 이여송을 만나 강화를 반대한다며 왜군에게 속지 말 것을 요청했다. 그래도 송응창은 심유경의 보고를 받고는 왜군과의 강화를 결정했다. 책사 사용재와 서일관을 각기 참장과 유격으로 임명하고 강화사로 히데요시에게 보내 항서降書를 받아오라고 명했다. 그리고 심유경과 경력 심사현, 지휘 오종도는 함께 한양으로 가서 왜군의 철수를 재촉하고 두 왕자가 풀려나도록 노력하라고 지시했다.

왜군 총사령관 우키다는 송응창의 요구를 일부만 받아들였다. 4월 18일에 한강 이남으로 철수하면서 두 왕자와 황정욱, 황혁, 이영 등을 풀어주지 않고 서일관과 심유경을 인질로 삼았던 것이다. 강화 협상은 절반만 이뤄진 셈이었다.

다음 날 동파까지 내려왔던 이여송은 4월 20일 아침, 가장 먼저 한양에 입성했다. 뒤이어 유성룡과 김명원은 저녁 무렵에 들어왔다. 송응창은 자신의 요구를 다 들어주지 않고 철수한 왜군 총사령관 우키다에게 분노하여 조정에 '속히 경상, 전라, 충청 등의 수륙 군사를 정비해 왜군을 섬멸하라'는 글을 띄웠다. 이에 조정에서는 선전관을 경상, 전라, 충청의 수사와 병사, 방어사에게 급히 보내 송응창의 명령을 알렸다.

과연 왜군은 조정 대신들이 우려했던 대로 움직였다. 왜장 아사노 나가요시淺野長吉(훗날 아사노 나가마사)와 다테 마사무네 伊達政宗 등이 본국의 지원부대를 이끌고 와서 울산, 양산 등지에 새로 진을 쳤다. 상주까지 남하한 가토는 두 왕자와 재신들을 다테에게 넘겨주었다. 한편, 고니시를 따라간 명군 사용재와 서일관 등은 5월 24일 히데요시에게 칙사 대접을 받았는데, 히데요시는 조선으로 돌아가는 고니시에게 조선의 왕자와 재신들을 돌려보내고, 전날에 공격하다 실패한 진주성을 다시 쳐서 성주의 목을 가져오라고 명했다.

정걸의 이야기는 바다가 캄캄해진 이경에야 끝이 났다. 늙은 정걸은 곧 흥양 전선으로 돌아갔다. 그의 말은 틀림없는 사실이었다. 특히 왜군을 치라는 송응창의 지시는 그가 말한 대로 선전관을 통해서 이순신에게도 내려왔던 것이다. 이순신에게는 명의 지시 없이는 전투를 할 수 없었던 근심거리 하나가 개운하게 사라진 셈이었다. 송응창의 지시는 한양에서 경상도 바다까지의 거리와 왜군 부대를 피해 와야 했으므로 선전관이 뒤늦게 이순신 연합함대의 진문에 도착했을 뿐이었다. 아쉬웠지만 천만다행이었다. 비로소 이순신 휘하의 장수들은 마음 놓고 왜군과 전투할 수 있게 되어 사기가 다시 올라갔다.

6월 초순 이후로는 왜선을 발견할 때마다 추격하는 소규모 접전이 자주 일어났다. 왜군이 히데요시의 명에 의해 이순신 연합함대를 기피하므로 큰 전투는 벌어지지 않았지만 몇 척이 쫓고 쫓기는 싸움은 잦아졌다.

흰 머리카락

함대가 출동할 수 없을 만큼 비바람이 자주 몰아쳤다. 게다가 왜군은 여전히 전투를 피했다. 이순신 연합함대 전선들은 거제도와 고성의 포구들을 돌아다니면서 왜선을 감시만 했다. 초여름 들어 비는 계속 오락가락했다. 바다에 떠 있는 시간이 길어지면서 장졸들의 사기는 저절로 떨어졌다. 이순신은 본영을 떠날 때 전선에 태우고 온 소를 잡게 하여 각 진영에 고기를 돌렸다. 전투에서 이기고 난 뒤 고기를 나누려고 했지만 그때까지 기다릴 수 없었다. 승전하면 소를 잡아 장졸들에게 특식을 주곤 했던 것이다.

전투가 없다고 해서 수졸들을 마냥 놀리면 안 되었다. 정신 무장이 해이해지면 군율이 느슨해지고 사기는 더욱 떨어졌다. 그래서 비가 오면 전선 안에서 자귀로 배밑판에 쓰일 널빤지를 깎는다거나 꺾어놓은 갈대 단을 풀어 삿자리를 짜도록 시켰다. 비가 갠 동안에는 횃불로 뱃바닥을 굽거나 섬에 내려 사냥을 하기도 하고, 수졸들을 포작선에 태워서 청어와 민어 등을 잡아오게 했다. 장수들도 마찬가지였다. 수시로 작전 회의를 하거나 과녁을 걸어놓고 습사하며 긴장을 잃지 않도록 했다.

그렇다고 일부러 무모한 전투를 벌일 수는 없었다. 승산 없이 작전을 펴는 것은 군사들의 목숨을 귀하게 여기지 않는 장수나 할 짓이었다. 군사들은 본능적으로 장수의 작전 능력을 눈치챘다. 원균이 웅천에 있는 왜군들이 감동포로 쳐들어올지 모르니 미리 가서 치자는 공문을 보냈는데, 이순신은 혀를 찼다.

"쯧쯧. 음흉한 공문이구먼."

"무신 내용인게라우?"

"왜적이 감동포루 오니께 몬자 들어가서 치자는 겨."

"오메! 자다가 봉창 뚜드리는 소리 같어부요."

이순신은 웅천 일대의 적정을 손금 보듯 환하게 꿰고 있었다. 그런데 웅천 왜군이 감동포로 올지 모른다고 하니 기가 막혔다. 왜군이 역정보를 흘려 원균을 유인하고 있는지도 몰랐다. 이순신은 원균이 무슨 꾀를 도모하고 있다는 짐작이 들어 한숨을 쉬었다. 이순신은 날마다 탐망선을 띄워 웅천과 가덕도 일대의 적정을 수시로 보고받고 있었던 것이다.

"웅천 왜성 왜적덜은 꼼짝 않구 있는디 무신 작전이냔 말여."

"원 수사가 잔머리를 굴리고 있는 거 아닐께라우?"

"적정을 잘못 파악허구 공격혔다가는 우덜이 함정에 빠질 수 있는 겨."

"우리 전라 군사덜이 함정에 빠져뻔지기를 바라는 거 같당께
라우."

"부하덜 목심을 빼앗는 작전일 수두 있는 겨."

"지는 자꼬 고런 생각이 들어불그만요."

송희립뿐만 아니라 전라좌우도 장수들은 원균을 믿지 않았다.
심지어 경상 우수영의 장수들 중에도 직속상관인 원균을 불신하
는 이들이 있었다. 이순신은 뜬금없이 보낸 원균의 공문을 조금
도 신뢰하지 않았다. 송희립은 전라좌우도 군사에게 타격을 주
기 위한 원균의 음모라고 판단했다.

"원 수사는 나리께서 연전연승허시는 것을 보고 질투허고 있
어라우. 그래서 작전 실패를 유도헐지도 모른당께라우."

"고런 흉계를 꾸미구 있다믄 가소로운 일이여."

탐후선은 며칠마다 거제도 진과 본영을 오갔다. 이순신이 탐
후선을 자주 띄우는 까닭은 본영과 관내의 공무를 점고하기 위
해서였다. 오관 오포에 남아 있는 유진장이나 색리들이 처리하
는 공무를 꼼꼼하게 살폈다. 의심나는 일이 생기면 본영의 유진
장을 진중으로 불러 지시하곤 했다. 본영을 지키는 나대용이 진
중으로 자주 오는 까닭은 그런 이유에서였다. 본영 역시 수시로
점고하지 않으면 군기가 흐트러지곤 했다.

최근에도 여러 불미스런 일이 있어 기강을 잡아야 했다. 본영
유진장 나대용을 시켜 모병을 태만하게 한 각 고을의 색리 열한
명을 벌주었고, 특히 수군 수백 명을 결원시켜온 옥과 향소의 색

리는 목을 베어 효수하도록 명했다. 그런가 하면 흥양 목장에서 낙안으로 옮긴 왕실의 말들이 떼죽음을 당한 일도 있어 이순신을 난감하게 했다. 말 한 마리를 죽이거나 잃어버리면 목자는 태형 오십 대, 목장 우두머리인 감목관은 벼슬이 한 등급 내려갔다. 말이 목장에 든 범에 물려 죽어도 관리를 소홀히 한 죄로 같은 벌을 받았다. 말을 잃어버린 수효대로 보충하거나 변상해야 했는데, 관내에서 일어난 사고이므로 최종 변상 책임은 이순신이 져야 했다. 보성 군수 김득광이 김의겸으로 바뀐 인사 문제도 이순신은 신경이 쓰였다. 김득광은 작년 1차 출진 때부터 지금까지 호흡을 맞추어온, 전투 경험이 풍부한 장수였기 때문이었다.

그래도 탐후선 진무를 볼 때면 심란한 마음이 가라앉곤 했다. 이순신에게는 머리 무거운 공무에서 잠시 벗어나는 순간이기도 했다. 탐후선 선장이 보고를 끝내고 대장선을 내려간 뒤에는 늙은 진무가 남아 송현 마을로 내려온 어머니의 안부를 전해주곤 했던 것이다. 마음에 큰 파도가 치고 있다가도 잔잔해지는 시간이었다.

"수사 나리, 자당님께서는 평강허게 잘 겨십니다요."

"진지는 잘 드시구?"

"예, 소식이지만 거르는 일은 읎으십니다요."

"말벗이 읎으시니께 심심허실 겨."

여수가 객지이므로 아직은 말벗이 없을 터였다.

"곰챙이 정씨덜이 자당님께서 불편허시지 않게 정성껏 돌봐드려불고 있습니다요."

"동네 사람덜 신세 지지 말으야 혀. 조카나 아들덜이 늘 옆에서 지켜야 헐 겨."

정대수가 내놓은 집은 큰방과 골방에 부엌이 딸린 초가삼간이었다. 그러니 아들이나 조카가 아산에서 내려와 있어도 거처할 방이 생긴 셈이었다.

"시방은 큰아드님 회와 조카 해가 자당님 곁에 있드그만요."

"봉이 여기 있으니께 그럴 겨."

"조카덜이 대단헙니다요."

"염 소식은?"

"아산에서 병이 다 나았다고 헙니다요."

염은 훗날 이름을 면으로 바꾼 셋째 아들이었다. 병이 나고 생했는데 완치가 된 모양이었다. 동헌 진무는 이순신의 가계에 대해서 소상히 알고 있었다. 회는 이순신의 장남, 울은 차남, 해와 봉은 이순신의 동생 이요신의 아들들이었다. 이순신은 아산의 조카와 아들들이 여수로 내려와 어머니를 번갈아가며 봉양하고 있었으므로 안심했다. 마음 같아서는 하루라도 빨리 본영으로 귀진하여 어머니에게 직접 문안드리고 싶었지만 임금의 명을 받은 장수라 그럴 수 없었다. 이순신은 탐후선 진무에게 어머니가 끼니 때 무엇을 드시는지, 잠은 잘 주무시는지를 더 물으려다가 참았다. 그런 사사로운 궁금증은 조카나 아들이 왔을 때 해소해야 했다.

"회나 해가 여기루 온다는 말은 읎든가?"

"때를 봐서 나리께 문안드리러 온다고 했습니다요."

"지달리다 보믄 오겄구먼."

진무는 이순신이 왜 아들을 기다리는지 몰라 자꾸 다른 이야기를 했다.

"은제 싸움이 있을지 모르는 여그보담 여수가 더 안전허겄지라우."

"수고했네."

조카 봉이 마른 갈대로 엮은 삿자리를 들고 왔다. 조카들 중에서 글재주는 동생 이희신의 둘째 아들 분, 손재주는 동생 이요신의 첫째 아들 봉이 뛰어났다. 삿자리는 눅눅해진 장대 마룻바닥에 깔았다. 그때 갑판에서 자귀질을 하고 있던 수졸들이 함성을 질렀다. 깃발을 단 전선 한 척이 진중으로 느릿느릿 다가오고 있었다. 깃발에는 용호장龍虎將이라고 쓰여 있었다. 군량미를 실은 용호장 성응지의 배였다. 송희립이 말했다.

"수사 나리, 군량이 오고 있습니다요."

"멫 섬이나 되는지 알아보구 오게."

"한 척만 끌고 오는 것을 봉께 을마 되야불지는 않을 것 같습니다요."

"그래두 걱정은 덜은 겨."

송희립이 협선을 타고 군량미를 싣고 온 전선으로 갔다. 협선은 군량미를 실은 전선 가까이 가지는 못했다. 파도가 치고 있었으므로 배끼리 부딪칠 위험이 있었다. 송희립은 손나발을 만들어 성응지와 소리쳐 이야기를 나눈 뒤 곧 대장선으로 돌아왔다. 이순신이 몹시 궁금하여 송희립에게 물었다.

"멫 섬이여?"

"본영 창고치 쉰 섬이라고 헙니다요."

"순천에서는 가져오지 않은 겨?"

"인자 양민덜헌티서는 구헐 군량이 읎다고 헙니다요."

"허긴 백성덜이 내놓을 군량이 워디 있겄는가."

"쉰 섬 가지고는 어림읎지라우. 또 구해 와부러야 헐 거 같습니다요."

"어 현감도 광양으루 돌아가 군량을 가져온다구 허니께 지달려봐야지."

바다의 작전이 길어지면서 이순신을 곤혹스럽게 하는 것은 장졸들의 사기와 군량이었다. 군사의 군량은 전투가 있건 없건 간에 날마다 몇 가마니씩 줄어들었다. 전투가 없다고 끼니를 거르지는 않았다.

이순신은 자정이 넘어서야 겨우 눈을 붙였다. 그제와 어젯밤에는 속 쓰림 탓에 잠을 잘 자지 못했는데 오늘 밤의 속은 그래도 편했다. 그런데 이번에는 원균 때문에 잠이 달아나버렸다. 꼭두새벽인 축시에 보낸 원균의 공문 탓이었다. 갈겨쓴 글씨로 보아 술에 취해서 작성한 공문이 분명했다. 공문에는 막걸리 자국이 번져 있었다. 며칠 전에 보낸 공문에 대한 답이 없자 화가 나쓴 것 같기도 했다. 그렇지 않다면 꼭두새벽에 공문을 보낼 리가 없었다. 공문의 내용은 먼젓번과 흡사했다. 조선 수군이 먼저 새벽에 적을 치자는 것이었다.

이순신은 응하지 않았다. 탐망선장으로부터 초저녁에 적정을 상세하게 보고받았던 것이다. 웅천의 적선 네 척과 김해 어귀에 있던 적선 백오십여 척 중에서 열아홉 척이 왜국으로 돌아갔으며 나머지는 부산을 향해 갔다는 보고였다. 왜선의 일부가 철수 중인데 왜 공격하자는 것인지 의심이 들어 답답했다. 이순신은 위급한 상황이 아닌데도 '새벽에 나가 치자'는 원균의 마음을 도대체 이해할 수 없었다. 이순신은 혼잣말로 중얼거렸다.

'원 공의 음흉함과 시기심은 말로 다헐 수 읎군.'

날이 밝자마자, 이순신은 앞으로의 합동 작전을 위해 공문을 써 원균에게 보냈다. 원균을 내치면서 작전을 펼 수는 없었다. 원균은 삼도 연합함대의 네 명 수사 중 한 명이었다. 그런데 공문을 가지고 갔던 송희립이 돌아와서 불만을 터뜨렸다.

"워째서 우거지상을 허구 있는 겨?"

"공문을 전허지 못혔습니다요."

"원 공이 워디루 사라졌다는 말여?"

"술을 을매나 마셨는지 큰대자로 뻗어부렀드랑께요."

이순신은 어금니를 물면서 입을 다물어버렸다. 술 마시면 주사를 부리고 기생을 배에 태우고 다니는 등 도가 넘치는 원균의 막된 행태는 어찌해볼 도리가 없는 것이었다. 송희립이 도리질을 하더니 말했다.

"나리께서 하루라도 빨리 삼도 수군통제사에 올라부셔야 해결되겠지라우."

"그래두 경상 우수영 수백인디 워쩔 겨."

실제로는 이순신이 영호남 연합함대의 군사를 지휘하고 있지만 수사로서 같은 서열인 원균의 어긋난 행동을 저지할 수 있는 방법은 없었다. 답답하고 한심할 뿐이었다. 그래도 이순신은 원균의 지위를 인정하여 부하들에게 일희일비하지 말자고 당부하곤 했다. 오랫동안 의기투합해온 전라 우수사 이억기나 충청 수사 정걸이 옆에 있는 것만도 다행이라고 부하들을 다독거렸다.

밤새 비가 간헐적으로 내렸다. 조카 봉이 간 삿자리에 누운 이순신은 장대를 두드리는 빗소리에 몸을 뒤척였다. 삿자리는 갈대 이파리처럼 서걱거렸다. 빗소리는 가는 비명 소리처럼 들리다가도 어둔 바다 멀리 사라졌다. 가는 빗소리가 새벽이 되자 갑자기 후둑후둑 커졌다. 장대비에 바람까지 가세하여 전선을 두들겼다. 이순신은 한숨도 제대로 눈을 붙이지 못한 채 삿자리에서 일어났다. 단잠을 자지는 못했지만 그제와 어젯밤처럼 배가 아프지는 않았으므로 정신은 그런대로 맑았다. 조카 봉이 짠 매끄럽고 빳빳한 삿자리 감촉 덕분이기도 했다. 비가 자주 내리는 장마철부터 여름 동안의 장대 안 마룻바닥은 늘 곰팡이 냄새가 나고 눅눅했었는데 풀 먹인 이부자리처럼 편안했던 것이다.

아침에는 비가 뚝 그치고 해가 났다. 하늘이 며칠 만에 바다 빛깔로 변했다. 햇살이 장대 안으로 비쳐들었다. 이순신은 모처럼 상쾌한 기분으로 아침을 맞았다. 조카 봉이 송희립보다 먼저 장대로 올라왔다.

"큰아버님!"

"들어오너라."

이순신은 상투를 풀어 헤치고 흰 머리카락을 뽑고 있는 중이었다. 흰 머리카락 여남은 올이 삿자리에 놓여 있었다. 아침 햇살에 드러난 흰 머리카락들이 명주실 오라기처럼 보였다.

"큰아버님, 무신 일루다가 머리카락을 뽑으셔유?"

"흰 머리카락이 있은들 워쩌겄냐만."

"나이 잡수시는 것이 한스러우셔유?"

"아녀."

"할머니께 안 보이시려구 그러셔유?"

"기여."

"맴이 아파유. 정읍 현감으루 겨실 때만 혀두 머리카락이 까마구멩키루 까맸는디유."

"세월을 비껴갈 장사는 읎는 겨. 늙으신 어머님께서도 내 흰 머리카락을 보시믄 맴이 아프실 겨."

"큰아버님 심들게 의지허구 사는 지덜 탓이 크지유."

"무신 말을 허는 겨? 내게는 아들이나 조카나 다 똑같은 피붙이여."

봉은 문득 눈물이 콧속으로 흘러 콧물과 섞여지는 것을 느꼈다. 장대 밖으로 나온 봉은 손가락으로 콧등을 잡고 휭 코를 풀었다. 이순신은 자신의 흰 머리카락을 뽑아 보이지 않게 하는 것도 어머니를 공손하게 섬기는 도리라고 여겼다. 자신의 늙어가는 모습을 어머니에게 보이고 싶지 않았다. 그러나 이순신은 어머니가 여수 본영에 계시는데도 언제 돌아가 뵐지 모르는 바다 위의 변방 장수였다. 아들이나 조카들이 탐후선을 타고 오가면서 전해주는 어머니의 안부를 듣고 안도할 뿐인 처지였다.

"니두 인자 본영으루 돌아가야 혀. 그래야 회가 니 대신 여기루 올 겨."

이순신 말대로 봉은 식구들이 교대해주지 않았으므로 진중에 오랫동안 머물러 있었던 셈이었다. 이순신은 조카 봉이 보름 넘게 잔심부름과 궂은일을 도맡아왔으므로 미안해했다.

"무신 사정이 생겼으니 성님이 늦어지는 거지유."

"꿈에 회가 보여서 헌 말여, 할머니두 봤구."

"성님이 올 때까정 여그 있겄시유."

"아녀. 탐후선이 들어오믄 니는 바루 가. 더 고생허지 말구."

이순신이 봉을 바로 본영에 보내려고 한 까닭은 회로부터 꿈에 나타난 어머니의 안부를 소상하게 듣고 싶기 때문이기도 했다. 어머니 역시 진중에 있는 자식의 소식이 듣고 싶을 터였다.

봉은 때마침 들어온 탐후선을 타고 본영으로 돌아갔다. 회는 사촌 동생 봉이 오자마자 탐후선을 타고 와 한산도로 진을 옮긴 이순신을 찾아 문안 인사를 올렸다. 이순신은 큰아들 회의 큰절을 받고 나서는 바로 어머니 안부를 물었다.

"편찮으신 디는 읎으신 겨?"

"예."

"요즘은 무얼 즐겨 잡수시는 겨?"

"쑥국을 좋아허시지유."

"여름 쑥? 독허니께 잡수시지 말으야 혀."

"응달에서 난 어린 쑥은 괴안찮대유."

햇볕이 들지 않은 땅의 쑥은 부드럽다는 말이었다.

"할머니 다리 심은 워뗘?"

"날마다 마실을 한 바쿠 돌 정도루 좋아유."

"수壽허실라믄 뭣보담 다리 심이 좋으셔야 허는 겨."

"나물 뜯으려구 먼 디까정 댕겨오신 적두 있구먼유."

"안강安康허시다니께 다행, 다행이여."

이순신은 공무를 볼 때처럼 회에게 몇 가지만 묻고는 잠시 물러가게 했다. 그런 뒤 한참 만에 장대를 나와 본영 쪽을 바라보면서 중얼거렸다.

'어머님, 복되셔유. 오래오래 수하셔유.'

5월 7일에 본영을 떠났으니 벌써 두 달이 가까워지고 있었다. 그동안 걸망포, 견내량, 제포, 유자도, 역포 등을 떠돌다가 지금은 한산도 바다에 머물고 있지만 하루도 어머니를 잊어본 적이 없는 이순신이었다. 아들과 조카들이 탐후선을 타고 오가며 어머니 소식을 전해주지만 직접 뵙지 못하는 안타까움이 더했다. 눈에 띄는 흰 머리카락을 뽑으면서 어머니 뵐 날이 오기를 기다릴 뿐이었다.

2차 진주성 전투 1

왜군 부대들은 목사성 성주의 목을 가져오라는 히데요시 명령이 떨어진 뒤부터 진주로 진군했다. 히데요시는 진주성 성주를 목사성 성주로 불렀고, 1차 진주성 전투를 승리로 이끈 진주목사 김시민이 아직도 살아 있는 줄 알고 있었다. 계사년 봄에 히데요시가 가토와 고니시, 나베시마 나오시게鍋島直茂 등 왜장들에게 보낸 명령서의 내용은 세 가지였다.

'목사성 공략은 흙주머니와 죽창을 많이 만들고, 부상자가 나오지 않도록 하며, 성민은 한 명도 남기지 말고 모조리 죽여야 한다.

그런 뒤 전라도로 출진해서 승리해야 한다.

전라도를 토벌한 뒤에는 성들을 견고하게 만들되 군사의 다소에 따라 성의 크기를 정하고, 장소는 검토해서 승리한 장수가 소유하라.'

히데요시가 진주성을 공략하려고 하는 속셈은 호남 토벌이었다. 또한 작년에 패배했던 1차 진주성 전투에 대한 설욕과 보복이었다. 임진년 10월 5일부터 10일까지 6일 동안 목사 김시민이 이끄는 진주성 양민과 성 외곽의 영호남 의병 부대가 왜장 기무라 시게코레木村重茲, 하세가와 히데카즈長谷川秀一, 나가오카 다다오키長岡忠興 등의 왜군 삼만여 명을 여지없이 패퇴시켰던 것이다.

평양과 함경도에서 밀리기 시작하여 마침내 경상도까지 퇴각한 왜군들은 다시 전열을 가다듬은 뒤 진주로 향했다. 가토 부대 이만 오천 명, 고니시 부대 이만 육천 명, 우키다 부대 만 구천 명, 모리 히데모토毛利秀元 부대 만 사천 명, 고바야카와 부대 구천 명, 구키 수군 부대 팔천 명 등 총 십만 천 명을 동원한 총공격이었다.

여름 장대비가 쏟아졌다. 길은 진흙탕으로 곤죽이 되었다. 왜군들은 장대비를 맞아 비루먹은 개떼처럼 진주로 가는 들길을 뒤덮었다. 왜장을 태운 말들은 진흙탕에 빠져 경중거렸다. 기병들이 탄 말들이 진흙탕을 튀겨 왜군들은 진흙투성이가 되었다. 장딴지에 종기가 나 피고름이 흐르는 왜군은 절룩거리며 걸었다. 어떤 왜군은 전투가 두려워 풀숲에 숨어들었다가 발각돼 진군 중에 총살당했다. 가토와 고니시, 고바야카와 부대 육만 명은 진주성 외각 마현으로, 우키다 부대는 삼가로, 모리 히데모토 부대는 산청으로 진군했다.

날이 개자 곧바로 불볕더위가 내리꽂혔다. 왜군들의 군복은 금세 말랐지만 퀴퀴한 고린내를 풍겼다. 왜군들은 이번에는 장대비를 맞은 것처럼 땀에 절었다. 소금물 같은 땀이 눈물 콧물처럼 얼굴에 흘러 번들거렸다.

조선 관군과 의병군은 왜군 부대보다 빨리 진주로 모여들었다. 조선 군사들의 행색도 왜군과 별반 다르지 않았다. 차가운 밤이슬과 쏟아부어대는 소나기, 들불 같은 땡볕에 시달리기는 마찬가지였다. 그래도 조선 관군과 의병군은 왜군을 피해서 먼 길을 돌아 진주성으로 들어갔다.

전라 우의병장에서 경상 우병사가 된 최경회는 6월 17일에 의병군을 거느리고 진주성으로 입성했다. 최경회는 성에 도착하자마자 진주 목사 서예원을 불러 창고의 군량미부터 확인했다. 수성전에서 가장 중요한 것은 군량미와 무기였던 것이다.

"창고 군량은 시방 을매나 남아부렀소?"

"아직 십만 섬이나 남았십니더."

"십만 섬이라믄 우리 군사덜이 을매나 묵을 수 있는 군량이오?"

"장사 이백 명과 군졸 칠만 명이 지금부터 11월 보름까지는 묵을 수 있을 낍니더."

"진주성은 성곽이 튼튼허고 군량이 넉넉허니 한번 힘껏 싸워볼 만헌 곳인께 두려워 마씨요."

"예, 병사 나리."

서예원은 큰 전투를 앞두고 있어서인지 안절부절못했다. 최경회를 바로 쳐다보지 못하고 고개를 주억거렸다. 그러다가도 최경회 뒤에서 두 손을 모으고 있는 논개를 힐끗거리며 보았다. 죽창을 든 논개가 여자인지 남자인지 헷갈려서 그러는 것 같았다. 최경회는 논개에게 남장을 시켜 진주성까지 데리고 왔는데 논개는 첩이자 한 사람의 군졸이었다.

최경회 의병군이 입성한 이후 충청 병사 황진의 관군 칠백여 명이 달려왔고, 나주 의병장이자 창의사 김천일 의병군 삼백 명이 뒤이어 왔다. 그리고 전라 좌의병 부장에서 사천 현감이 된 장윤이 의병군 삼백 명을, 금산에서 순절한 고경명의 아들인 복수 의병장 고종후가 의병군 사백 명을 거느리고 입성했다.

전라도 의병장들이 진주성에 다소 늦게 입성한 것은 장수들 간에 의견이 달랐기 때문이었다. 경상도에서 전공을 세워 의주 목사가 된 의병장 곽재우와 순변사 이빈, 경상 우감사 김륵 등이 진주성 전투 작전을 의논하면서 갈등을 빚었다. 순변사 이빈은 진주성으로 들어가 수성 작전을 펴야 한다고 주장했다.

"흉악한 적들의 계략은 진주를 도륙하려는 것이오. 만약 우리가 진주성을 포기한다면 적들은 반드시 전라도 깊숙이 들어가 그 환난을 헤아리지 못할 것이오. 그러니 우리 모두 함께 진주성으로 들어가 적들을 막는 것보다 더 좋은 방법은 없을 것이오."

그러나 의병장 곽재우가 반대했다.

"차라리 들판에서 싸우다 죽을지언정 저는 성으로 들어가지 않겠십니더. 성안에서 싸우는 것은 불리할 낍니더."

"목사는 왜 수성전을 반대하는 것이오?"

"적을 성에 집어넣고 외곽에서 성을 치는 공성전으로 나가야 승산이 있을 낍니더."

곽재우는 왜군을 성안으로 들여보낸 뒤 군량미나 무기가 떨어질 때까지 지구전을 펴면서 공성전으로 나가자고 주장했다. 그러자 영천 출신인 경상 우감사 김륵이 자신보다 열두 살 아래인 곽재우에게 단호하게 말했다.

"장수가 대장의 말을 따르지 않는다면 군법으로 처리할 수밖에 없을 끼구마."

곽재우는 자신의 뜻을 굽히지 않았다. 이빈의 지시를 따르지 않을 뿐더러 김륵에게도 대들었다.

"나라를 위해 목숨을 바치기로 하였으니 죽는 것은 당초부터 두렵지 않았십니더. 그러나 내 군졸을 어찌 차마 성안에서 헛되이 죽게 하겠십니꺼? 차라리 자결을 할지언정 진주성에는 들어가지 않겠십니더."

이빈은 할 수 없이 곽재우 의병군은 의령 땅 정진을 지키게 하고, 전라도에서 온 고종후의 복수 의병군과 장윤의 전라 좌의병군은 진주성으로 들어가도록 명했다.

진주로 내려오던 의병장 김천일은 19일에 전라 병사 선거이와 홍계남 등을 만났다. 김천일은 진주성으로 들어가려고 했지만 이빈과 선거이 등은 진주성 외곽에서 지원하겠다며 산음으로 물러나려고 했다. 김천일이 항의했지만 결국 선거이는 남원에 있는 전라 순찰사 권율의 지시를 받아 운봉으로 옮겨가 진을 쳤다. 선거이의 고민은 컸다. 이순신이 웅천을 공격해달라고 부탁

했지만 휘하의 관군이 보잘것없었기 때문에 한 발짝도 움직이지 못했던 것이다.

한편, 이때 곽재우는 가토의 왜군 부대가 밀려오자 정진을 지키지 못하고 삼가로 후퇴했다. 왜군은 의령을 지나 진주로 곧바로 쳐들어왔다. 그러면서 척후군을 단성과 삼가, 곤양, 사천으로 보내 진주성 외곽을 차단했다. 순변사 이빈은 또다시 산음에서 함양으로 물러났고 명나라 군사는 선산과 성주까지 내려왔으나 당장 진주성을 지원할 계획은 없는 듯했다. 명군은 왜군을 위협하지도 공격하지도 않았다. 강 건너 불구경하듯 바라만 볼 뿐이었다.

진주성안의 관군과 의병군, 양민 등 육만여 명은 결의를 다졌다. 죽기를 각오하고 수성하기로 맹세했다. 관군 장수는 진주 목사 서예원, 거제 현령 김준민, 감포 현령 송제화, 해미 현감 정명세, 태안 군수 윤규수, 결성 현감 김응건, 당진 현감 송제, 남포 현감 이례수, 보령 현감 이의정, 진주 판관 성수경 등이었고, 의병장은 창의사 김천일, 경상 우병사 최경회, 충청 병사 황진, 전라 좌의병 부장 겸 사천 현감 장윤, 해남 의병장 임희진, 영광 의병장 심우신, 김해 부사 이종인, 복수 의병장 고종후, 복수 의병군 부장 오유, 의병장 민여운, 의병장 이계련, 광양 의병장 강희열, 광양 의병군 부장 강희보, 적기 의병장 부장 이잠, 전라 우의병 부장 고득뢰, 담양 의병장 부장 양산숙 등이었다. 성을 지키는 관군 장수는 경상도 출신이 대부분이었고, 의병장들은 전라도에서 온 장수들이 많았다.

김천일은 전라도 각 고을의 의병장들과 상의하여 부대를 다시 편성했다. 김천일은 총대장, 최경회는 우도 절제사, 충청 병사 황진은 순성장巡城將, 각 군 부장은 장윤, 양산숙, 민여운, 이종인, 김준민, 고득뢰, 강희보가 맡았고, 전투 대장은 강희열, 심우신, 임희진, 문홍헌 등이 맡아 진주성 4대문에 배치되었다.

전투는 20일 오후, 성 동쪽에서 먼저 벌어졌다. 왜군이 조선군의 수성 전력을 시험하듯 기습했다. 날은 흐리고 바람이 거세게 불었다. 성안에 세워둔 깃발들이 찢어질 듯 펄럭거렸다. 왜군 기병 이백여 명이 회오리바람처럼 흙먼지를 일으키며 동쪽 성벽 밑까지 바짝 파고들었다. 관군과 의병들이 일제히 화살을 쏘았다. 기선을 제압하기 위한 왜군의 선제공격이었다. 그러나 관군과 의병들은 우왕좌왕하지 않고 침착하게 응전했다. 달려드는 왜군 수십 명을 화살 공격으로 쓰러뜨렸다.

진주성 전투가 시작됐는데도 명나라는 화의를 통해 휴전하려고 할 뿐 조선의 입장을 거들떠보지 않았다. 명군 총병 유정과 유격 오유충 부대는 대구에, 참장 낙상지와 유격 송대빈 부대는 남원에, 유격 왕필적 부대는 상주에 주둔하고 있었지만 끝내 진주로 남진하지 않고 있었다. 경략 송응창이 심유경을 고니시에게 보내 두 왕자 임해군과 순화군을 풀어주고 왜군이 진주성을 공격하지 않도록 교섭할 것을 지시했기 때문이었다. 교섭이 지지부진하자 송응창은 심유경을 질책했다.

"너는 진즉 왜놈들이 바다를 건너가게 하고 두 왕자를 찾아

돌아왔어야 했다. 그런데 왜놈들은 아직도 경상도 일원에 머물러 노략질을 하고 있다. 너는 다시 왜적의 진영에 들어가 왜장을 분명하게 타이르도록 하라. 그렇지 않으면 병부에 공문을 띄워 엄중하게 따져서 너를 용서하지 않겠다."

그런데 고니시를 만나고 온 심유경은 도원수 김명원에게 진주성을 비워주면 서로 피해가 없을 것이라는 어처구니없는 공문을 보냈다. 조선군이 진주성을 비워주면 왜군은 성을 공략하는 시늉만 하고 바로 동쪽으로 물러나겠다는 것이었다.

'왜군이 진주성을 공격하려는 것은 작년에 왜군이 진주성에서 아주 많이 죽었고, 왜군 배들이 모조리 분멸당하고 파괴당했기 때문이다. 그러니 원망이 풀리지 않은 것이다. 더구나 귀국 군사들이 풀을 베고 있는 왜인들까지 죽였다. 이러한 사실을 왜장이 관백에게 보고했던바 관백은 "너희들도 진주를 공격하여 성과 해자를 다 파괴함으로써 원한을 갚도록 하라"고 지시했다는 것이다. 관백의 지시를 받은 행장은 "진주의 백성들이 미리 칼날을 피해야 좋을 것이 아닌가. 우리 군사가 성이 비어 있고 사람이 없다는 것을 보게 된다면 곧 철수하여 동쪽으로 돌아오고 말 것이다"라고 내게 말한 바 있다.'

심유경이 왜장 고니시와 짠 간교한 계책이었다. 그래도 김명원은 순찰사 한효순과 함께 심유경을 찾아가 통사정을 했다.

"진주성의 사태가 위급하오이다. 전력을 다해서 구원해주기 바라오."

"하루 종일 밤낮없이 행장(고니시)과 진지하게 논의했지만 청정(가토)이 혼자 돌아서지 않는데 난들 어찌하겠소."

"방법이 없겠소이까?"

"보낸 공문대로 따르는 수밖에 별 도리가 없소."

"우리 장수들더러 진주성을 비우고 잠깐 피하라는 것인데 어찌 유격 나리의 의견을 따를 수 있겠소이까?"

"행장은 왜군이 진주성만 공격한 뒤 곧바로 동쪽으로 물러갈 것이라고 약속했소. 내가 보장하겠소."

심유경과 고니시 간에 교섭은 별 진전 없이 끝났다. 왜군이 진주성을 공격하기 시작했던 것이다. 총병 유정이 가토에게 편지를 보내 협박했지만 우스꽝스러운 허세나 다름없었다.

'너희는 조선을 침범해 우리 속국을 파괴하더니 몇 해째 전투를 중단하지 않고 있다. 우리 황제께서 소식을 듣고 진노하여 각별히 군사를 출동시키면서 용감한 무관들을 나누어 보낸바, 그 까닭은 너희 군사를 모조리 죽임으로써 동해 바다를 영원히 조용하게 하려는 것이다. (중략)

이제라도 마땅히 생각을 돌리고 마음을 고쳐서 하루빨리 군사를 철수하여 동쪽으로 돌아가도록 하라. 그러면 우리도 무력을 동원하여 치지 않으려니와 너희 나라에 대한 신의를 잃지 않도록 할 것이며, 너희 군사들이 칼날에 맞지 않고 살아서 바다를 건너가도록 힘쓸 것이다.

만약 너희가 깨닫지 못하고 고집을 부린다면 우리는 무력을 동원할 수밖에 없다. 오미복선烏尾福船, 누선樓船, 백조栢艚, 용조龍艚, 사선沙船, 창선艙船, 동발銅鈸, 소소小艄, 해도海舠, 팔라호선叭

喇虎船, 팔장선八獎船 등의 배를 동원하여 수군 백만 명을 싣고 바다를 가로막아 너희 군사들이 돌아가는 길을 끊고 너희 군사들의 군량 보급로를 끊어버릴 것이다. 그렇게 되면 결판이 나는 싸움을 하지 않고도 너희 군사들은 저절로 죽게 될 것이고, 한 사람의 군사도 살아서 섬으로 돌아가지 못할 것이다.' (하략)

진주성을 수성 방비하는 데는 명군 지원부대가 절실한 것이지 유정의 협박 편지는 아무짝에도 쓸모가 없었다. 왜군과 전투를 회피해온, 나중에 있을지도 모르는 자신의 문책을 대비한 체면치레 편지일 뿐이었다.

왜군 부대들은 21일이 되자 진주성을 공격대형으로 포위했다. 모처럼 바람이 잦아든 맑은 날이었다. 왜군은 진주성을 겹겹으로 에워쌌다. 왜군의 깃발들이 산과 들을 뒤덮고 번뜩이는 칼날이 빽빽하게 들어차 피 냄새 나는 살기가 서렸다. 왜군들의 괴성이 이따금 땅을 뒤흔들었다. 진주성은 마치 망망대해 위에 뜬 외로운 돛배 같았다. 왜군의 기병 이백 명은 동북쪽 산 위에 나타났다 사라지기를 반복했다.

김천일은 진주 목사 서예원을 앞세우고 성을 돌면서 전라 좌의병 부장 장윤을 보자마자 말했다.

"임계영 대장은 많이 아프담서?"

"예, 창의사 나리. 노환으로 오시지 못했그만요."

"부장은 내가 주장허는 수성전을 어찌케 생각허는가?"

"군사의 숫자가 작을 때는 수성전이 더 용이허지라우."

"그렇당께. 왜적을 진주성에 몰아넣고 싸우자고 허는디 나는 생각이 달라부네. 진주성을 비우자고 허는디 고것은 병법에 읎는 해괴망칙헌 계책이여. 왜놈덜이나 헐 소리란 말여."

"그라지라우. 싸와보도 않고 비우자고 허는 것은 비겁헌 일이지라우."

임계영의 전라 좌의병군 부장으로 왔다가 경상도 성주 전투에서 전공을 세워 사천 현감이 된 장윤의 대답이었다. 장윤은 보성 사람 남응개, 김대민, 김신민 등 의병 삼백 명을 이끌고 성문을 지키고 있었다. 순찰을 안내하고 있는 진주 목사 서예원이 말했다.

"전라도 군사들이 진주성을 지켜주니 안심이 됩니다."

"여그 진주는 호남으로 들어가는 요해지라서 뺏기믄 호남이 망해분께 목심을 내놓고 지켜야제."

"맞십니다. 그렇다, 아입니꺼."

"진주가 무너지믄 남원이 무너지고 그 담은 전주제. 그랑께 진주가 무너지믄 절대로 안되는 것이여."

"전라도 의병들이 우째 겡상도로 달려왔는지 알겠십니다."

"성안에 아녀자덜은 모다 남장시켜부러."

"오늘 중으로 마칠 낍니더."

조총 소리가 연달아 났다. 총알이 김천일 옆에 선 느티나무 둥치에 박혔다. 놀란 서예원이 납작 엎드려 일어날 줄 몰랐다. 군졸들도 서예원을 따라 흩어져 나뒹굴었다. 김천일은 선 채로 조금도 놀라지 않았다. 그제야 진주 판관 성수경이 김천일을 우러러보았다. 조총 소리가 잠잠해지자 서예원이 기어서 왔다. 김천일이 물었다.

"시방 성민덜은 모다 몇 명이나 될까?"

"군사덜까지 합치면 육만 명쯤 될 낍니더."

"고만허믄 적을 막아내는 디 충분헌께 걱정헐 것은 읎겄네."

"왜적이 삼십여 만 명이라카는데 충분한교?"

"왜놈덜이 삼십만 명이라고 큰소리치는디 고건 허수여. 많아야 칠팔만 명인께 우리덜은 성안에서 심써서 싸와 막아삔지믄 돼야."

김천일은 일찍이 수원 독성산성에서 용인 왜군을 상대로 수성전 작전으로 이겨본 경험이 있었으므로 자신했다. 경상 우병사 최경회도 순성장 황진과 부장 고득뢰를 데리고 잠시도 쉬지 않고 경계 순찰을 돌았다.

2차 진주성 전투 2

김천일은 짧은 토막 잠에서 깨어났다. 그젯밤에 재발한 습증 濕症으로 허리가 아프고 다리 관절에 통증이 와 자정이 지나서야 겨우 잠들었던 것이다. 의병장이 된 이후 찬 밤이슬과 비바람, 눈보라치는 길 위에서의 풍찬노숙으로 나타난 습증이었다. 먹물에 젖은 것 같은 창호에는 아직 달빛이 희미하게 붙어 있었다. 김천일은 방바닥을 짚고 일어선 뒤 겨우 갑옷을 입었다. 전령 노릇을 하고 있는 아들 김상건의 부축을 받았다. 방문턱을 넘어서자마자 차가운 새벽 공기가 목덜미를 감았다. 남강 쪽에서 불어오는 축축한 바람이 연기처럼 스멀거렸다. 간밤에 지시한 대로 장수들은 이미 대장 숙소 아래에 있는 촉석루 뜰에 모여 있었다. 꼭두새벽의 진중 회의는 하루를 시작하는 첫 일과였다. 김천일의 종사관이자 심복인 양산숙이 다가와 말했다.

"창의사 나리. 광양 성제 의병장만 아직 오지 않았그만요."

"묘시까정 오라고 했응께 쪼깐 더 지달려보세."

묘시는 새벽빛이 어둠을 밀어내는 시각이었다. 장수들의 눈빛
이 어둠 속에서 쇳조각처럼 번들거렸다. 양산숙이 들먹인 광양
형제 의병장이란 강희보와 강희열을 지칭했다. 문과를 준비하던
유생 강희보는 광양의 장정 백여 명을, 무과에 급제하여 석주관
조방장으로 남원 가는 길목을 방어하고 있던 강희열은 군사 백
여 명과 함께 진주성에 입성해 있었다. 두 형제는 먼저 단성으로
달려가 왜군과 싸우던 백부 강인상을 지원하러 달려갔다가 창의
사 김천일 휘하로 들어온 장수들이었다.

강희보의 광양 의병군 장표는 사나운 범이란 뜻의 表彪 자였
다. 그리고 강희열의 석주관 의병군 장표는 만방에 기개를 떨친
다는 뜻의 분奮 자였다. 두 형제가 정한 장표만 보아도 왜적에 대
한 그들의 적개심과 전의를 느낄 수 있었다. 김천일 말대로 잠시
후 광양 형제 의병장들이 나타났다. 양산숙이 안도하며 말했다.

"성제 의병장덜이 왔그만요."

"성을 파수허는 것이 중헌께 회의는 짧게 끝내불세잉."

김천일이 주재하는 꼭두새벽 진중 회의에는 전투 대장과 부
장급 장수들만 모였다. 김천일이 진주성의 주장主將이 된 까닭은
작년에 선조가 보낸 교서와 유서 때문이었다. 선조는 의주까지
간 양산숙 편에 김천일에게 장예원 판결사를 제수했고 창의사란
사호賜號를 내렸는데, 그때 선조가 내려보낸 유서의 내용은 다음
과 같았다.

'그대는 위험에 처해 자신의 몸을 돌보지 않고 공을 세우니 내

어찌 상 주는 일에 인색하겠는가. 지휘하고 호령하는 일은 마땅히 도원수와 더불어 결정하며, 병량兵糧과 기계는 오직 그대의 뜻대로 취하여 쓰라.'

김천일에게 도원수급의 권한을 준다는 것이었다. 따라서 김천일은 주장, 즉 총사령관이 되어 전투를 진두지휘할 수 있었다. 김천일은 꼭두새벽마다 장수들을 대장 숙소가 아닌 촉석루 뜰에 모이도록 지시했다. 장수들은 동서로 나뉘어 섰다. 동쪽 줄에는 진주 목사 서예원을 비롯하여 김준민, 송제화, 정명세, 성수경 등 관군 장수들이 섰고, 서쪽 줄에는 최경회 이하 장윤, 임희진, 오유, 고종후, 고득뢰 등 의병장 장수들이 섰다.

김천일이 절룩거리며 촉석루 뜰로 간신히 올라갔다. 절룩거릴 때마다 옆구리에 찬 그의 장검이 땅에 끌리는 듯했다. 의병장들이 서 있는 줄 끝에서 강희보와 강희열이 그런 김천일을 주시했다. 강희열 뒤에는 사촌 동생 강희원이 표 자 장표가 쓰인 깃발을 들고 있었다. 김천일은 통증을 겨우 참으며 호흡을 가다듬었다. 이윽고 내뱉는 김천일의 목소리는 그러나 묵직했다.

"우리덜 군사는 만여 명, 성민까정 합쳐불믄 육만 명이여. 우리덜은 인자 쳐들어오는 적을 분쇄할 일만 남은 것이여. 우리덜 맴이 하나로 뭉쳐 싸우기만 헌다믄 적덜은 우리 성안에 한 발짝도 들여놓지 못헐 거그만. 알아불겄는가?"

"예, 창의사 나리."

"오늘부텀 왜적덜이 맹수멩키로 날뛸 텐께 정신 바짝 채려야 돼야. 여그저그 성벽을 툭툭 건드려 보다가 성벽 밑으로 파고들 것을 대비허고 있어야 당허지 않을 거그만."

전라 우의병군 의병장이자 경상 우병사인 최경회가 말했다.

"김 공, 우리덜이 맴을 합쳐 싸와분다믄 하늘이 천군을 보내줄 것이오."

"명군만 와준다믄 우리덜 수성전은 반다시 승리허겄지라."

"자, 인자 장수덜은 각자의 자리로 돌아가 방금 최 공이 헌 말을 부하덜에게 들려줘야 쓰겄다. 황제님의 천군이 온다믄 적덜은 두려와서 도망칠 것이고 우리덜 사기는 하늘을 찌르지 않겄는가!"

"명군이 온다고라우? 지는 생각이 다르그만요."

김해 부사 이종인의 말에 각자의 위치로 돌아가려던 장수들이 멈칫했다.

"부사는 으째서 고로코롬 말허는가?"

김천일의 물음에 이종인은 망설이지 않고 대답했다.

"지가 김해 군사를 델꼬 여그 성으로 들어올 때 명군은 뒤도 돌아보지 않고 내빼불드라고요. 고런 명군을 어찌케 믿을 수 있겄습니까."

왜군이 진주성을 공격할 것이라는 소문이 돌자 진주성에 와있던 명군 스무 명이 서둘러 돌아갔는데, 그들의 독자적인 판단이 아니라 상부의 지시에 의한 원대 복귀였다는 것이다.

"상관의 지시를 받고 가부렀는디 명군 지원부대가 온다는 것은 낭구에서 메기를 구허는 일이지라우."

"참말로 그럴까?"

"지가 직접 내빼는 명군헌티 들은 말인디 자기덜 장수가 급허게 철수허라고 명해서 가분다고 그랬당께라우."

"이여송 제독이 상주까정 내려왔다고 허는디 으째서 그러는지 이해가 되지 않그만. 우리덜을 도와줄라고 충주에서 내려온 것이란 말이여."

김천일이나 최경회는 명군 지원부대가 올 것이라고 의심 없이 믿었다. 김해 부사 이종인의 키는 다른 장수들을 압도했다. 팔척장신으로 다른 장수들보다 머리가 하나 더 있었다. 전주에서 태어나 선조 6년(1576) 무과별시에 급제하여 선전관이 되었다가 함경도 여진족 토벌전 때 공을 세워 선천 부사로 승진한 후 선조 24년 12월에 김해 부사로 부임한 그는 성격이 담대하고 궁술과 승마에 능했다. 전투가 벌어지면 긴 창과 장검을 휘두르며 절대로 물러서는 법이 없었다. 용맹스런 성격 때문인지 충청 병사 황진하고는 늘 의기투합했다.

진주성에 입성했을 때 그는 진주 목사 서예원과 대립했다. 배짱이 맞지 않았다. 서예원이 성을 버리고 나가려 하자 가로막으며 "의병장덜이 모여들고 있는디 으째서 성을 버리고 내빼는가!"라고 꾸짖었다. 그래도 서예원이 말을 듣지 않자 칼을 빼어 들고 그의 목을 베려 했다. 그제야 서예원은 겁에 질려 말에서 내렸던 것이다. 김천일이 또다시 주의를 주었다.

"어저께도 말했지만 적의 계책은 뻔허당께. 적덜이 진주만 공격허리란 것을 믿을 수 읎단 말이여. 지금의 호남은 나라의 근본이 되야 있고, 진주는 호남 가차이 있응께 마치 입술과 이빨 사

이라고 보믄 돼야. 그랑께 진주가 읊어져뻔지믄 호남 또한 읊어
져불고 말 것이 아니겄는가. 영념해부러야 써. 진주성을 비우고
왜적을 피헌다는 것은 있을 수 읎는 계책이란 말이여."

"영남도 우리 땅이고 호남도 우리 땅인께 침략헌 왜적은 한
사람도 냉기지 말고 다 죽여야 허지라!"

최경회가 김천일의 말을 받아 외쳤다. 최경회의 외침에 모든
장수들이 고개를 끄덕거리며 자리를 떴다. 그래도 광양 형제 의
병들인 강희보와 강희열, 강희원은 자리에 남아 김천일을 쳐다
보며 머뭇거렸다.

"나헌티 헐 말이 있는가?"

"예, 창의사 나리."

"무신 얘긴디?"

"요것을 가져왔그만요."

강희원이 보릿짚 자루를 내밀었다. 보릿짚 자루에는 잘 익은
자두가 한가득 들어 있었다. 자두는 핏덩이처럼 붉었다. 익기 전
부터 붉은 피자두였다.

"피자두 아닌가?"

"습증에 효험이 있다고 헙니다요. 창의사 나리께서 날것으로
자꼬 드시믄 차도가 있을 것입니다요."

"성을 나가 구해 왔단 말인가?"

"아버님을 도와 왜놈덜과 싸움시롱 단성 경호 강변에서 봐두
었던 피자두입니다요."

김천일은 내심 감격했다.

"왜놈덜이 박쥐 똥멩키로 깔려 위험헌디 자네가 거그까정 갔다 왔그만."

"단성 지리에 훤헌께 아조 에러운 일은 아닙니다요."

"아버님 함자는 머시여?"

"인麟 자 상祥 자입니다요."

"세상에 이름을 내세우지 않고 싸우는 겸손헌 분이시그만."

"사실은 광양에서 군량을 모아 보내고 있는 천天 자 상祥 자인 작은아부지가 더 훌륭하십니다요."

"으째서 그렇다는 것인가?"

"여그 성님덜이 바로 작은아부지 아들덜인께요."

강희원은 숙부 강천상이 자신의 아버지 강인상보다 더 대단하다고 여겼다. 숙부 자신은 의연곡을 모으면서 장남과 차남 모두를 전장에 보냈기 때문이었다. 김천일 옆에 있던 양산숙도 감격했다. 양산숙은 강인상 형제와 그 아들들 모두가 백운산 정기를 타고난 출중한 동량이라고 생각했다.

"광양에서 온 성제 의병장덜도 대장 처소로 들일께라우?"

"인자 지덜은 우리덜 자리로 가야지라우."

강희열이 무뚝뚝하게 나오자 양산숙이 부드럽게 말했다.

"아침밥 때가 되야서 그라요."

"동상, 여그서 밥 먹고 가불세."

강희보가 김천일의 눈치를 보면서 말했다. 그제야 강희열과 강희원이 뒤따랐다. 김천일이 서너 번 손짓을 했다. 자두를 가져온 그들에게 고마움을 표하고 싶었던 것이다. 대장 처소에 든 강희보 형제들은 김천일을 자세히 보고는 놀랐다. 김천일의 얼굴은 병색이 또렷했다. 얼굴은 대추씨처럼 말랐고 입술은 시퍼렇다 못해 검었다. 게다가 다리 통증이 심한 듯 걸음을 잘 걷지 못했다. 강희보가 말했다.

"창의사 나리. 고향으로 돌아가시어 몸을 추슬러야 헐 거 같습니다요."

"무신 소린가? 하루 이틀 지나믄 괴안찮을 건디."

"수월허게 고칠 병도 악화되믄 고치지 못헌당께요."

"아니여. 그대덜이 가지고 온 자두를 묵으믄 차도가 있을 것이여."

"고향에서 습증 환자가 자두를 묵고 나은 걸 봤습니다만."

"내 걱정은 마시게. 걸을 수 읎다믄 가마라도 타고 다님시롱 군사덜을 격려허고 독전할 것잉께."

"창의사 나리 말씸을 들으니 전의가 솟구쳐붑니다요."

형제들 중에서 유일하게 무과에 급제한 강희열은 어금니를 꽉 물었다가 놓았다. 무슨 일이 있을 때마다 성미가 급해 바로 행동으로 옮기곤 했던 그였다. 고경명이 금산에서 호남 각 고을에 편지를 띄웠을 때도 바로 의병군을 데리고 올라갔다가 전투가 벌써 끝난 것을 알고 광양으로 내려와 통곡했으며, 석주관 조방장으로 부임해서도 숙부 강천상 의병군이 단성에서 고전하고 있다는 소식을 듣고 즉시 군사 백 명을 거느리고 지리산을 넘어 달려갔던 것이다. 고경명의 아들 고종후는 강희열이 아버지 고경명을 도우려고 했다는 사실을 알고는 오랜 지기처럼 그를 좋아하고 신뢰했다. 최경회의 조카 최홍재도 마찬가지였다. 최홍재 역시도 의병 오백 명을 데리고 금산으로 가다가 전투가 끝나버렸음을 알고는 화순으로 되돌아왔던 것이다.

어느새 아침 햇살이 성안 깊숙이 들고 있었다. 숲속의 새들이 높이 날았고 남강 물은 아침 햇살에 어른어른 반짝였다. 끼니 당번이 점심을 준비하는 사시였다. 순찰을 돌고 있던 순성장 황진이 달려와 외쳤다.

"창의사 나리. 척후병 보고그만요. 시방 대부대 군사가 비봉산을 넘어오고 있다고 허는그만이라우."

"명군이여, 왜군이여?"

"아적 분명허지 않그만이라우."

"얼릉 우병사헌티도 연락해불드라고."

황진도 김천일과 뜻을 같이 하는 장수 가운데 한 사람이었다. 그 역시 망설이지 않고 진주성으로 달려왔던 것이다. 입성하기 전이었다. 곽재우가 '진주는 고성孤城이라 지키기 에러운 곳인 기라. 또 충청 병사가 진주를 지키다 죽는 일은 맡은 바 임무가 아닌 기라'라고 만류했지만 황진은 김천일과 최경회의 부름을 따랐던 것이다.

김천일은 아들 김상건 등에 업혀 황진을 따라 북장대로 올라갔다. 동문에서 달려온 최경회도 뒤따랐다.

"명군이겄지라!"

"천군이 온다믄 천군만마를 얻은 것이나 다름읎어불겄지라."

두 사람은 모두 명군이 오기를 학수고대했다. 그들뿐만 아니라 성안의 장수들 대부분이 그랬다. 그러나 황진의 얼굴이 먼저 일그러졌다. 비봉산을 넘어온 대부대는 명군이 아니었다. 깃발들이 왜군의 것이었다.

"창의사 나리, 명군이 아니라 왜놈덜 부대그만요."

"김해 부사의 말이 맞그만. 낭구에서 메기를 구허는 것과 같다는 김해 부사의 말이."

김천일과 최경회는 극도로 낙심하여 북장대를 내려섰다. 명군의 지원을 기대했던 자신들의 오판을 후회했다.

"김 공, 그래도 믿을 건 오직 의병덜뿐이그만요."

"맞소. 도원수를 비롯해 순변사, 병사, 조방장 등이 진주 입성을 꺼려 달아나버렸지 않소. 성 외곽에서 공성전을 허겠다는 것인디 다 변명일 뿐이지라."

두 사람은 성을 나가려 했던 서예원 진주 목사에게도 분풀이하듯 불만을 터뜨렸다.

"서예원은 총소리만 나도 눈을 제대로 뜨지 못하고 쥐구멍만 찾는 장수인께 바꿔부러야겠소."

"누가 좋겠소?"

"전라 좌의병 부장이었던 사천 현감 장윤이 임시로 목사직을 맡으면 으쩔께라."

"장윤이라면 믿음직허지라. 허지만 더 지켜보는 것이 좋겠그만요. 전투도 크게 해보지 않고 바꾼다믄 진주 관군덜 사기가 떨어져불 수도 있응께 지헌티 맡겨주시믄 지가 알아서 처리해불 겠소."

"우병사께서 고로코롬 해주씨오."

김천일은 아들 김상건 등에 업혀 대장 처소로 돌아왔다. 촉석루 뜰에는 나주에서부터 따라왔던 유생 출신의 지휘관인 서정후, 허협, 김무신, 노희상, 오윤겸, 윤의, 김시헌 등이 무언가를 만들고 있었다. 양산숙이 김천일에게 말했다.

"창의사 나리, 나주 의병덜이 가마를 만들고 있그만요."

"무신 가마?"

"나리께서 타고 다닐 가마지라우."

김상건은 가마를 만드는 그들이 야속했다. 아버지 김천일은 당장 처소에 머물며 의원 치료를 받아야 할 몸인 것이었다. 나주 의병들은 금세 가마를 만들었다. 두 개의 박달나무 작대기에 참나무 의자가 하나 얹힌 아주 단순한 가마였다. 김천일은 눈시울을 붉혔다. 작년 6월 3일 나주를 떠난 이후 일 년이 넘도록 생사고락을 함께했던 의병 동지들이 만들어준 가마였으므로 콧잔등이 시큰거리지 않을 수 없었다.

다음 날 진시. 22일의 아침 해가 성안의 동헌 뜰까지 비칠 무렵이었다. 왜군 기병 오백 명이 북쪽 산자락에 올라 시위를 했다. 기병을 앞세워 공격하려는 신호이기도 했다. 김천일은 가마를 타고 돌면서 관군과 의병들의 사기를 북돋았다. 최경회가 지휘하는 동문 안 군사들은 명령 받은 대로 성벽 뒤에 웅크린 채 미동도 하지 않고 있었다.

"적이 성 밑에 오기 전까정은 머리를 내밀지 말아라!"

최경회는 장졸들에게 왜군을 성벽까지 끌어들였다가 맞받아 치라고 지시했다. 황진은 계속해서 성을 돌며 방비 대오를 바로 잡았다. 왜군은 사시 무렵부터 대부대를 둘로 나누기 시작했다. 한 부대는 개경원 산자락에, 또 한 부대는 향교 앞쪽에 진을 쳤다. 이윽고 향교 길가에 진을 친 부대가 진주성으로 진군해 왔다. 동문 쪽에는 우키다 부대가, 북문 쪽에는 가토 부대, 서문 쪽에는 고니시 부대가 포진했다. 두어 식경쯤 지나자 동문 쪽의 우키다 부대가 먼저 공격해 왔다. 북쪽과 서쪽은 해자를 파놓았으므로 함부로 넘어오지 못했다.

"동문 군사는 듣거라, 활을 쏴부러라!"

동문의 성안 관군과 의병들이 일제히 화살을 쏘자 왜군 삼십 명이 순식간에 나무토막처럼 쓰러졌다. 성안 군사의 함성과 북소리, 징 소리에 왜군들이 싱겁게 물러갔다. 초저녁이 되자 왜군 전투부대가 또다시 공격해 왔지만 이경에 비봉산으로 퇴각했으며, 왜군 공병 부대는 해자의 둑을 터뜨리고 물이 빠지기를 기다려 흙을 져다가 메우면서 길을 닦았지만 마치지 못했다. 조선 관군과 의병군의 완승이었다. 다만, 강희보의 부하 임우화가 단성 부근에 있는 강인상 의병군에게 지원을 요청하러 갔다가 도중에 왜군에게 붙잡힌 것이 아쉬울 뿐이었다. 김천일과 강희보 형제들의 실수였고 판단 착오였다. 왜군이 결박한 임우화를 공격부대 앞줄에 세워 심리전을 벌였던 것이다.

2차 진주성 전투 3

성을 돌며 군사를 격려하고 감독하는 순성장을 독전장督戰將
이라고도 불렀다. 말을 타고 달리면서 싸우는 군사들을 독려하
기에 그랬다. 수염이 아름다운 순성장 황진은 말을 아주 잘 탔
다. 일찍이 임란 전 동복 현감 때부터 공무가 끝나면 말을 타고
달리며 무예를 익혀두었기 때문이었다. 황진은 김해 부사 이종
인처럼 키가 컸고 힘이 뛰어난 데다 동작도 빨랐다. 왜군에 맞서
수성하는 군사들을 수시로 점고하며 번개처럼 달렸다.

"군사덜은 화살을 아껴부러라잉!"

"성민덜은 돌멩이를 무자게 모아부러!"

"아녀자덜은 항시 팔팔 끓는 물을 준비허고!"

황진은 전투가 있건 없건 간에 아침부터 밤까지 진지를 돌면
서 성 안팎을 살폈다. 그의 등 뒤에서 깃발을 들고 달리는 장수
는 강진에서 온 황대중이었다. 황진의 육촌 동생인 황대중 역시

말을 잘 탔다. 진주성 장수들 가운데 승마에 능한 두 사람을 꼽
으라 한다면 단연 황진과 황대중이었다. 황대중은 말을 잘 탈 수
밖에 없었다. 이십 대 때 어머니가 학질에 걸려 위중해지자 그의
왼쪽 엉덩이 살을 베어 약으로 올렸는데, 그때부터 왼쪽 다리를
절게 되어 말을 타고 다녔던 것이다. 그래서 사람들은 그가 '효
행으로 다리를 절룩거린다'며 효건孝蹇이라고 불렀다.

　황대중이 진주성으로 오게 된 것은 한양에서 이여송을 만났
기 때문이었다. 전라도 별초군 팔십 명을 이끌고 한성으로 갔다
가 유성룡의 명으로 이여송의 길잡이 장수 즉 전도비장前導裨將
을 맡아 영남으로 내려가다가 조령에서 황진을 만났던 것이다.
그때 황대중은 자신을 따라온 별초군 기병 오십 명 앞에서 출정
가를 지어 읊조렸다.

　　큰 뜻은 충신 모신 곳에 있고
　　정신은 호랑이를 사로잡을 수 있다네.
　　수천 년 빛나는 장순張巡과 허원許遠의 충절이여
　　그들이 죽은 수양성은 어디인가.
　　壯志麒麟畵
　　神圖熊虎兵
　　千秋巡遠義
　　何處睢陽城

　황대중은 진주성으로 가는 황진의 부장이 되어 휘하의 별초

군을 데리고 합류했다. 황진은 창의사 김천일과 약속한 대로 진주로 달려가고 있는 중이었던 것이다. 전장에서 선두에 나서기를 좋아하는 황진은 용맹한 장수 가운데 한 사람이었다. 총알이 빗발처럼 날아오는데도 투구를 벗어던진 채 갓을 쓰고 싸우기도 했다.

진주성에 입성한 황진은 수성전을 펴면서 적진에 공격을 가하는 유격전을 병행하자고 주장했다. 성안에서 수성만 할 것이 아니라 성문을 열고 나가 왜군에게 타격을 주어 사기를 떨어뜨려놓자는 것이었다.

"여러 군사가 성안에 함께 몰려 댕기다가는 크게 당헐 수 있고, 성 밖에서 구원하는 군사가 없을 때는 반다시 위태로와질 거 그만요."

"황 병사는 성 밖으로 나가 싸우자는 거요?"

"모든 부대가 성안에만 있을 것이 아니라 때로는 성 밖으로 나가 유격전을 펴야 헌당께라우. 그래부러야 적덜이 맴 놓고 공격허지 못헌당께요."

"유격전을 펴다가 실패허믄 성안 군사의 사기는 떨어지고 말거요. 성 밖은 겡상도 의병덜에게 맡겨야 헌당께. 비봉산 너머에 곽재우 의병군이 있고 남쪽으로는 최강, 이달의 고성 의병군도 있응께 겡상도 의병장덜 활약을 쪼깐 더 지달려보더라고잉."

김천일은 황진의 주장에 난색을 표했다. 성안의 군사 전력을 극대화시켜 성을 사수하자는 것이 김천일의 생각이었다.

"창의사 나리, 인자 적덜이 동문 해자까정 메꽈부렀소. 겡상도 의병덜 지원을 무작정 지달릴 수는 읎당께요. 성문을 열고 나가 해자를 메꾸는 적덜을 섬멸해야지라우."

"우리덜은 움직이믄 냄시난께 똥 밟은 거멩키로 가만히 있다가 비호멩키로 달라들어 싸와부러야 한당께."

성안 군사들은 김천일의 지시를 잘 지켰다. 웅크리고 있다가 건들면 털을 세우는 고슴도치처럼 왜군을 방어했다. 왜군이 해자를 메운 뒤 낮 동안에 세 번을 공격해 왔지만 그때마다 격퇴했다. 왜군은 수십 명의 사상자만 내고 퇴각했다. 아녀자들이 끓는 물을 붓고 성민들은 돌멩이를 던졌다. 그리고 군사들이 화살을 쏘아대므로 왜군들은 번번이 성 밑을 파고들지 못했다. 진주성은 밤에도 왜군의 공격을 네 번이나 받았지만 철옹성이나 다름없었다.

결국 왜군은 공격이 여의치 않자 마현에 육천여 명의 군사를 증원했다. 그리고 동문 밖에 육백여 명의 군사를 더 지원하여 진을 쳤다. 전날과 달리 쉽게 공격하지 않고 숨고르기를 했다. 십만여 대군으로 포위한 채 파상 공세를 펴봤지만 김천일이 지휘하는 진주성 방비가 워낙 물샐 틈이 없었으므로 이제는 다른 공격작전을 짜는 듯했다.

"왜적덜이 흙을 져 나르고 있십니데이."

북장대에 있던 거제 현령 김준민이 소리쳤다. 경상 우병사 최경회가 북장대로 올라가 보니 왜군들이 개미 떼처럼 줄을 서서 흙이 담긴 자루를 동문 앞에 쌓고 있었다. 진주성보다 높이 쌓아 성안을 들여다보며 조총 공격을 하기 위해 흙산을 만들고 있음이 분명했다. 과연 해가 기울 무렵이 되자 흙산은 진주성 성벽보다 더 올라갔다. 이윽고 왜군들은 흙산에 대나무와 판자를 이용해 토굴과 망루를 짓고는 조총 공격을 개시했다. 김천일은 화포장들을 불러 지시했다.

"인자 총통을 쏴부러라!"

성벽 화포대에서 현자총통과 지자총통으로 응수했다. 그러나 총통은 흙산의 토굴을 명중시키지 못했다. 흙산이 화포대보다 높았던 것이다. 김천일과 최경회는 왜군의 조총 공격이 잦아든 밤을 이용해 동문 안에 흙산을 쌓기로 결정했다. 황진이 책임을 맡았다. 다른 장수와 군사들은 각자의 위치에서 성문과 성벽을 지켜야 했다.

황진은 황대중에게 성을 순시하는 임무를 잠시 맡겼다. 그런 뒤 자신은 갓과 갑옷을 벗고 돌들을 들고 날랐다. 황대중은 순성장 황진을 대신하여 말을 타고 성을 돌았다. 황진은 장사와 같은 체구였으므로 등짝만 한 돌들도 가볍게 들고 뛰었다. 황진의 모습을 본 남녀노소 성민들이 너도나도 흙과 돌을 옮겼다. 김천일과 최경회는 감격해 눈물을 흘렸다. 성민 모두가 한 몸이 되어 흙과 돌로 흙산을 쌓았다.

마침내 새벽이 되자 왜군의 흙산이 눈 밑으로 내려갔다. 그러자 진주 판관 성수경이 화포장과 함께 흙산 봉우리에 총통을 거치했다. 황진이 큰 소리로 명했다.

"공격해부러라!"

"왜놈 토굴을 박살 내겠십니더."

화포장에게 총통 훈련을 시켰던 성수경이 발포를 명했다.

"토굴을 몬자 박살 낼 끼구마!"

"판관 나리, 알았십니더."

지자총통보다 성능이 더 좋은 현자총통의 포탄이 먼저 날아
갔다. 화포장은 단 한 방으로 왜군의 토굴을 통쾌하게 명중시켰
다. 왜군들이 토굴에서 흙탕물처럼 뛰쳐나와 나뒹굴었다. 잠시
후에는 총통의 포신이 뜨거워지자 화약도 아낄 겸 화살 공격으
로 바꾸었다.

황진의 팔뚝은 돌에 긁혀 퍼렇게 멍이 들고 상처가 나 핏자국
으로 얼룩져 있었다. 그의 수염은 흙투성이가 되어 숫제 붉었다.
성을 여러 바퀴 돌고 온 황대중이 말했다.

"성님, 모든 성문은 이상없어라우."

"한숨도 못 잤제?"

"성님이 요로코롬 애 쓰신디 누가 잠을 자겄소? 모다 한 몸뎅
키로 혼연일체가 되야 움직이고 있그만이라우."

"동상, 요것이 바로 우리덜 조선 사람의 고래 심줄 같은 근성
이여."

"긍께 그저께맹키로 낮에 시 번, 밤에 니 번 싸와서 우리덜이
모다 이겨부렀지라우."

"근디 앞으로가 걱정이네. 왜놈덜이 더 발악헐 것인께."

"의병 지원군을 기대허는 것은 무리그만요. 최강, 이달이 이끄
는 고성 의병군이 이짝으로 오다가 왜적에게 포위돼 포도시 빠
져나갔다고 허그만요."

"우리덜 육만도 작은 숫자가 아니네. 끝까정 뭉치기만 하믄 적덜도 함부로 공격허지 못헐 것이네."

날이 환하게 밝았다. 남강에서 피어오른 안개가 성을 감쌌다. 왜장 우키다는 흙산을 쌓아 동문을 공격하려던 작전이 수포로 돌아가자, 이번에는 화살 공격을 막고자 생가죽을 씌운 나무 궤짝 수레인 귀갑차龜甲車를 방패 삼아 성 밑으로 다가왔다. 그러나 성벽 위에서 큰 돌을 굴려 수레를 부수고 뜨거운 물을 부어대자 왜군들은 더 버티지 못하고 물러났다. 우키다는 동문 밖에 망루를 급조해 화공 작전을 폈다. 군사와 성민들의 숙소인 초가와 지휘소 건물들을 태우기 위해서였다. 우키다의 느닷없는 화공 작전은 전과를 올리는 듯했다. 불화살이 날아와 초가를 태웠다. 초가에 불길이 번지면서 연기가 하늘을 뒤덮었다. 사상자가 불어나자 목사 서예원은 겁이 나 어쩔 줄 모르고 갈팡질팡했다. 김천일이 혀를 차며 최경회에게 말했다.

"최 공, 서예원을 더 이상 믿지 못해불겄소."

"으쩔 수 읎그만이라. 창의사께서 처리하시지라."

김천일은 일전에 최경회와 합의를 본 대로 장윤을 불러 임시 진주 목사로 임명했다. 장윤은 비호처럼 화재 현장으로 뛰어가 번지는 불길을 진압했다. 다행히 때마침 장대비가 내렸으므로 불길은 곧 잡혔다. 장대비는 공방전을 잠시 멈추게 했다. 조선 관군이나 왜군 모두 쏟아지는 비에 홀딱 젖어 지치기는 마찬가지였다.

빗줄기가 멈추자 왜군 주장 우키다 명의의 쪽지를 단 화살이 하나 날아왔다.

'대국의 군사들도 이미 항복해 왔는데 너희네 작은 나라가 감히 항거하려 하느냐? 입성하면 너희들은 일시에 도살될 것이다. 이는 참혹한 일이니 장수 한 사람을 보내거라. 성민들은 편히 살수 있을 것이다. 강화를 원한다면 전립戰笠을 벗어서 표하라.'

장윤이 들고 온 왜군의 쪽지를 본 김천일이 비웃더니 종사관 양산숙에게 말했다.

"내 말을 받아 적어 보내불게."

그러자 양산숙이 김천일의 말을 받아 한자로 적었다.

'우리는 결사적으로 싸울 뿐이다. 더구나 대국의 군사 삼십만 명이 지금 한창 너희들을 추격하고 있으니 한 놈도 남기지 않고다 죽여버릴 것이다.'

진주성에서도 쪽지를 단 화살이 적진으로 날아갔다. 잠시 후 동문 앞에 진을 치고 있던 왜군 군사들이 엉덩이를 까고 두드리면서 소리쳤다.

"명군은 다 물러갔다!"

"할딱바구 왜놈덜아, 감자나 묵어라!"

성안의 의병들도 지지 않고 주먹을 내밀면서 감자를 먹였다.

다음 날에도 왜군은 전날과 같은 방법으로 공격했다. 동문과 서문 바깥에 흙산을 다섯 개나 만들어 토굴과 망루에서 조총 공격을 했다. 성 밑을 파고드는 선봉대를 위한 일종의 엄호사격이기도 했다. 관군과 의병군은 동문과 북문 쪽만 집중적으로 방어하고 있다가 서문 쪽에서 고니시 부대 왜군에게 일격을 당했다. 처음으로 성문 수비 군사 중에서 사상자가 삼백여 명이나 났다. 광양 형제 의병장 강희보까지 총알을 맞고 전사했다. 고종후가 강희보의 시신을 수습하며 울었다.

그러는 동안 우키다는 귀갑차로 왜군 수십 명을 보내 동문 쪽 성벽을 쇠막대로 뚫었다. 이에 이종인은 단기 필마로 동문을 열고 나가 선봉대 다섯 명을 연달아 죽였다. 사기가 다시 오른 관군들이 불화살을 쏘아대자 왜군 선봉대가 불에 타 죽었다. 초경(저녁 7시-9시)에도 왜군들이 북문 쪽을 침입해 왔지만 이종인은 다시 그들을 격퇴시켰다. 자정 전에 온통 흙먼지 범벅이 된 황진이 김천일에게 보고했다.

"초경에 쳐들어온 적덜도 이종인 부사가 심껏 싸와 물리쳤그만요."

"그대와 이종인 부사가 읎어부렀다믄 큰일 날 뻔했네."

"우리 군사 삼백여 명과 광양 의병장 강희보가 전사헌 것이 맴을 아프게 허는그만요."

"이종인 부사는 시방 으디에 있는가?"

"동문 쪽에 있습니다요."

"얼릉 불러오게."

"서예원이 지휘허는 서문 수비가 걱정되야서 그러네."

잠시 후, 김천일의 부름을 받은 이종인이 왔다. 김천일은 이종인에게 지시했다.

"서문 쪽을 살펴보고 오게. 그짝이 자꼬 신경이 쓰이네."

"초경에 지가 적덜을 물리치고 서예원 목사에게 서문 방비를 맡겼습니다만."

이종인의 말대로 서문 쪽 방비는 서예원이 맡고 있었다. 그러나 김천일은 서예원을 믿을 수가 없었다. 김천일의 명을 받은 이종인은 서문 쪽으로 가 성벽을 샅샅이 수색했다. 어둠이 물러가면서 새벽빛이 안개처럼 부옇게 번졌다. 그제야 왜군에 의해 뚫린 성벽이 확연하게 드러났다. 그믐날이 가까워지는 컴컴한 밤중을 틈타 왜군들이 성벽을 허물었음이 분명했다. 성벽이 기우뚱 무너질 것 같았다. 이종인이 서예원을 불러 심하게 꾸짖었다.

"목사는 적덜이 두더지맹키로 성벽을 뚫는 디도 막지 않고 뭘 혔소?"

"부사께서 초경에 적덜을 물리쳐 한밤중에는 오지 않을 줄 알았소."

장수들이 급히 모였다. 순성장 황진과 부장 황대중, 진주성 임시 목사 장윤, 김해 부사 이종인, 경상 우병사 최경회, 부장 고득뢰 등이 군사를 이끌고 허물어진 서문 쪽과 동북 쪽 성벽으로 집결하여 방어선을 쳤다. 이종인이 김해와 진주 관군 군사로 1차 방어선을 치고 최경회와 장윤이 의병군으로 2차 방어선을 쳤다. 황진은 성벽 위에서 방어선에 선 군사들을 독전했다.

"성벽이 뚫려 낭패인 건 분명헌디 허지만 고것이 우리덜에게 반다시 나쁜 것만은 아니여."

"성님, 으째서 고로코롬 생각허요?"

황대중이 의아한 표정으로 묻자 황진이 덤덤하게 답했다.

"괴기를 잡을라믄 괴기덜이 지나는 목에 그물을 대고 있어야 허는 거맹키로 왜놈덜이 뚫린 성벽으로 몰려올 틴께 우리 군사덜은 방어선에 숨어 있다가 왜놈덜이 오는 족족 모다 죽이믄 되는 것이여."

"성님, 까꾸로 생각허는 작전도 기차부요잉."

황진과 이종인은 뚫린 성벽을 이용하여 역으로 왜군 섬멸 작전을 세우는 데 의기투합했다. 죽기를 각오하고 맞설 배짱이 없으면 감히 생각하지 못할 작전이었다. 황진은 성벽 위에서 총통 공격과 돌을 날릴 준비를 하고 이종인과 최경회, 장윤은 1차 방어선과 2차 방어선에서 화살과 죽창 공격을 준비했다. 과연, 날이 밝자 왜군들이 뚫린 성벽으로 몰려왔다.

황진과 이종인의 작전은 적중했다. 왜장 고니시와 가토, 우키다 부대 왜군들이 밀물처럼 밀려 들어왔다. 그러나 황진이 지휘하는 성벽 위의 총통 공격으로 왜군의 대오가 흐트러졌다. 더욱이 화살을 날리는 이종인의 1차 방어선은 강했다. 왜군들이 1차 방어선을 뚫지 못하고 여기저기서 쓰러졌다. 도망치는 왜군들은 성벽 위에서 성민들이 던지는 돌과 아녀자들이 부어대는 뜨거운 물에 혼비백산했다. 더구나 검은 투구와 붉은 갑옷을 입은 고니시의 부장이 화살을 맞고 쓰러지자 왜군들은 전의를 잃은 채 시신을 끌고 달아났다. 황진이 성벽 위에서 외쳤다.

"우리덜이 왜적 천여 명을 죽였다! 적덜 시체가 해자를 덮어 부렀다."

"와아 와아!"

관군과 의병군들이 함성을 질렀다. 성민들도 너 나 할 것 없이 환호했다. 왜군과 맞서 힘껏 싸운 지 구 일 만에 올린 최대의 전과였다. 왜군의 화공과 조총 공격으로 삼백여 명이 죽은 것에 대한 확실한 복수였다.

그런데 모두가 승리에 도취해 있을 때였다. 성벽 밑에서 조총 소리가 났다. 시신 무더기 속에 숨어 있던 왜군이 쏜 조총 소리였다. 총알은 방어용 나무판자에 빗맞아 튀어 황진의 왼쪽 이마를 뚫었다. 황진이 피를 흘리며 쓰러지자 승전의 분위기는 갑자기 돌변했다. 황진, 이종인, 장윤 등은 군사들의 든든한 기둥이나 다름없었던 것이다. 군사들이 성 밑으로 쫓아가 숨어 있던 왜군을 잡아끌고 왔다. 이종인이 눈을 부릅뜨며 즉시 왜군의 목을 벴다. 떨어진 목이 데굴데굴 구르자 성수경이 주워서 긴 간짓대 끝에 매달았다.

다음 날. 김천일은 서예원을 촉석루로 불러 순성장 임명장을 주었다. 황진이 순절했으니 진주성을 속속들이 잘 아는 서예원을 순성장으로 임명할 수밖에 없었다. 그러나 겁이 많은 서예원은 투구도 갓도 거추장스러웠던지 벗어버리고 울상이 되어 말을 타고 성안을 돌아다녔다.

"우짜노! 우짜노!"

"목사 나리가 울면서 돌아댕기고 있데이."

"아이고, 넘사시러버라."

겁에 질린 채 다니는 서예원의 모습을 보고 군사들이 동요했다. 보다 못한 최경회가 서예원의 목을 베려다가 임시 진주 목사 장윤에게 순성장도 겸임하도록 지시했다. 순성장은 전장에서 몹시 위험한 자리였다. 성안을 돌아다니며 독전하므로 왜군의 표적이 될 수밖에 없었다. 장윤은 순성장을 맡은 지 한나절 만에 왜적의 총탄에 쓰러졌다.

용맹을 떨치던 황진에 이어 장윤마저 전사하자 군사들의 사기는 더욱더 떨어졌다. 설상가상으로 오후 들어 미시에는 빗물을 머금고 있던 동문 쪽의 성벽이 허물어졌다. 왜장 우키다 부대가 무너진 성벽을 타고 들쥐 떼처럼 기어들어 왔다. 이종인은 어제처럼 방어선을 치고 왜군이 눈앞까지 가깝게 다가오기를 기다렸다. 이종인은 활을 버렸다. 방어선에 선 군사들도 마찬가지였다. 백병전의 무기는 칼과 창이었다.

"물러서지 말라!"

"부사 나리, 물러서지 않겠십니다."

감포 현령 송제화가 복창했다. 이종인의 군사가 죽기 살기로 버티자 우키다의 지휘를 받는 왜군이 주춤거리며 밀렸다. 동문 쪽의 무너진 성 위에도 왜군의 시체가 산더미처럼 쌓였다.

그러나 왜장 고니시의 왜군이 서문을, 가토의 왜군이 북문을 동시에 공격하자 김천일과 최경회의 의병군들이 방어 대오를 이탈하면서 흩어졌다. 그 여파는 순식간에 동문의 군사들에게까지 미쳤다. 고종후, 오유, 강희보, 이잠, 고득뢰, 양산숙 등의 장수들이 군사를 데리고 김천일과 최경회가 있는 지휘소 촉석루로 모여들었다. 모든 성문이 뚫려버린 상태로 촉석루는 마지막 보루가 되었다. 왜군들은 기세를 타고 서문과 북문, 동문 쪽 성 위에 올라 칼을 휘두르며 날뛰었다. 이미 서예원은 달아나고 보이지 않았다. 이종인 부하들만이 고군분투하고 있었다. 이종인의 칼에 죽은 왜군 시체들이 남강으로 내려가는 오솔길을 덮었다. 이종인은 남강으로 왜군을 유인하면서 끝까지 칼을 휘둘렀다. 그러나 더 이상 물러설 곳이 없었다. 이종인은 칼을 버리고 달려드는 왜군 두 명을 좌우 겨드랑이에 한 명씩 낀 채 크게 소리쳤다. 호랑이가 포효하는 듯했다.

"김해 부사 이종인은 적덜을 다 죽이지 못하고 강물에 뛰어드는 것이 한스럽노라!"

적장의 손에 죽지 않기 위해 비록 남강에 뛰어들지만 충의의 신하로 죽어서 영원히 살기를 바라는 비장한 최후였다. 잠시 후 왜군 시신들을 겨드랑이에 낀 이종인의 시신이 강물 위로 떠올랐다. 큰대자로 강물에 누운 이종인의 시신은 단 한 사람의 왜적이라도 더 죽이겠다고 소리치는 듯했다.

2차 진주성 전투 4

서풍이 거칠게 불었다. 피비린내와 흙먼지가 촉석루 쪽으로 몰려왔다. 관군과 의병군, 성민 수만 명은 촉석루 앞 둔덕과 숲을 이용해 겹겹이 포진했다. 촉석루 바로 뒤쪽 남강에는 시신들이 드문드문 거적때기처럼 떠올라 흘렀다. 김천일과 최경회는 배수의 진을 쳤다. 비록 서문과 북문, 동문의 군사들이 밀려났지만 촉석루에서는 더 이상 물러설 데가 없었다. 왜군도 백병전에서 사상자를 크게 냈기 때문에 파죽지세로 달려들지는 못했다. 특히 서문 안쪽에 있는 산성사 의승군과 복수 의병장 고종후가 데리고 온 절 노비들이 고니시 부대 왜군들을 절벽까지 유인하여 불의의 일격을 가했던 것이다.

산성사 의승군은 촉석루 앞 둔덕으로 집결하여 관군과 함께 몰려오는 왜군을 막았다. 의승군이나 다름없는 절 노비들도 마찬가지였다. 관군 뒤쪽으로는 의병군과 성민들이 죽창과 낫, 돌멩이를 들고 몇 겹의 방어선을 쳤다. 피아간의 작전은 이제 백병전뿐이었다. 진주성의 관군, 의병군, 성민 수만 명이 굴을 파고 나무와 바위 뒤에서 촉석루를 사수했다. 왜군은 예상치 못했던지 잠시 공격을 멈추었다. 성문만 돌파하면 단숨에 승리의 깃발을 꽂을 줄 알았는데 뜻밖에도 조선 관군과 의병군의 저항이 격렬했기 때문이었다. 김천일이 진주 판관 성수경을 불러 물었다.

"성안에 소가 몇 마리나 있제?"

"모르겠십니더. 숲속에 숨기라 캤십니다만."

"이짝으로 끌고 와서 모다 잡아불게."

"군사덜에게 멕일라고라우? 사기가 올라가겄습니다요."

강희열이 입맛을 다시자 태인에서 의병군 삼백 명을 데리고 온 민여운이 말했다.

"그라믄요. 군사덜은 배가 불러야 잘 싸우지라."

"인자 국 끓일 시간도 읎을 틴께 비빔밥에 육회를 넣어 군사덜에게 멕이게."

"군량은 아직도 충분허니까네 배불리 묵을 수 있십니더."

"서둘러불게. 왜놈덜이 움직이기 전에."

"예, 창의사 나리."

성수경은 마지막 끼니가 될지도 모른다는 직감이 들어 코가 시큰거렸다. 체구가 다부진 민여운이 촉석루 앞에 모인 부장들에게 김천일의 지시를 전했다.

"창의사께서 소를 잡아 군사덜에게 멕이라고 허요. 왜적이 오기 전에 서둘러야겄소."

"잘 묵고 죽은 귀신은 때깔도 좋다, 아입니꺼."

김준민이 분위기가 무거워지자 우스갯소리를 했다. 민여운의 부장 정윤근은 비飛 자 깃발을 들고 있었다. 원래 비飛 자 장표는 광양 형제 의병장이 금산으로 올라가면서 썼는데, 민여운이 스스로 '비飛 자 깃발을 든 의병장' 즉 비의장飛義將이라고 했으므로 지금은 태인 의병군이 비飛 자를 장표로 쓰고 있었다. 태인 의병군은 진주성에 들어온 지 칠 일째로 다른 의병군의 입성보다 조금 늦은 셈이었다.

장졸들은 소고기 육회가 들어간 비빔밥을 받았다. 창의사 김천일, 경상 우병사 최경회, 해남 의병장 임희진, 영광 의병장 심우신, 복수 의병장 고종후, 태인 의병장 민여운, 광양 의병장 강희열, 남원 적개 의병장 변사정의 부장 이잠, 전라 우의병 부장 고득뢰, 창의사 김천일의 종사관 양산숙, 전사한 황진의 육촌 동생 황대중, 거제 현령 김준민, 감포 현령 송제화, 해미 현감 정명세, 진주 판관 성수경 등은 비빔밥을 촉석루 마루에서 사발로 받았다. 숲속으로 피신한 서예원만 보이지 않았다. 대부분의 군사와 성민들은 주먹밥으로 만든 비빔밥을 받았다. 주먹밥은 둥글기가 돼지 오줌보만 했다. 군사들은 자기 위치에서 주먹밥을 두서너 개씩 먹으며 배를 가득 채웠다. 일촉즉발의 전운이 감돌았지만 소고기 육회가 든 주먹밥은 순식간에 동이 났다. 김천일이 고종후를 불렀다. 고종후는 자신을 따라온 절 노비들이 있는 곳으로 가려다가 돌아섰다.

"창의사 나리, 으쩐 일이십니까요?"

"자네는 시방 성을 나가는 것이 좋겠네."

"으째서 그럽니까요?"

"금산에서 순절하신 자네 선친이 생각나서 그러네. 자네는 살아남아 집안의 대를 이어야 허지 않겠는가."

"광주를 떠날 때 우리 아부지와 동상 인후, 그라고 지는 이미 나라에 목심을 바치기로 혔지라우. 지에게는 오직 사즉사死卽死만 있을 뿐입니다요."

"죽기로 싸와서 죽기로 혔다니 헐 말이 읎네만."

"사즉사는 아부지와 성제 간 약속인게 지켜불라요."

고종후는 절 노비들의 지휘를 고경형에게 맡겼다. 고경형은 금산에서 순절한 고경명의 배다른 동생이었다. 첩의 자식이었으므로 늘 앞서지 못하고 고종후 뒤에서 그림자처럼 싸워온 우직한 사람이었다.

왜군들이 다시 북과 나무 판때기를 시끄럽게 쳐댔다. 이어서 조총 소리와 왜군의 괴성이 사방에서 들려왔다. 왜군들이 촉석루를 향해 대공세를 취하고 있음이 분명했다. 실제로 촉석루 앞 둔덕 너머에서는 백병전이 벌어지고 있었다. 거친 비명 소리와 칼이 부딪치는 날카로운 소리가 커지고 있었다.

한 식경쯤 지났을 때였다. 촉석루에서 비빔밥을 먹고 진지로 나갔던 민여운이 시신이 되어 업혀 왔다. 민여운의 시신은 참혹했다. 십여 군데나 창검을 맞은 채 왼손이 잘리고 오른손이 부러져 있었다. 강희열이 민여운의 시신을 보고서는 분기탱천하여 의병 몇 십 명을 데리고 아수라장이 된 적진으로 돌진했다.

"죽일 놈덜!"

"창의사 나리, 놈덜이 미친 개맨치로 달라붙고 있십니다."

김준민이 소리쳤다. 시신이 된 장수 가운데 왜군의 화살이 목을 관통한 채 꽂혀 있는 사람도 있었다. 김천일이 탄식했다.

"영남 의병군이 끝까정 와불지 않을 모냥이여. 우리덜이 촉석루를 사수허고 있응께 적덜은 독 안에 든 쥐새끼나 다름읎는디 말이여."

"김 공, 우리 군사덜이 열흘을 잘 막아주었는디도 무심허그만이라."

최경회도 고개를 흔들며 낙심했다. 왜군들의 괴성은 더욱더 크게 다가오고 있었다. 조총의 총알이 촉석루 지붕에 비 오듯 떨어졌다. 기둥 여기저기에 총알이 박히고 스쳤다. 좀 전까지 함께 비빔밥을 먹었던 장수들이 하나 둘 시신으로 돌아왔다. 성수경이 다급하게 말했다.

"창의사 나리, 급합니다. 이 자리를 피해야 왜놈들과 더 싸울 수 있을 낍니다."

"나는 이미 나주를 떠나던 날 죽음을 각오혔네. 내 목심이 오늘까정 이른 것도 기적이 아니겠는가."

김천일은 눈을 감았다. 작년 6월 3일 나주에서 출병하던 날이 떠올랐다. 독성산성 전투와 강화도 이진移陣, 한강 양화진 전투, 선조의 교지와 유서 등이 어둠 속의 등불처럼 명멸했다.

"왜적 군사덜도 시방 멫 만 명은 죽었은께 함부로 날뛸 수 읎을 것이여. 심이 떨어지고 지쳐부러서 호남으로 들어가 맴대로 분탕질은 못 헐 거그만. 호남의 울타리인 진주가 요로코롬 강헌지 질려부렀을 거그만."

방금까지 김천일 옆에 있다가 칼을 빼어 들고 나갔던 김준민이 보이지 않았다. 다른 장수들도 약속이나 한 듯 돌아오지 못했다. 마음이 다급해진 장남 김상건이 울부짖었다.

"아부지, 장차 으쩔랍니까?"

"거병하던 날 나는 이미 내 목심을 내놔부렀느니라. 다만 느그덜이 가엾구나."

양산숙이 애원하듯 물었다.

"주장께서는 인자 으쩌실라요?"

"……."

김천일은 양산숙의 말에 대답하지 않고 관복을 바르게 여미더니 북쪽을 향해 사배를 올렸다. 그 순간 총알이 날아와 김천일을 수행해왔던 정계인의 이마를 뚫었다. 김천일 곁을 지키고 있던 김상건, 조인호, 장천강, 이성철, 최덕남, 김득봉 등이 김천일을 에워쌌다. 왜군이 촉석루 둔덕 머리까지 나타나 길길이 날뛰고 있었다. 김천일이 호상에 앉은 채 중얼거렸다.

'부모님께서 주신 몸을 왜적덜에게 더럽힐 수는 읎제. 나는 부끄럽지 않게 죽을 것이다.'

이제는 왜군의 총알뿐만 아니라 화살까지 촉석루로 날아왔다. 김천일을 호위했던 나주 출신의 아병牙兵들이 창과 칼을 들고 근

284

접해 온 왜군들과 백병전을 벌였다. 왜군의 시신들이 촉석루 뜰을 덮었다. 조선 관군과 의병군들의 최후 방어선은 차츰 무너지고 있었다. 김천일이 김상건을 불러 나직이 말했다.

"상건아, 왜적이 내 몸땡이에 손을 대는 것은 참을 수 없는 일이어야. 왜놈에게 붙잡히느니 나는 저 남강에 내 몸땡이를 맡길 것이다. 니는 으쩔 것이냐?"

"아부지, 거그가 으디던지 다리가 불편허신 아부지를 부축허고 따라가야지라우."

"내 아들이로구나. 우리덜이 어찌케 왜놈덜에게 붙잽히는 수모를 당허겄느냐?"

김천일은 김상건의 부축을 받으며 촉석루에서 내려섰다. 뒷일은 최경회에게 부탁했다.

"최 공, 비록 이 못나고 병든 몸땡이는 사라지겄지만 내 넋은 남강에서 시퍼렇게 살아 있을 것이요."

"김 공, 우리덜 넋이사 곧 만날 것인께 지달려부씨요."

"그럼, 몬자 가서 지달리겄소."

김천일은 최경회와 작별하자마자 두 팔을 벌려 김상건을 껴안았다. 그런 뒤 곧바로 남강에 몸을 던졌다. 김천일 부자를 받아들인 남강은 더욱 도도하게 흘렀다. 그러자 양산숙도, 김천일을 수행해왔던 아병들도 몸을 날렸다. 최경회가 어흑어흑 소리내며 눈물을 흘렸다. 입술을 깨물어 피가 흘렀다. 첫째 형 최경운의 장남이자 전라 우의병 부장인 최홍재가 울면서 애원했다.

"작은아버님, 훗날 적의 형세를 보아 또 싸울 수 있을 틴디 하필 여그서만 결판 내시려고 헙니까요?"

"홍재야, 나는 나라의 은혜를 두텁게 입어 진주를 지키는 임무를 받았어야. 성이 보전되믄 나도 살고 성이 무너지믄 나도 죽어야 허는 것이 내 도리제잉. 어찌 구차허게 살기를 꾀허겄느냐?"

최경회는 둘째 형 최경장의 장남 최홍우에게도 말했다.

"성님에게 내 죽음을 알려서는 안돼야. 내가 죽었다믄 성님께서 이짝으로 달려올 것인께. 내가 살아 있다는 증표로 요것을 가지고 니덜은 성을 빠져나가거라."

최경회가 조카 최홍우에게 건네준 물건은 고려 공민왕이 그린 청산백운도와 명검 언월도였다. 전라도 적상산에 주둔하고 있을 때 경상도 우지치까지 왜군 부대를 추격하여 왜장을 거꾸러뜨리고 획득한 그림과 한 자 여덟 치나 되는 언월도였다. 최경회가 부장 고득뢰에게 지시했다.

"논개가 가지고 있는디 관복을 가져와불게."

"예, 병사 나리."

남장한 논개가 최경회의 관복을 보자기에 싸들고 촉석루 처마 밑에 서 있었다. 논개가 고득뢰에게 전해주자 최경회는 다시 최홍우에게 말했다.

"홍우야, 내가 여그서 죽는다믄 요 관복을 나로 알고 장례를 치르거라."

그때 또다시 왜군 십여 명이 촉석루 쪽으로 달려왔다. 고종후는 최경회를 감쌌다. 전광석화와 같은 짧은 순간이었다. 고득뢰와 최경회의 아병 이십여 명이 왜군을 포위해 긴 창과 칼로 찔러 죽였다. 최경회가 고종후를 보면서 말했다.

"삼부자가 모다 나라에 목심을 바쳐부렀으니 세상에 드물고 장헌 일이여."

"병사 나리, 지는 오직 사즉사헐 뿐입니다요."

"자, 이 술 받게. 허허허."

그러나 술 항아리에는 술이 없었다. 술 항아리도 기울어버린 전세를 아는 듯 비어 있었다. 사발을 적시는 술은 겨우 한두 방울이었다. 최경회는 쓴웃음을 지었다.

"외로운 성이 뚫렸는디도 지원군이 오지 않으니 형세가 절박허구나. 우리덜은 나라의 은혜를 죽음으로 보답헐 수밖에."

최경회가 일어나 비장한 목소리로 강에 몸을 던지겠다는 투강시投江詩를 읊조렸다. 최경회의 절명시였다.

촉석루에 오른 세 장부
술잔 들고 긴 강물 가리키며 웃네.
긴 강물 도도하게 흐르는구나
마르지 않는 물결 우리 넋도 죽지 않으리.
矗石樓中三壯士
一杯笑指長江水
長江之水流滔滔
波不渴兮魂不死

최경회는 북쪽을 향해 사배를 한 뒤 촉석루에서 내려와 남강의 강물이 회초리처럼 철썩철썩 치는 절벽 위에 섰다. 김천일, 최경회와 더불어 삼장사三壯士로 불리던 고종후도 함께했다. 고종후는 참혹하게 훼손된 태인 의병장 민여운의 시신을 떠올리며 이를 갈았다.

"왜놈덜에게 능멸당헐 수는 읎습니다요."

"우리 몸땡이를 왜놈덜이 만지게 할 수는 읎제잉."

최경회가 단호하게 말하자 고종후가 입술을 깨물었다.

"병사 나리, 지도 델꼬 가주씨요."

남원에서 최경회의 부장이 되었던 고득뢰도 뒤따랐다. 청산백운도와 언월도, 그리고 최경회의 관복을 받은 최홍재와 최홍우는 숙부인 최경회의 지시에 따라 이미 성을 빠져나간 뒤였다. 약속한 듯 최경회와 고종후, 고득뢰가 몸을 던졌다. 문득 서풍이 회오리바람처럼 일었다. 세 장수가 전복 자락을 휘날리며 낙엽처럼 날리더니 사라졌다. 남장한 논개는 차마 발걸음을 떼지 못했다. 투신마저 남녀유별이었다. 논개는 울음을 삼키며 속으로 흐느꼈다. 육촌 형 황진을 잃은 황대중도 투신하려다가 머릿속을 벼락처럼 스치는 외침에 멈추었다.

'내 칼과 말은 아직 다 써보지 못했다!'

장수들의 투신에 충격받은 황대중은 왜적을 한 사람이라도 더 죽여야 한다는 적개심이 솟구쳐 몸을 떨었다.

'공적 읎이 죽는 것보담 왜적을 섬멸허는 것이 내 길이다. 나라에 충성하는 길이다.'

황대중은 강진에서부터 뜻을 같이해온 나주 출신의 정기수에게 말했다.

"우리가 지금까정 죽지 않고 있는 것은 필시 하늘의 도움 같아부요."

"나는 남강을 헤엄쳐 빠져나가불겠소."

"내 등 뒤에서 쫓아오는 적을 죽여부씨요."

황대중은 남강을 건너려던 정기수를 자신의 말에 태우고 비호처럼 내달렸다. 앞을 가로막는 왜군 서너 명의 목을 베고 왜장의 부장 한 명을 죽이고는 진주성을 벗어났다. 그가 앞길을 트자 성민들이 너도나도 무너진 성벽을 넘었다.

진주성이 함락된 지 며칠 만이었다. 왜장 우키다와 가토, 고니시는 칠월 칠석날 촉석루에서 전승 축하연을 벌이기로 했다. 지칠 대로 지치고 향수병에 시달리는 왜군들을 위로할 겸 히데요시의 명령을 완수했다는 것을 과시하기 위해서였다. 히데요시는 1차 진주성 전투에서 패배한 뒤 조선에 있는 왜장들에게 설욕하라고 명했고, 진주 목사의 목을 반드시 가져오라고 엄명했던 것이다. 서예원은 숲속에 숨어 있다가 우키다의 가신 오카모토 시스케岡本椎丞에게 살해되었고 잘린 머리는 히데요시에게 보내기 위해 소금에 절여졌다. 그때까지도 우키다는 서예원을 김시민으로 잘못 알고 있었다.

가토와 고니시는 진주성안에 있는 기생들을 색출해 촉석루로 불렀다. 기생들 색출은 왜군 첩자들을 동원했다. 남장하고 있던 논개는 왜군 부역자들의 눈에 띌 리 없었다. 그러나 논개는 스스로 기생처럼 화려한 옷을 구해 입고 촉석루로 나갔다. 논개는 단번에 왜장들의 시선을 사로잡았다. 여느 기생처럼 춤추고 노래 부를 줄은 몰랐지만 왜장들은 유독 논개에게 음심을 품었다. 왜장 중에서도 가토 휘하의 장수 열여섯 명 가운데 한 사람인 게야무라 로쿠스케毛谷村六助가 논개에게 자꾸 추파를 던졌다. 그는 조총으로 무장한 사십 명의 철포대를 이끌고 가토 휘하로 들어온 부장이었다.

'니놈이라도 델꼬 가야 우병사 나리께서 칭찬허시겠제.'

왜장들이 술에 취해 술자리가 흐트러질 무렵이었다. 논개는 정색을 하고 슬그머니 일어나 촉석루를 벗어났다. 왜장 게야무라도 눈을 찡긋하며 논개를 뒤따랐다. 논개는 촉석루 아래 반반한 반석으로 가 다소곳이 앉았다. 반석 바로 밑에는 강물이 무심코 출렁거렸다. 며칠 전까지만 해도 핏빛으로 붉게 흘렀던 강물이었다.

젊은 게야무라는 괴력의 소유자였다. 히데요시 앞에서 스모를 해서 다섯 명의 선수까지 이기고 여섯 번째에 진 장사였다. 게다가 큰 덩치에 비해 빠른 발을 가진 준족이었다. 왜군이 한양에 입성했을 때 히데요시에게 점령 소식을 전하는 사자로 뽑혀 단 2주 만에 나고야에 도착하여 보고를 했을 만큼 빨랐다.

게야무라는 스모를 하듯 논개를 껴안았다. 그리고는 힘자랑하듯 논개를 번쩍 들어올렸다. 짐승처럼 코를 킁킁거렸다. 스무 살 논개의 살 냄새에 욕정을 참지 못했다. 투박한 손으로 논개의 젖

가슴을 더듬었다. 술 냄새 풍기는 게야무라의 혀가 논개의 뺨을 핥았다. 게야무라의 품에서 빠져나온 논개가 반석 끄트머리까지 물러났다. 그러자 게야무라가 실실 웃으면서 논개에게 바싹 다가왔고 논개는 그의 허리를 힘껏 끌어당겼다. 술 취한 게야무라가 중심을 잃고 비틀거렸다. 논개가 속으로 외쳤다.

'발밑이 저승이다, 물구신이 널 지달리고 있어야!'

게야무라가 무섭게 눈을 부릅뜨고 노려보았지만 논개는 강물에 뛰어든 뒤에도 그가 죽을 때까지 손깍지를 풀지 않았다. 게야무라의 사지가 축 늘어졌을 때에야 논개 자신도 정신을 잃었다. 촉석루에서 기생을 끼고 연회를 즐기던 왜장들은 그때까지도 논개와 게야무라가 어디로 갔는지 알지 못했다.

〈6권에 계속〉

이순신의 7년 5

초판 1쇄   2017년 5월 30일
초판 4쇄   2019년 5월 28일

지은이 / 정찬주
펴낸이 / 박진숙
펴낸곳 / 작가정신
편집 / 황민지
디자인 / 용석재
마케팅 / 김미숙
디지털컨텐츠 / 김영란
홍보 / 박중혁
관리 / 윤미경
인쇄 및 제본 / 한영문화사

주소 (10881) 경기도 파주시 문발로 314
대표전화 031-955-6230 팩스 031-944-2858
이메일 editor@jakka.co.kr 블로그 blog.naver.com/jakkapub
페이스북 facebook.com/jakkajungsin 인스타그램 instagram.com/jakkajungsin
출판 등록 제406-2012-000021호

ISBN 978-89-7288-585-6 04810
      978-89-7288-580-1 (세트)

이 도서의 국립중앙도서관 출판시도서목록(CIP)은 서지정보유통지원시스템 홈페이지(http://seoji.nl.go.kr)와 국가자료공동목록시스템(http://www.nl.go.kr/kolisnet)에서 이용하실 수 있습니다.
(CIP제어번호 : CIP2017011692)